图书在版编目（CIP）数据

时间机器·时空传奇 /（英）H.G. 威尔斯 (Herbert George Wells) 著；陈才译；王逢振主编 . -- 桂林：漓江出版社，2022.1
ISBN 978-7-5407-9106-3

Ⅰ . ①时… Ⅱ . ① H… ②陈… ③王… Ⅲ . ①幻想小说 - 小说集 - 英国 - 现代 Ⅳ . ① I561.45

中国版本图书馆 CIP 数据核字 (2021) 第 099415 号

SHIJIAN JIQI · SHIKONG CHUANQI
时间机器·时空传奇
［英］H . G . 威尔斯　著
陈才　译
王逢振　主编

出版人：刘迪才
策划编辑：沈东子 辛丽芳
责任编辑：胡子博
装帧设计：周泽云
责任监印：杨东

漓江出版社有限公司出版发行
广西桂林市南环路 22 号　邮编：541002
发行电话：010-65699511　0773-2583322
传真：010-85891290　0773 - 2582200
邮购热线：0773-2582200
电子信箱：ljcbs@163.com
微信公众号：lijiangpress
印制：北京中科印刷有限公司
［北京市通州区宋庄工业区 1 号楼 101 号 邮编：101118］
开本：880mm × 1230mm　1/32
印张：10.25　字数：216 千字
版次：2022 年 1 月第 1 版
印次：2022 年 1 月第 1 次印刷
书号：ISBN 978-7-5407-9106-3
定价：57.00 元

[英]H.G.威尔斯

(Herbert George Wells, 1866—1946)

目 录

时空传奇

前言：难忘的威尔斯

西方科幻小说具有漫长而丰富多彩的历史，其根源可以上溯到古希腊古罗马的一些推测性著作。但是，作为现代的一个文类，它大体上始于18世纪后期同时出现的两次革命：法国革命和工业革命。这些革命的后果之一是复活并改变了乌托邦传统，从空间性转向了时间性，从对地球上某种想象的理想社会的描写转向了对更好的社会模式的思考，并期望通过政治变革在自己所处的社会里实现。科幻小说就是产生于这样一个时刻。它以想象的小说形式，思考社会的变革，思考它的未来，以及科学技术对这种变革可能发生的作用。威尔斯的科幻小说正好体现了这一时代性的变化。

H．G．威尔斯（Herbert George Wells, 1866—1946）是英国著名科幻作家，有人把他和法国作家儒勒·凡尔纳称为科幻小说之父。威尔斯出身贫寒，父亲早年做过园林工人，后来开一家小店，很快破产，母亲不得不到别人家去做用人和管家。为了把自己的家庭提高到中产阶层，她便让威尔斯像他的哥哥那样到布店当学徒。1883年，威尔斯到米德赫斯特一个小学当老师。后来，他获得伦敦师范学校的奖学金，师承T．H．赫胥黎学习生物学。赫胥黎是达尔文进化论和科学人文主义的鼓吹者，对威尔斯产生了重大影响。此后他接着教书，通过自学获得了学位，并在为大学函授学院工作时写了两本教科书（1893年发表）。他热衷于科学报刊，1891年发表了他的第一篇文章《独特性的重新发现》。1893年，他开始经常写一些文章和短篇故事。

他早期最重要的文章是《百万年的人》（*The Man of the Year Million*, 1893）。在这篇文章里，他大胆描绘了自然科学最终会使人改变的情形：人变成了一种怪异的生命，头和眼睛巨大，身体变小，手非常纤巧，永远沉浸在营养液里，并且在太阳变冷之后，被迫退居到地球表面之下。其他早期的文章有《飞人的出现》、《到太阳旅行》（关于太阳系风暴和电磁浪潮的宇宙观）、《可能出现的活东西》（谈到了以硅为基础的生命的可能）和《人的消失》等。这些颇有想象力的作品后来收入《H．G．威尔斯早期科学和科幻作品选》。他早期的故事并无太多的冒险，大多描写人与奇异生命形式的相遇，如《偷窃的杆菌》（*The Stolen Bacillus*）和《奇怪的兰花开放》（*The Flowering of the Strange Orchid*）等。

《顽固的亚尔古英雄》（*The Chronic Argonauts*）是他1888年为《科学流派》杂志写的系列文章，后来他的重要作品《时间机器》（*The Time Machine*）就是以这些文章为基础写成的。《时间机器》勾勒了未来地球生命的进化：人类再分为柔弱的埃洛伊人和野兽似的莫洛克人；两种人最终都消失了，而随着太阳变冷所有已知的生命也都衰败。正如所有经典作品一样，人们永远可以从中解读出新的意义。有人认为《时间机器》反映了当时英国资产阶级的腐朽生活和工人阶级被迫在地下劳动生活的悲惨状况，也有人认为它反映了达尔文的进化理论，还有人认为它表现了追求公正、消除社会偏见和虚伪的愿望，今天更有人把它与生态问题联系起来。无论如何，有一点是肯定的：威尔斯的科幻小说主要关注的是社会问题。这大概也是他的作品被称作社会科幻小说的主要原因。

《摩罗博士岛》以纪实的方式讲述故事。普伦迪克在一场海难中大难不死，登上了一个无名岛。这个岛由摩罗博士控制，整个岛笼罩着一种神秘的氛围。摩罗博士利用尖端的活体解剖技术，从动物中创造像人一样的物种：鬣狗猪人、豹人、半人半兽的猩猩、猪女人、狗人……后来摩罗博士在追逐美洲狮人时死于非命，失去控制的兽人又恢复了原来的兽性。人们一般认为这部小说是一个精巧的恐怖故事，其实它包含更多、更深刻的东西。摩罗博士的实验与小说的哲学框架相互关联，作者在兽人的兽性和人性之间保持着微妙的平衡：在它们最具有人性时，它们又显示出兽性；在它们最具有兽性时，它们又显示出人性。《摩罗博士岛》表明，威尔斯试图综合进化论和宗教观念，展现一种新世纪的新神话：过去野兽本能地适应环境，自由自在地生活；如今它们挣扎在人类的枷锁之中，充满恐惧，永无宁日，受尽无法理解的法则的折磨。这显然象征着现代的资本主义社会。

《隐身人》（*The Invisible Man : A Grotesque Romance*）是威尔斯的又一部经典之作。如英文副标题所表明的，它是一部奇异的罗曼司。隐身人狂热地追求科学发明，但因为贫穷，便去偷去抢，甚至造成他父亲自杀；为了获取权力，他借用隐身术杀人；为了复仇，他丧失了生命。在某种意义上，这是一本关于科学的傲慢带来毁灭的作品。因此，它的基本主题是科学在社会中的作用问题。威尔斯在赞叹科学力量的同时，表明了科学的发展不一定促进社会进步，对科学的利用——造福人类还是危害人类——实质上是一个政治问题。今天，学界非常关注的现代性问题，同样也涉及科学发展和社会发展的关系问题。

威尔斯关于社会问题的描写，更突出地体现在他的《星球大战》之中。奇形怪状的火星人侵犯地球，他们凭借一种巨大的机器，横行无阻，用热光、毒气和火箭杀害所有的人。村庄和城镇被毁灭，伦敦也难逃厄运。他们靠吸食其他动物和人的鲜血为生，不知疲劳困倦，而且无性别之分。火星人征服了人类，成为世界的主人，迫使人类像动物一样生存。但是，由于他们缺乏对病菌的免疫力，最终一下子全死了；而人类因为能够适应地球的环境，继续生存下来。《星球大战》无疑受到进化论和科学人文主义的影响。如果从今天文化研究的角度解读，也可以说它反映了帝国主义和殖民地的关系。火星人象征殖民主义者，他们依靠坚船利炮在非洲和亚洲横行霸道，但最终被驱逐出境。其实，就在小说出版之际，英帝国就为掠夺资源在南非发动了侵略战争。小说把背景设在伦敦，显然具有反讽的意味。小说于1938年被美国改编成广播剧，一时间大为流行；1953年被改编成电影（背景改为洛杉矶），被誉为乔治·帕尔拍摄的最成功的影片；1988—1990年又被改编成电视连续剧，同样赢得了大量观众。

在《探月之旅》(《最先登上月球的人》) 里，威尔斯的想象力再次凌空翱翔。小说描写科学家加富尔研制成一种能阻挡万有引力的物质，并用它制造出一只飞行球，与朋友贝德福一同前往月球探险。登月后，两人遭遇月球人的追捕，贝德福逃回地球；加富尔不幸被捕，囚禁在月球的地下世界。后来，加富尔向地球发回信息，描绘月球人的身体构造和社会结构。月球人根据各自担任的社会职责，用生物药剂刺激某部分器官畸形发展，如数学家的脑袋硕大无朋但四肢萎缩，警察肌肉发达，邮差腿脚细长，等等。这些奇形怪状的月球人，影射从事各种职业的现代人，抨击资本主义社会劳动分工造成人类的异化。小说惊心动魄的追击场面，严密的逻辑推理，以及瑰丽多姿的月球风光，吸引了大量读者。

《时空传奇》由五个妙趣横生的故事组成。在这些故事里，威尔斯以科幻小说为媒介，试图探索人性的永恒真理。故事发生在史前期的过去，经历了几个世纪的未来。威尔斯以其对维多利亚时期特有的敏感，描绘了关于未来寓意深刻的画面，常常精致入微，甚至在省略的地方也包含某些事件终将出现的意味，令人不得不驰骋自己的想象参与其中。因此有人说，这本书是读者特别是科幻迷必读的作品。

总起来看，威尔斯是一位极富想象力的作家，而且他的想象力以生物和历史可能性为基础，把异想天开的事件提升到艺术领域。因此人们认为，他的最好的作品是科幻小说应该追求的典范。虽然他渴望成为主流著名作家的欲望使他大胆的想象力一度受到约束，但他仍然被认为是英国科幻小说之父，是科幻界的天才。已故世界科幻协会主席布莱恩·奥尔迪斯曾说:“他是科幻界的莎士比亚。”确实,他对后来的科幻小说,尤其美国科幻小说的发展,产生了重大影响。

这里选译的几部作品,在国外均可以称之为长篇小说,就字数而言,或许在中国有些要算较长的中篇,但无论如何,它们是威尔斯科幻作品中的佼佼者,体现了威尔斯作品的主要特点。今天,随着科技的发展,科幻小说正在我国兴起,相信威尔斯的这些经典作品会为我国科幻小说的创作和发展提供有益的借鉴。

科幻小说是充满想象和幻想的作品,因此阅读科幻小说不能采用常规的方法,而应该充分调动自己的想象力,驰骋自己的奇思幻想,唯有如此,才能体会其中的妙趣。

小说的出版得益于沈东子和辛丽芳的帮助,这里谨向他们和责任编辑胡子博致以衷心的感谢。

当然,像任何选集一样,仁者见仁,智者见智,很难摆脱编选者的主观性甚至偏见。我们真诚期待广大读者和方家的批评指正,同时也期待对小说的翻译提出宝贵意见。

王逢振

2020 年仲秋

时间机器

第一章

壁炉里火燃得正旺，白炽灯在银质百合花状的灯盘中泛着柔和的光线，照射着酒杯里不断泛起又消失的气泡。时间旅行者（这样称呼他较为方便）灰色的炯炯有神的双眼不时地眨动着，原本苍白的面孔也焕发着红光。他正在给我们讲解一件深奥莫测的事情。我们坐在他所特有的贴身、舒适的椅子里，沉浸在宴会后惬意舒适的氛围中，任凭思绪徜徉。就这样，他一边用纤细的食指比画着要点，一边讲述着。我懒洋洋地坐在那里，脸上流露着钦佩的神情——对他在这个新谬论（我们这样认为）上表现出的热忱和创造力。

“请大家注意。下面，我不得不反驳人们几乎深信无疑的一两个观点。比如，老师在学校里教你们的几何学就是建立在错误基础之上的。”时间旅行者说。

“让我们从这儿听起，话题是否大了点？”红头发、好争辩的菲尔比问道。

“我不是要求你们相信什么奇谈怪论。不过，你们很快会相信我需要你们相信的内容。众所周知，数学上讲的宽度为0的线实际上是不存在的。同样，厚度为0的平面也不存在。这些都是抽象的东西。”时间旅行者解释道。

“不错。”心理学家说，“仅有长宽高的立方体同样也不存在。”

“这一点我反对，”菲尔比说，“一个实体当然可以存在。一切实实在在的东西……”

“大多数人都这样认为。但是，一个瞬时（即逝）的立方体能够存在吗？”时间旅行者问道。

“很难理解。”菲尔比说。

“一个存在时间几乎为零的立方体能真正存在吗？”时间旅行者反问道。

这一问题让菲尔比陷入了沉思。“显而易见，”时间旅行者接着说，“任何物体必须在四个方向上都有延伸：长、宽、高以及时间。但是，由于人类天生的弱点——这一点待会儿阐释——我们往往容易忽视这一事实。实际上物体是四维的，其中三维我们称之为长、宽、高，而第四维就是时间。但是，人们总是习惯性地在前三者和后者之间画上一条实际上不存在的界线，因为从生命的开始到结束，我们的意识都是沿着时间这一维度间歇地运动着。”

“是这样，”一位年轻人一边哆嗦着在灯火上重新点燃他的雪茄一边嗫嚅着，“这……的确是这样。”

“是啊，这一点被如此众多的人忽视，真是匪夷所思。”时间旅行者兴致更浓了，他接着说，“其实，这就是所谓的第四维，尽管有些人谈到时并不知道它所指的就是这个意思——另一种看待时间的方式。除了我们的意识沿着时间运动这一点外，时间和其他三个空间纬度并没有什么区别。然而，有些糊涂的人却把这一观点的意思混淆了。你们听到过他们有关‘第四维’的谈论吗？”

“没有。”市长说。

“肯定没有。数学家认为空间由长、宽、高三维构成，而且可以用三个相互垂直的面表现出来。但是，有些乐于思考的人总是要问，为什么偏偏只有三维，能否再出现一维和它们垂直。他们甚至还尝试建立四维几何。约一个月前，西蒙·纽科姆还向纽约数学协会讲解了这一问题。众所周知，我们可以在一个两维的平面上表现一个三维立体图形。同样，他们认为只要掌握了透视技能，利用三维模型是可以表现四维物体的。明白了吗？”时间旅行者说。

“没错。”市长咕哝着。他紧锁眉头，陷入沉思，嘴唇像做祈祷时一样颤动着。过了一会儿，他突然脸上露出了喜色：“是的，我想现在我看明白了。”

“嗯，事实上，我从事四维几何的研究已有些时日了。我的部分研究成果有些古怪。比方说，一个人不同年龄，如8岁、10岁、15岁、17岁、23岁等阶段的相貌，这些固定不变的三维片段连续起来就能展现出一个人的四维生命。”时间旅行者稍作停顿，容大家充分吸收他讲话的内容，他接着说，“科学家们十分明白，时间只是空间的一种。这是一张常见的记录天气的示意图，我手指的这一条线表明气压变化的情况。昨天白天气压升到了这里，晚上又降了下去，今天早上又开始缓慢上升，一直升到这里。我肯定气压计里的水银并没有沿我们所公认的空间三维中的任何一个维度移动。但是，它必然沿着某条特定的轨迹移动，而这个轨迹，可以肯定地说，是时间量度。”

“但是，”医生盯着炉火里一块燃烧着的煤，怀疑地问，“如果时间真的仅仅是空间的另一维度，那么为什么人们总是要把它和其他三维区分开？为什么我们不能像在空间三维中那样在时间维度中自由移动？”

时间旅行者笑了：“你真的认为我们能在空间中自由移动吗？我承认在空间的两个维度上我们是可以自由移动的。我们可以随意地向前后左右移动，我们平时经常这样做。但是上下呢？地球引力把我们限制了。”

“不完全是这样，”医生说，“借助气球就可以。”

“但是人类自身呢，除了偶尔的跳跃和利用地面的起伏上下活动，人们不能做到自由垂直运动。”时间旅行者说。

“说到底，他们还是可以略微做上下移动的。”医生说。

“向下比向上移动容易，而且容易得很多。”

“但是你根本不能在时间里移动，你不能离开现在这一刻。”

“亲爱的先生，你就错在这里。这也是所有人一直都在犯的错误。其实，我们经常脱离现在这一刻。我们的精神存在是非物质性的，它虽然没有任何维度，但是从我们出生到死亡它始终沿时间这一维度匀速向前移动。就像把一个生命个体从离地面 50 米的上空抛出，必然会降落到地面一样。”时间旅行者回答道。

“问题的关键在于，”心理学家打断了他，“你能在空间的任意维度移动，但在时间里却不行。”

“那恰恰是我重大发明的灵感的来源。你说我们不能在时间里移动，那是错误的。比如当我形象地回忆往事时，如你所说的那样，我处于心不在焉的状态之中，我便回到了往事发生的那个时刻，往回跳了一段时间。当然，我们没有办法在过去停留一段时间，就像一个野人或一个动物不可能不借助外力待在离地面 6 英尺高的半空中一样。但是在这方面，进化了的人比野人强得多。既然他们可以利用气球克服地球引力向上升，那么我们没有理由怀疑他们最终可以在时间这一维度停止或加速移动，甚至转向相反的方向。”

“哦，”菲尔比表示疑惑，“这……”

“为什么不行？”时间旅行者已按捺不住。

“这不合情理。”菲尔比说。

“什么情理？”时间旅行者反问。

“你即便有颠倒黑白的本领，也说服不了我。”菲尔比说。

“或许不能，”时间旅行者说，“不管怎样，你现在开始明白我研究四维几何的目的了。很久以前我就模糊地构想过制造一台机器……”

“在时间中穿行！”那个年轻小伙子叫了起来。

“乘坐上它，驾驶员可以任凭自己的意愿在时间和空间的任何方向自由旅行。”时间旅行者说道。

菲尔比付之一笑。

“我可有实验证明。”时间旅行者这句话铿锵有力。

“这对历史学家们来说，简直太有用了，”心理学家提示，“他们可以回到过去，核实广为流传的关于黑斯廷斯战役的记载。”

“那样做是不是有些过于张扬。”医生说，“我们的祖先可不能接受在年代上出现混乱。”

“那样的话，人们就可以直接拜荷马和柏拉图为师学习希腊语了。”年轻人也畅想着。

“如果真向他们学，你考试肯定及不了格。希腊语已被德国学者改进了许多，与以前大不相同了。”心理学家马上反驳道。

“还有，”年轻人说，“想想看，人们可以把所有的钱都投资到将来，让资金在那里生息积聚，然后我们再赶上去。”

“去发现一个社会，”我说，“一个建立在严格的共产主义基础上的社会。”

“都是谬论！”心理学家说。

“我以前也这样认为，所以一直没敢提到它，直到……”时间旅行者停止了缄默。

“实验证明！”我叫了起来，“你能证明它吗？”

“实验！”几乎同时菲尔比也吼叫起来，他有些头昏脑涨了。

“无论如何，还是让我们验证一下你的实验，”心理学家尽量克制着，“尽管你也知道这全都有些荒谬。”

时间旅行者嘴角微微一扬，双手深深地插进裤袋里，面带微笑，缓慢地走出房间，伴随着拖鞋的吧嗒声，沿着长长的过道向实验室径直走去。

心理学家疑惑地看着大家说：“他到底在搞什么名堂？”

“不过是这样或那样的把戏而已。”医生说。等待的间隙，菲尔比想给我们讲一个他在伯斯勒姆看到的魔术师，但刚刚开了个头，时间旅行者就回来了，他只好作罢。

时间旅行者手里拿着一个闪闪发光的金属架子，约一台落地时钟大小，做工非常精细，里面镶有象牙和水晶般透明的一种物质。现在我必须原原本本地叙述，不能有半点含糊，因为接下来的事情人们不可能相信——除非人们接受他的解释。他随意挪过一张八角形的小桌子，摆放到壁炉前，桌子的两条腿压在炉前的地毯上。他把金属架子放到桌子上，然后拖过一把椅子坐了下来。桌子上另外还摆着的东西就是一盏小台灯。台灯明亮的光线照在模型上，加上屋子四周燃着大约 12 支蜡烛（两支在壁炉架上的黄铜烛台里，还有几支在墙上的烛台里），整个房间灯火通明。我坐在紧靠炉火的一个低矮的沙发上，不由自主地向前挪了挪，几乎位于时间旅行者和炉火之间。菲尔比坐在时间旅行者背后，视线正好从他肩上擦过。医生和市长在他的右侧，心理学家在他的左侧，那位年轻小伙子站在医生的背后，我们全都聚精会神地注视着他。我相信，任何机关把戏，无论设计得多么精心，操作得如何巧妙，在这种情况下都不可能蒙混过关。

时间旅行者看了看我们，又看了看金属架子。“怎样？”心理学家问。

“这个小玩意儿，”时间旅行者说，双肘靠着桌子，双手搭在架子上，“仅仅是一个模型。我计划用一部机器来实现时间旅行。它看起来有些歪斜，这根古怪的杠杆闪闪发亮，看似假的一样。”他一边说一边用手指着，“还有，这是一根白色的杆，那边还有一根。”

医生从椅子里站了起来，凝视着机器。“做得真精美。”他赞叹道。

“它耗费了我两年时间。”时间旅行者说。然后，我们都像医生那样观察后赞叹了一番。他接着说："现在我要告诉你们，向下按动这根杠杆，机器将渐渐进入未来，直到消失。请大家看仔细，同时注意这张桌子，我没设任何机关，我不想浪费了模型还被认为是骗子。"

大家沉默了约一分钟。心理学家似乎想对我说点什么，但又欲言又止。接着时间旅行者把手指伸向杠杆。"不，"他突然改变主意说，"请借用一下你的手。"说着，他转向心理学家，握着心理学家的手，并叫他伸出食指。这样，心理学家亲自触动开关，把时间机器送入了不可预知的旅程。我们都目睹了杠杆转动，我坚信这里没有诡计。这时一阵风吹来，灯焰跳动了几下，壁炉架上一支蜡烛被吹灭了。如同闪着微光的黄铜和象牙转出的旋涡，那台小机器旋转了起来，然后变得模糊不清，转眼间它便消失得无影无踪，只剩下那张桌子和上面仍旧亮着的那盏台灯。

大家沉默了一会儿，接着菲尔比惊愕地说他真是活见鬼了。

心理学家恍若如梦初醒，他突然查看了桌子下面。时间旅行者看到后得意地笑了。"怎样？"他模仿着心理学家说话的腔调，然后他起身径直走到壁炉架上的烟丝缸前，背对着我们，开始若无其事地往烟斗里塞烟丝。

我们面面相觑。"喂，"医生开口了，"你认为这都是真的吗？你真的相信那台机器已进入时间旅行了吗？"

"毫无疑问。"时间旅行者一边回答，一边俯身在火上点燃一根纸捻，然后转过身来，一边点燃烟斗，一边望着心理学家的脸。心理学家故作镇定，抽出一支雪茄，却连头都未去就开始点起来。"另外，我这里还有一个大机器也即将完工，”他指着实验室，“在把它做好后我要亲自旅行一趟。”

“你是说那台机器已经去未来旅行了？”菲尔比问。

“到底是去了未来还是过去，我也不能确定。”

过了一会儿，心理学家灵机一动。“如果它真的去了哪儿，那么它一定回到过去了。”他说。

“为什么？”时间旅行者问。

“我假定它没有在空间移动，如果它旅行去未来，那么它现在应该在这儿，因为它必须经过现在这一时间才能进入未来。”

“但是，”我说，“如果它到过去的话，那么我们第一次进入这个空间时应该见得到它，还有上周四，再上周的周四以及以前在这里的所有时间我们都应该见得到它！”

“很有说服力！”市长转向时间旅行者，用一种公正的口吻说。

“完全不是这样，”时间旅行者应答着，然后直视着心理学家，“只要你想一想，便能理解。它出现的时间短于我们视觉的最小反应时间，所以我们察觉不到它。”

“当然。”心理学家非常窘迫，为了让我们理解，他继续讲解道，“这是心理学上一个简单的现象，我本应该想到的。它对解释这个矛盾现象极有帮助。我们看不到或不能欣赏这台机器的原因和我们看不到飞旋的轮子和空中飞行的子弹的原因是一样的。如果它在时间中行进的速度是我们速度的 50 甚至 100 倍，如果它经过一分钟我们才经过一秒钟，那么这时它产生的印象，当然只有它在通常状况下的五十分之一或一百分之一，那再明了不过了。”他伸手摸了摸原来摆放机器的地方。“明白了吧？”他笑着说。

我们坐下来望着那张空荡荡的桌子发了好一阵子呆。过了一会儿，时间旅行者问我们对眼前所发生事的看法。

“今……今晚上所听到的似乎有点道理，”医生有些语无伦次，“不过到了明……天，等明天早上大家清醒了再下定论。”

“你们有兴趣看看真正的时间机器吗？”时间旅行者勾起了我们的好奇心。“请随我来。”说着他举起一盏灯，带我们沿着通风的长廊一直朝他的实验室走去。我还清楚地记得那闪烁的灯光将我们的身影在地上拖得鬼魅怪诞；记得我们如何跟在他的身后，心里充满迷惑而又不愿相信；记得如何在实验室里见到那台在我们眼前消失的机器模型的大号版本。那台大机器部分是镍制的，部分是用象牙做的，还有部分是用水晶石锉成或锯成的。除了在几张图纸边的凳子上放着的几根水晶曲棒没装好外，机器已基本制作完成。我拿起其中一根仔细地看了看，好像是用石英做的。

“嘿，”医生冲着时间旅行者说，“是认真的吗？或者只是个玩笑而已，就像你去年圣诞节给我们看的那个鬼一样？”

时间旅行者把手里的灯如圣火般高高地举起，一字一句地说道：“我这辈子还从未这样认真过。我要去探索时间。清楚了吗？”

我们谁也不知道该怎样理解他这句话。

越过医生的肩膀我看到了菲尔比，他一本正经地给我递了个眼色。

第二章

当时，我们都不大相信真有时间机器。实际上，时间旅行者由于太聪明，我们都担心被愚弄。你始终觉得了解不透他，认为他的坦率只是表面的，怀疑在其背后定有隐秘的玄机和巧妙的设伏。如果是菲尔比给我们展示这个模型并用时间旅行者同样的话来解释这件事，我们的怀疑一定远远没有现在这样深。因为我们了解菲尔比的动机，甚至一个屠夫也能了解。但时间旅行者不仅仅是有几分幻想色彩那么简单，我们不能轻信他。那些没有他聪明的人做出的极其普通的事情，只要一经过他的手，你总会觉得他在其中搞了鬼。做一件事太容易，那肯定有问题。态度严谨的人在严肃对待他时从未感觉到能彻底理解他的行为，自然也不敢妄下结论，因为这样做，对他们精于判断的名声来说风险太大，无异于用精美的瓷器去装饰幼儿园。我相信，从那周四到下一个周四期间，我们中任何人都很少提及时间旅行的事，尽管大多数人都对它那玄妙的潜在的可能性念念不忘。我尤其对有关模型的诀窍感兴趣，至今还记得周五在林尼安遇到医生时和他的讨论。他说他在图宾根目睹过类似的事，而且特别强调了他对蜡烛被吹灭的现象也没弄明白。

在接下来的周四，我又去了里士满。我自认为是时间旅行者家的常客之一。

由于到得晚了些，我发现已有四五个人聚在了客厅里。医生站在炉火前，一手拿着一张纸，另一手握着他的表。我正四处张望，寻找时间旅行者，这时医生说："已经七点半了，该吃饭了吧。"

"怎么不见……？"我询问起主人的下落。

"你刚到？这可有点奇怪，他一定耽搁了。他留了张便条让我招呼大家吃饭，如果他七点钟还没有回来的话。他说他回来后会向大家解释的。"

"这样吃饭真是有点扫兴。"一位知名日报的编辑说。接着医生摇铃示意吃饭。

除了我和医生，心理学家是唯一参加过上次宴会的人。其他的客人还有前面提到的那位编辑——布兰克先生，另外一位我不认识，他留着胡须，看起来十分腼腆，据我观察他整个晚上都没有开口讲话。用餐时，大家都在琢磨时间旅行者缺席的原因。为活跃气氛，我半开玩笑地提起了时间旅行的事。编辑极力要求我们给他做一下讲解。心理学家自告奋勇地对那天看到的"天才的谬论和诡计"进行了一番笨拙的描述。他正讲述时，通向走廊的那道门悄然无声地开了。我面朝那扇门，所以最先发现。"嘿！"我说，"他回来了！"门开得更大了。时间旅行者出现在我们的面前。我惊叫一声。"哦！天哪，先生，到底怎么回事？"坐在我身边的医生跟着叫了起来。接着，所有的目光都凝聚到了时间旅行者身上。

他看上去狼狈极了。外衣脏兮兮的，沾满了灰尘，袖管上涂满了青绿的污渍。头发乱糟糟的，也许是由于头发上的灰尘和污垢，看上去显得更斑白了，要么就是头发真的变白了。他面带恐慌，下巴上还有一道棕色的未完全愈合的伤口，看上去十分憔悴而且异常不安，像是刚从地狱中逃出来。也许是被灯光刺花了眼，他在门口迟疑了片刻。接着，他拖着沉重的步伐，如同精疲力竭的旅行者一般，一瘸一拐走进房间。房间里死一般的寂静，我怔怔地望着他，等他开口。

他一声不吭，艰难地走到桌子面前，示意要酒。编辑倒了杯香槟，推放到他面前。他一饮而尽，似乎感觉好了许多。他环顾了一下桌上的客人，脸上掠过久违的笑容。“你到底跑到哪里去了，先生？”医生抓住这个契机问。时间旅行者好像没有听到。“我不想打扰你们，”他用有些颤抖的声音说，“我没事。”说到这里他停下来，又要了一杯酒，然后再一饮而尽。“不错。”他说。他的双眼变得有神了，脸上也泛起了红晕。他用呆滞的赞许的目光朝我们脸上看了看，然后在温暖舒适的房间来回踱步。过了一会儿，他开口了，但好像仍然没有整理好思路。“我先去洗个澡，换衣服，然后再给你们解释……给我留点羊肉，我饿极了。”

他望着编辑，向他问候，他是这儿的稀客。编辑提了一个问题。“马上回答你？”时间旅行者说，“我现在这副模样也实在太滑稽了点，不过等会儿就好了。”

他放下酒杯，拖着沉重的步伐，朝通向楼道的门口走去。我站起身，在他走出去之前我还注意到了他的双脚——除了一双破烂的血迹斑斑的袜子，什么也没穿。这时，门在他身后关上了。我正打算去帮帮他，可我突然想起他讨厌别人对他的事大惊小怪，于是便打消了这个念头。一时间，我思绪混乱，不知所措，然后我听到编辑说“著名科学家的壮举”。他出于习惯，在捕捉文章标题。这使我的注意力又回到气氛热烈的餐桌上。

“这到底是怎么回事？”记者说，“他是在临时装扮乞丐吗？真是匪夷所思。”我和心理学家的目光不期而遇，我看得出他和我的想法是一致的。时间旅行者一瘸一拐地爬楼梯的身影又浮现在我的眼前。我想，除了我也许没有任何人注意到他的腿脚不便。

医生首先从惊讶中回过神来。他摇了摇铃——时间旅行者不喜欢仆人在餐桌边站着——示意要盘热菜。这时编辑一边自言自语一边拿起了刀叉，接着那个寡言少语的人也把他的刀叉拿了起来。晚餐继续进行。大家边吃边讨论，气氛再度热烈起来，偶尔还爆发出几声惊叹。编辑再也按捺不住强烈的好奇心。“我们这位朋友是需要用什么江湖骗术添补收入的不足，还是遇到了同尼布甲尼撒二世一样的遭遇？”他问道。“我敢肯定这和时间机器有关。”我又扯到了上次聚会时心理学家提到的话题。那位新客人明确地提出了疑问。编辑表示反对：“时间旅行究竟是什么？一个人不可能在谬论里弄得浑身是泥，是不是？”接着他好像来了灵感，说话变得讽刺起来：“难道居住在未来的人们连掸衣刷也没有？”持同样坚决否定态度的记者也加入编辑的一边，对这件事毫无节制地嘲弄起来。他们都是新式的新闻工作者——生性快乐而又缺乏礼貌的年轻人。“我们的《后天》特约记者报导……”记者说——实际是高呼。这时，时间旅行者回来了。他穿着一件普通的晚装，除了面容依旧憔悴，刚才令我吃惊的现象已不复存在。

“嘿，”编辑兴奋地说，“这些家伙都说你刚才去下星期旅行了！快给大家讲讲小罗斯伯里的故事，他运气如何？”

时间旅行者仿佛没有听见，一声不吭地走到留给他的座位旁。他像往常一样微笑着说：“我的羊肉呢？能再吃上肉，真是件幸福的事！”

“快讲故事！”编辑嚷道。

“该死的故事！”时间旅行者说，“我要吃点东西。饿着肚皮，我什么也不会讲。来点盐，谢谢。”

“只需要回答是和不是，”我说，“你是去时间旅行了吗？”

“对。”时间旅行者嘴里塞满了东西点头应允。

“我愿出一行字一先令的价格买下你的完整讲述。”编辑说。时间旅行者把杯子推到那位沉默者面前，用指甲敲得叮叮作响。双眼一直望着时间旅行者的沉默者突然反应过来，连忙为他斟满酒。接下来晚餐的气氛令人不太舒服。就我而言，问题不时地冒到嘴边，而且我断定其他人和我有同感。为缓和紧张的气氛，记者开始给大家讲关于海迪安特的逸闻趣事。时间旅行者像个饥饿的乞丐一样，狼吞虎咽。医生抽着烟，眯着眼睛望着时间旅行者。沉默者看上去比平时更加笨拙，为掩饰紧张，一个劲儿地一杯接一杯地喝着香槟。终于，时间旅行者把他的盘子推开，望着我们。“对不起，”他说，“我的确饿了，我的经历实在令人难以置信。”他伸手要了一支雪茄，切去烟头。“我们去吸烟室。故事太长，总不能在这些油腻的盘子面前讲。”他随手摇了摇铃，带领大家走进隔壁的房间。

“你已经告诉了布兰克、达什和乔斯有关时间机器的事，对吗？”他向后靠在沙发上，一边问一边说出了三位新客人的名字。

“这件事还只是个猜想而已。”编辑说。

“今晚我不能证明，但我会把故事讲给你们听。”他继续说，“如果你愿意的话，我想把在我身上发生的故事告诉你们，非常想，但你们不要打断我。这件事大部分听起来像在撒谎，就算是吧。但它却是真实的——字字句句。4 点钟时，我在实验室里，从那以后……我度过了 8 天时间……从来没有人经历过的日子！我已经精疲力竭了，但我却无法入睡，我必须把事情告诉你们。然后我才能安心睡觉，千万别打断我，好吗？”

编辑立刻允诺，其余人都跟着回答：“好。”于是，时间旅行者开始讲述我记录的故事。那天，由于吸烟室里没有蜡烛，只有一盏小灯微弱的光线拍打在记者的脸和沉默者的小腿上，我们坐在光影交织的诡秘氛围中。开始，时间旅行者讲起来很吃力，我们还不时地面面相觑。后来，他完全进入了状态，我们的视线不再游移，紧紧抓住时间旅行者的脸。

第三章

“上周四，我给你们中的部分人讲解了时间旅行机的工作原理，还带你们参观了尚未安装完毕的机器。现在，它还在那里。经旅行后，虽有些损伤——一根象牙棒断裂，一根横杆有点弯曲变形——但其余部分还完好无损。我本以为可以在周五完工，但组装接近尾声时，发现一根镍棒恰恰短了一英寸，所以不得不返工。这样一拖延，直到今天早晨才把它弄好。今天早晨10点钟，我最后拍了拍它，紧了紧所有的螺丝，再往石英杆上加了点油，然后坐上鞍座，开始了时间旅行。当时，我就像一个想自杀的人，用枪指着脑袋，不知道接下来会发生什么。我一只手握着启动杆，另一只手握着制动杆。然后先按下启动杆，随即又按下制动杆。我感觉自己就像在噩梦中坠入了深渊。醒来后环顾四周，我发现实验室和往常一样。这是怎么回事？开始，我以为自己头脑昏乱，接着我注意到了时钟——刚才好像是10点过1分，而现在已接近3点半了。

“我深吸一口气，咬紧牙关，双手紧握启动杆，嘭的一声，机器便出发了。实验室里烟雾蒙蒙，继而黑了下来。瓦切特夫人走进来，显然她没有看到我，径直朝花园走去。我想，她走过去大约需用一分钟，但我感觉她穿过房间的速度像火箭一样快。我推动启动杆，把速度调节到最高。夜幕就像灭了的灯盏迅速降临，可眨眼又到了明天。实验室变得模糊不清，接着越来越暗。明天的晚上到了，然后又是白天，昼夜交替，越来越快。我的耳畔回响着机器的嗡嗡声，同时，一种莫名的异样感觉袭上我的心头。

“我恐怕难以准确地描摹出时间旅行的奇特感受，那就像坐在公园里的滑环车上，高速向下俯冲，一种粉身碎骨的恐惧感紧紧将我包裹，我难受极了，却只有听天由命。随着我行进速度的加快，昼夜更替就像频繁扇动的黑色翅膀。昏暗的实验室好像正离我远去。我看见太阳迅速地从空中跳过——每分钟跳一次，每次标志一年。我估计实验室已经被毁了，我已到了户外。我还依稀记得见到过脚手架，但由于我的速度已经很快，很难看清楚运动中的物体。平时爬行最慢的蜗牛，在我看来也是一闪而逝。明暗的更替令我的双眼疼痛难耐。在间或的黑暗中，我看到如梭般由缺变圆的飞旋的月亮，还隐约看到了旋转的星星。我加快速度，继续前行，昼夜的交替融入了一片恒定的灰色之中。天空变成了一片神奇的深蓝色，宛如黎明时分灿烂美妙的色彩。喷薄而出的太阳好似突然划出的一道火光，在空中形成一座光芒四射的拱门，而月亮变成了一条暗淡的飘带。我看不到星星，只是偶尔见到蓝天中一道闪烁的光环。

“我仍处于这座房子所在的山坡上。当时景色十分朦胧，灰暗的山肩耸立在我上方，我看到树木的生长变化就像喷涌的蒸汽，时而黄时而绿。它们生长，蔓延，凋零，枯萎着。我看到巨大的建筑物拔地而起，时隐时现，如同在梦境中。整个地球的表面变了——一切都融化了，在我眼前流动着。刻度盘上的小指针转动得越来越快。这时，我发现太阳在南北回归线之间来回穿梭，一个往返不到一分钟时间，也就是说我的速度达到了一分钟等于一年。随着一分钟一分钟地过去，白雪皑皑的冬季一闪而过，明媚、短暂的春天接踵而至。

“刚刚开始旅行时那种难受的感觉减弱了，变成了一种疯狂的愉悦。我感觉到不知什么缘故机器在笨拙地晃动。但我兴奋异常，无暇顾及。随着内心疯狂的膨胀，我向未来直冲而去。开始，我几乎没有任何想法，也没想到要停下。而现在，一连串的印象在我心中涌现——一种好奇心和随之而来的恐惧——最终彻底地控制了我。难以捉摸的模糊的世界在我眼前波动。我想，要是近距离观察，我就看不到人类取得的神奇成就以及在原始文明基础上所取得的奇妙进展。我看到宏伟辉煌的建筑物在我身边升起，比我们所处的时代的任何建筑物都庞大，但它们看起来虚无缥缈，犹如海市蜃楼一般。我看到山坡被染得更加郁郁葱葱，而且一直不变，一点也察觉不到冬季走过的迹象。尽管我思维混乱，但我仍感到大地是如此的美好，于是我决定停下来。

“停下来是特别危险的，因为我和机器所在的位置，很可能已有别的物体存在。只要我高速穿越时间，那么就无大碍。换句话说，我变得异常稀薄，犹如蒸汽一般，游弋于纵横交错的物质的间隙。一旦停下来，我就会扎进挡住我去路的物体里，挤得粉身碎骨。我的原子和障碍物的原子充分接触，以致引起复杂的化学反应——或许是一场巨大的爆炸——把我和我的机器炸得烟消云散，抛进未知世界。在制造这台机器时，我多次想到这种可能性，但当时我把它作为一种不可避免的危险——人们不得不冒的危险——欣然地接受了。现在危险当头，我的心态却没那么乐观。事实上，周围稀奇古怪的东西，令人难受的机器的轰鸣声和颠簸，尤其是长时间的失重感，已使我的神经不知不觉彻底错乱。我告诫自己不要停下来，但一赌气，我又决定要停下来。我像一个焦躁的傻瓜，拉动制动杆。机器失去了控制，一个跟头，我倒着从空中摔了下来。

“耳边一声巨响，我可能昏迷了一会儿。我坐在翻倒的机器前的一块柔软的草坪上。无情的冰雹在我周围呼啸。一切东西似乎仍旧是灰色的，但我立刻注意到耳边的轰鸣声消失了。环顾四周，我发现自己好像坐在花园里的一块小草坪上，周围是杜鹃花丛。姹紫嫣红的杜鹃花被冰雹打得七零八落。机器上空的一团云中聚集着的飞舞、跳动的冰雹，像烟雾般泻到地上。不一会儿，我已浑身湿透了。‘如此欢迎一位穿越了无数岁月来看望你们的人，真够热情。’我戏谑道。

“我突然想到，让自己浑身湿透简直太傻了。我站起身，看看四周，透过蒙蒙烟雨，只见一座显然用白石雕成的巨像隐约矗立在杜鹃花丛后面，除此之外，一无所获。

“我的感觉很难描述。当冰雹稀小后，雕像变得更清楚了。它非常高大，一棵白桦树只能和它齐肩高。它是由大理石雕刻而成的，形状有点像长着翅膀的斯芬克斯，不过它的双翅不是垂在两旁，而是伸展着，好像在空中翱翔。它的底座是青铜的，覆盖着一层厚厚的铜锈。雕像正好面对我，嘴角挂着一丝微笑，一双无神的眼睛好像在注视着我。它饱经风雨，显露出一副令人难受的病态。我站在那里，注视了它一会儿——半分钟，或许半小时。冰雹时疏时密，石像也仿佛在我面前时进时退。最后，我的眼睛离开了它一会儿，只见雹幕正渐稀薄，天空逐渐晴朗，太阳就要出来了。

“我再次仰望那蹲伏着的白色雕像，突然觉得我这次旅行太鲁莽了。当烟幕完全消退后会出现什么呢？什么事情都可能发生。要是人们都变得残忍成性会怎样？要是在这期间，人类失去理性，变成非人，没有同情心，而且异常强大，又会怎样？我或许看上去像某种来自古老世界的一头野兽——对于大众的审美而言，显得有些可怕和厌恶——应当遭受无情的猎杀。

“我已经看到了别的庞大的形体——有着错综复杂的护墙和高大立柱的巨大的建筑物伴随着丛林密布的山坡透过渐弱的风雨依稀向我袭来。我感到一阵恐惧，转身疯狂地奔往机器，想尽力把它修复好。此时，太阳的光线透过雷雨，灰蒙蒙的暴雨被一扫而过，如魔鬼的披风一般神奇地消失了。在我头顶上方，夏季蔚蓝的天空中飘旋着几朵淡褐色的碎云，一会儿便消失得无影无踪了。高大的建筑物清晰地耸立在我的周围，披着未干的雨水在太阳的照耀下闪烁着，在一片尚未融化的冰雹中显得分外耀眼。我感到自己置身于一个陌生的世界中，毫无依靠，就像晴空中的一只小鸟，知道鹰就在它的上方即将扑下来。恐惧使我变得更加疯狂起来。我深吸一口气，咬紧牙关，连手带脚，重新牢牢地抓住机器。我竭尽全力，机器终于启动了，翻转了过来，在我的下巴上猛撞了一下。我一手扶着鞍座，一手握住启动杆，气喘吁吁地准备再次骑上机器。

“当从准备撤退的仓促中回过神来时，我心中的恐惧减少了，又恢复了勇气，更加好奇地看着这个遥远的未来世界。在不远处，一幢房子的墙的高处开着一个圆形的门，里面站着一群人，身着柔软而华丽的袍子。他们也看到了我，向我这边望着。

“接着，我听到了越来越近的声音。透过白色的斯芬克斯像旁的灌木林，只见人头攒动，向这边奔来，其中有一个出现在通往我和机器所在的草坪的小路上。他比较弱小——约 4 英尺高——身穿紫色袍子，腰间束着一根皮带，脚穿凉鞋或靴子——我无法分辨清楚。他裸露着小腿，头上也没戴帽子。这时，我才感觉到天气是如此温暖。

“他漂亮、优雅，却又纤弱得无与伦比。这让我很吃惊。他红润的面孔令我想到了肺病患者——我们常常提到的病态美。看到他，我突然恢复了自信，松开抓住时间机器的双手。”

第四章

“他微笑着径直向我走来，没过多久我便和这个来自未来世界的弱小生命面对面地站在了一起。我立刻被他展现出的毫无畏惧的神情所深深吸引。紧接着，他调转身用一种非常奇特却又十分流畅悦耳的语言向他的两个尾随者说着什么。

“其他人也不断随之而来，不到一会儿工夫，八九个小矮人便将我团团围住，其中一个向我打了声招呼。真是奇怪，我想我的声音对他们而言太刺耳太低沉了。所以我摇了摇头，指着我的耳朵，又摇了摇头。他向前迈了一步，犹豫了片刻，便碰了碰我的手。这时，我感觉到许多温柔的小手在我后背和肩膀上触摸。他们是想确信我是否真实存在。整个过程一点也不会使人感到惊恐。毫无疑问，在这些可爱的小家伙身上的某些东西能促使人满怀信心——一种温雅的和善，一些孩提般的无拘束。此外，他们又是如此的纤弱，我感到自己完全可以像玩九柱戏那样把他们一下掀翻十几个。但是，当我看到他们那粉红的小手正在触摸我的时间机器时，我立即做出反应警告他们。侥幸的是，一切为时未晚。我突然意识到了一个到目前为止还被我忽略的危险。于是我伸手从机器栏里将启动杆拧了下来，放入口袋中。接下来，我转过身，寻思着该以何种方式去和他们进行交谈。

“当时，我进一步细致观察了他们的容貌，发现了在他们如同德累斯顿瓷器般美丽的面庞下的另一些共有的特征。他们的脸上没有半根毫毛，鬈曲的头发却长达颈部，耳朵有些袖珍，双唇看似薄纸，下巴如同削尖，眼睛又大又温柔。可能是出自我自私的缘故——我认为即使是这样，他们仍不如我期望的那样有趣。

“他们只是站在我的周围微笑着，彼此嘀咕着，而没有试图和我进行交流；于是我主动打破了这一僵局。我指了指时间机器和我自己，犹豫着该怎样描述时间。我灵机一动，指了指太阳。一个穿紫白格子衣裳的小家伙立刻顺着我的手势模仿出了打雷声，这令我惊讶不已。

“他的模仿显而易见，居然向我提了个问题，一个如同只有我们的 5 岁小孩才会提的问题：我是否是从太阳上伴随着雷雨下来的？我惊呆了。难道这些生物智力低下吗？你们很难想象这给我的打击。一直以来我都在预想这些生活在 80 多万年后的人，不论在知识、艺术或是其他任何方面都应远远超过今天的我们。这进一步肯定了我从他们的衣服、柔弱的四肢和虚弱的外表做出的判断，一股失望之情油然而生。霎时，我感到我白造了这台时间机器。

“我点点头，指着太阳，生动逼真地学了一下打雷声。这把他们吓了一大跳。他们全部往后退却一步开来，连连向我鞠躬行礼。接着，其中一个拿着一个用我从未见过的鲜花扎成的花环，笑着向我跑来，套在我的脖子上。这一举动赢得了美妙的喝彩声。于是，他们全都四处采摘花朵，并笑着把花撒向我，直到我几乎被鲜花淹没。如果没亲眼看见这一切，你很难想象要经过无数年才能培育出的这等花儿的精美艳丽。这时有人提议应当把他们的玩具放到最近的建筑物里展览。于是他们带着我走过白色大理石雕刻的斯芬克斯像——它似乎面带微笑，一直注视着我吃惊的表情——朝着一座巨大的用回纹石修砌而成的灰色大厦走去。在和他们一起行进的途中，一想到我满心期盼的严肃而智慧的人类后代将出现在我面前，我就按捺不住内心的喜悦之情。

“这座建筑物的入口很大，整体更是庞大无比。我很自然地把注意力大部分集中在这些越聚越多的小家伙身上和面前那张着大口、阴森莫测的大门上面。越过他们的头顶，这个世界给我的整体印象是一个灌木丛和鲜花交织而成的美丽的荒园，一个无人问津却又没长半根杂草的花园。我看到许多奇异的高耸的白花，其花瓣差不多有一英尺长，它们像野生的花儿一样，零星地点缀在这杂乱的灌木丛中。但是，我却无暇去看个究竟，因为我的时间机器还被我遗弃在杜鹃花丛中的草坪上。

“入门处的圆拱门雕刻得十分精美，我却没有心思去欣赏它们。不过当我通过时，我仿佛看到了类似古腓尼基人的装饰图案。它们经过风雨的侵蚀，已经残破不堪。几个衣着更为漂亮的人早在门口迎接我，于是我们便进去了。我身着 19 世纪深黑色的衣服，颈戴花环，样子怪诞至极；一大群四肢洁白如雪，穿着华丽的色彩柔和的袍子的人簇拥着我，他们淹没在欢声笑语的海洋中。

“通过大门，进入了一个大厅。温暖的阳光透过棕色的窗帘和几扇窗户上的彩色玻璃在屋顶和地面上落下斑驳的影子。地板是由某种巨大的非常坚硬的白色金属铺成的——不是金属板，也不是金属片，而是金属块。历经了世世代代人们的来回走动，它已经磨损得十分严重了，主道上甚至已留下了深深的沟槽。大厅里摆放着许多光滑的石板桌，它们离地一英尺左右，上面放着大堆的水果，我只认出了其中有硕大的山莓和柑橘。

“这些桌子之间随意摆放着许多坐垫。领我进来的人坐下后，用手势示意我也坐下。没有举行任何仪式，他们便开始吃起水果来，果皮被顺手扔到桌旁的圆坑里。也许是因为又饥又渴，我很乐意学他们的举止，边吃水果边暗暗地打量着这个大厅。

“最让我吃惊的应该还是大厅那破烂的外表。已有多处玻璃破损的窗户上布满了灰尘和污渍勾画的几何图案，垂落到地上的窗帘也被厚厚的尘土牢牢拽住，就连身旁的那张坚硬的大理石桌也有一个角已经断裂了。尽管如此，却依然掩饰不住大厅的富丽堂皇。在大厅里就餐的差不多有几百号人，其中大多数尽量坐在靠近我的地方，饶有兴趣地边吃水果边打量着我，一双双可爱的眼睛闪烁不停。他们清一色身着柔软而结实的丝绸衣裳。

“另外要告诉你们，他们只食水果。这些遥远的未来世界的人是绝对的素食主义者。和他们在一起，纵使我有极其强烈的食肉愿望，也唯有以果子果腹了。的确也只能这样，我后来才发现马、牛、羊、狗都继鱼龙之后灭绝了。可是这些水果真的十分讨人喜爱，其中有一种甚是好吃，那是一种有着三棱形外壳的粉质果实，而且当我在那里时它似乎一直都处于当令时节。我就拿它作为主食。起初，这些奇花异果使我困惑不解，后来我才慢慢领悟到它们的重大意义。

“虽然我着力描述了我在遥远的未来吃水果盛宴时的情景。但是，当我稍感饱足之后，我便决心去尝试了解这群新新人类的语言。显然，这是我下一步该做的事情。从水果学起是最好不过的了。于是，我拿起一个，配合着手势，发出一连串疑问的声音。可把意思表达清楚不是那么简单，一开始我的努力换回的仅是诧异的目光和哄堂大笑。可不久，一个金发小家伙似乎明白了我的意图，并重复了一个词语。他们之间花了很长的时间探讨我说的意思，而我对他们那优美声音的首次模仿引得他们笑得前仰后翻。我就像一个身陷孩子们包围的老师，通过不懈的努力，不久就学会了十多个自己可以灵活使用的名词；接着我还学了指示代词，甚至还有‘吃’这个动词。可学好是相当困难的，这些小家伙很快就厌烦了，故意回避我的提问。我只得耐心地等待，让他们乐意的时候再一点点地教我。不久，我发现后来所能学的内容少之甚少，因为我从未见过如此懒散、倦怠的人。

“后来我才发现，他们对什么都缺乏持久的兴趣。他们会像小孩那样惊叫着跑到我这儿，但又会像孩子一样很快停止对我的关注，星散四处去寻找其他的乐趣。宴会和初次交谈结束后，我发现几乎所有刚开始时围着我的那些人都已经溜光了。无独有偶，我同时对这些小家伙也置之不理了。我填饱肚子后走出大门，再次来到那洒满阳光的大地上。我不理解这些未来世界的人：他们总会跟着我走上一段路，谈论我、打趣我，然后微笑着给我打个手势，就让我自由行动了。

“当我走出大厅时，宁静的夜幕已悄悄降临，夕阳温暖的余晖染亮了四周的景色。刚开始，所有事物都显得十分紊乱，所有的一切都和我熟知的那个世界截然不同——甚至一朵花。我刚走出的那栋大厦坐落在一条大河谷的山坡上，而泰晤士河亦从原来的位置移动了约一英里。我决心登上离这里大约 1.5 英里外的山巅，在那儿我能够更加清楚地审视这个处于公元 802701 年的星球。公元 802701 年，这正是我的时间机器上的仪表显示的年代。

“我边走边留意一切可以帮助解释造成这一壮观废墟的蛛丝马迹。我就是从这里发现这个世界的——它确实算得上一堆废墟。譬如，山上不远处即是由大量的铝连在一起的大堆花岗石，一个由残垣断壁组成的浩瀚迷宫。迷宫之中长着一簇簇十分漂亮的宝塔形植物——可能是荨麻——但是叶子却呈棕黄色，美丽而不带刺。很明显，这里是某一巨型建筑物的遗址，但到底是什么建筑我就不得而知了。就在这里，我注定会在不久后有着一段非同寻常的经历——我只初步透露一下那将会是更为奇特的发现——具体内容我将在适当的时候再做阐述。

“我忽然灵光一闪，于是从刚才小憩了片刻的平台上向四周望去，发现连一座小房子也看不到。显而易见，独立的小房子，甚至可能连同里面的人都已经消失了。绿树丛中随处可见宫殿般的建筑，那些具有我们英国独特风情的房子和村舍均已不复存在。

“‘共产主义。’我自言自语。

“紧接着我又想到了另一件事，于是我看着那五六个紧随我的小家伙。刹那间，我观察到他们装束完全一样，脸蛋细嫩光滑，四肢如少女一般浑圆。令人奇怪的是，我原来竟没注意到这一点。然而一切都是那么离奇。现在我对此完全明白了。就服装、行为举止和区分两性的特征来看，这些未来世界的人都十分相似。而且在我看来，孩子们几乎就是他们父母的缩影。由此，我断定那个时候的孩子都特别的早熟，至少在身体方面，我后来还找到了充分的证据。

“看到这些人生活得自由自在、无忧无虑，我觉得这里几乎无性别差异也是顺理成章的。因为男刚女柔、家庭制度以及职业划分仅仅是体力时代斗争的需要。再生小孩，在一个人口众多且已平衡的国度有弊无益，在一个暴力罕见、后代安居的年代，对一个讲求效率的家庭而言似乎没必要——确实毫无必要。对有关他们后代性别的关注也不复存在。在我们自己的那个时代，这种现象已初露端倪；而在这遥远的未来则已充分演绎。我必须提醒你，这只是我当时的臆断，后来我才觉得它与现实相去甚远。

“正当我深陷于对这些事情的冥想时，一个漂亮的小建筑物引起了我的注意——好像是圆屋顶下的一个水井。这里竟然还有井存在，真是怪事。我再度陷入了沉思。将近山顶的地方已没有什么大的建筑物了。由于我步行能力非同一般，我很快就甩开尾随的人单独前行了。一种异样的自由感和探险精神促使我继续前进，并爬上了山顶。

“在那里我看见一把扶手被雕琢成狮身鹫首的怪兽状的椅子，搁浅在柔软的苔藓里。它是用某种黄色金属制成的，很多地方已披着粉红色的锈斑。我在椅子上坐下来，在漫长一天结束的时分，眺望着这经历了沧海岁月后的世界在夕阳笼罩下的盛景。这是我所见过的最迷人景色。太阳已经落山，西边的天空依然金光闪闪，其间还飘飞着几条紫红色的绸带。下面是泰晤士河的峡谷，穿谷而过的河水宛如一条被抛了光的钢带。那些我曾提到过的分布在斑驳绿树丛中的巨大宫殿，有的已成废墟，有的尚有人居住。这里，到处都矗立着白色或银色的雕像，随处可见笔直的圆顶屋或方形尖塔。没有篱笆，没有主权标志，没有农耕迹象，整个地球成了一个废弃的花园。

“注意！我要开始对我那晚碰到的事情做出解释了。解释大致如下（后来我才发现我只说对了一半——或仅仅是真相的一个方面）：

“淡红的夕阳使我情不自禁地联想到渐渐衰落的人类。我第一次开始意识到我们现在从事的事业的离奇后果。可是，仔细一想，这也是完全合乎逻辑的。需求刺激力量，享乐滋生衰弱。工作和生活条件的改善——使生活越来越舒适的真正文明化进程——已稳步走向顶峰。人类联合起来抗衡自然的胜利接踵而至。今天几乎是梦想的事情，在这儿已成了切实的计划，并付诸实践。其结果，正如我眼前所见！

“毕竟，我们今天的卫生条件及农业生产仍处于初级阶段。当代的科学只征服了人类的一小部分疾病。但即使这样，它还是稳步前进并不懈地发挥着自己的作用。我们的农业及园艺仅除去了零星的几株杂草，或是培养出了一些有益的品种，而让大多数相互竞争、优胜劣汰。我们通过优生学逐渐改善我们所喜爱的动植物——数量是多么的小啊！一种更优良的新品种桃子，一种无核葡萄，一种更大更美的鲜花，一种更易于饲养的牛。我们之所以逐渐改良它们，是因为我们的理想目标是模糊的、不确定的，而且我们的知识也非常有限。同时因为在我们笨拙的手下，大自然也羞怯而迟钝起来。总有一天这一切都将被更好地组织起来，而且会越来越好。尽管有漩涡，但这必定是主流。整个世界将变得智慧而有教养，并且充满合作精神。征服自然的步伐也将越走越快。到最后，我们又将运用智慧并谨慎地按照人类的需求去重新调整物种的平衡。

“这种调整，我认为，一定已经完成，而且完成得很出色；已在我的时间机器穿过的这段年代内就彻底完成了。空中没有了蚊蝇，地上没有了真菌、杂草；到处都是水果和香气怡人的鲜花；四处飞舞着五彩的蝴蝶。在我停留期间，未发现任何传染病的迹象。医疗预防这个理想已被实现，疾病已被根除。以后我还得告诉你们，甚至连腐烂、朽化过程也被这些变化深深影响。

“社会大解放也实现了。我见到人类衣着华贵，住在金碧辉煌的房子里；而且迄今为止，我还未曾见到他们劳作。没有任何斗争的迹象，既无社会斗争亦无经济斗争。商店、广告、交通，所有那些构成我们世界主体的商业贸易统统不见了。我猜他们也曾有过人口增长的问题，但已被解决。在那金色的傍晚，我突然想到天堂。

“环境的变化，必然引起生物适应性的调整。除非生物科学是胡说八道，要不人类的智慧与力量从何处来呢？磨难和自由！在这种环境下，有活力的、强大的、机敏的人得以生存，而弱者则被淘汰；在这样的环境里，有能力者的忠诚联盟受到高度重视，自律、耐心、抉择等素质得以高度发展。家庭的建立，以及随之而来的情感——极度的嫉妒、对后代的仁爱、父母无私的奉献——都在他们的年轻一代面对的即将来临的危险里找到了正当的理由和依据。现在，哪有什么即将来临的危险呢？有一种与夫妻间倾慕、强烈的母爱、一切激情格格不入的情感正在滋生。如今这些情感都已是不必要的累赘，他们使我们感到难受，是野蛮的残根，与文雅高尚、舒适安逸的生活背道而驰。

“我联想到这些身体弱小、能力缺乏的人，以及那大片大片的废墟，我更加确信自然已被彻底征服。因为斗争结束后才会有宁静。人类曾经那么智慧、强大、精力充沛，他们竭力改变了自然。现在，轮到自然回应了！

“在绝对舒适和安全的新条件下，不竭的精力——我们的力量——成了我们的弱点。即使在我们自己的时代里，某些曾经生存所必需的欲望和爱好反而成为我们的失败源泉。例如，骁勇和对战争的狂热对于一个文明人没什么益处，甚至还可能是障碍。当一个人身体健康，处于安全境地时，体力和智力都一无是处。我断定，在漫长的岁月中，他们不曾经历战争甚至暴力威胁，不曾遭遇野兽攻击，不曾面临任何需要他们增强体质去抵御的疾病，也不需要参加艰苦的劳动。生活在这样的社会里，弱小和强壮没有区分的标准。弱小者也就不再弱小，相反弱小者更具自卫的能力，因为强壮者由于精力无处发泄只会感到烦躁不安。无疑，我所见到的这些精美建筑，是我们人类在同自己的生活环境完美协调之前漫无目的的举动。这是一场全面的胜利，它开始了最后的伟大和平。这是人类在安逸环境中的归宿，他们沉溺于艺术、色情，然后消沉、衰退。

“即使这种追求艺术的冲动也终将消失——在我看到的时间里已几乎消失。用鲜花修饰自己，在阳光下载歌载舞，这就是他们仅剩的全部艺术精神，甚至连这种冲动最后也会衰退成自我满足的消极行为。我们一直在痛苦和需求的这块磨石上接受磨炼。可在我看来，这块可恨的磨石终于在这里破碎了！

“我站在越来越暗的夜幕中，思索着通过这一简单的解释我洞悉了世界的奥秘——掌握了这些有趣的人的全部秘密。他们为抑制人口增长而发明的节育方法可能太成功了，他们的人口不是保持稳定，而是减少了。这可以用来解释那片废墟。我的解释非常简单，似乎也有道理，就像大多数错误的理论！”

第五章

“当我站在那儿沉思着人类这一太过完美的胜利时，一轮满月正从东北方流淌的银辉中缓缓地升起。欢乐的小人儿们在山下停止了来回走动，一只猫头鹰无声地掠过，我禁不住在黑夜的冷风中打了个寒战，于是决定下去找个地方睡觉。

“我寻找着我熟悉的那个建筑。这时我的目光游走在位于青铜底座上的白色斯芬克斯像上，它在渐渐明亮的月光下清晰可见。我甚至看得到它对面白桦树上闪闪发光的银白色晕圈，以及月光下一团团杜鹃花的影子，还有那个浅浅的草坪。我猛地再看了一眼小草坪，一种奇怪的疑虑突然在我心头闪现。‘不，’我断定，‘那不是先前的草坪。’

“但它的确是那块草坪，斯芬克斯那张白色的像患了麻风病的脸正朝向它。你能想象我确认了这之后的心情吗？不，你一定无法想象。时间机器不见了！

“时间机器不见了，我将丢失属于我的时代，被无助地留在这个奇怪的世界上，这种可能性像一记鞭子狠狠地抽在我的脸上。我的身体同样遭受了这个念头的折磨。我陷入了深深的恐惧之中，感觉像是被紧紧扼住了喉咙，难以呼吸。我大跨步地跑下斜坡，又不慎跌倒，脸被划破淌着鲜血。我任由暖烘烘的血顺着我的脸颊和下巴流淌，大步地向前跑。我边跑边安慰自己说：‘他们只是把它稍微移动了一下，把它挪到路旁的灌木丛里了。’然而，我有一种不祥的预感，清楚安慰自己的话是愚蠢的，时间机器一定找不到了。我痛苦地喘着气。（跑完从山顶到小草坪这段大约两英里的路程，我只花了10分钟，要知道我已经不年轻了啊！）我大声地诅咒着我的粗心大意，不该留下时间机器在那儿，这又浪费了许多精力。我大声呼喊着，却得不到丝毫的回应。月光笼罩的天地间，万物一片寂静。

“当我来到草坪，最担心的事还是发生了。时间机器荡然无存，黝黑的灌木丛中一片空旷，我顿时感到一阵虚弱和寒冷。我发了疯似的四处寻找，幻想那机器是被藏在某个角落。猛然间，我停了下来，使劲扯着头发。在我的前上方，斯芬克斯像在月光下泛着冷冷的光，它那麻风病人般的脸似乎在嘲笑我的沮丧。

“我安慰自己或许是小人儿把机器藏在了一个安全的地方，但我又确信他们没有如此的体魄和智力。令我倍感沮丧的是，我坚信有一种无法抗拒的力量拿走了时间机器。然而，有一件事我深信不疑：除非另外某个时代的人有同样的复制品，否则时间机器是不会在时间中被移动的。机器操纵杆的附件——今后我会示范给你们看——能阻止任何人用任何的方式在时间里移动它。它一定只是在空间里被移走了。但是，它到底去了哪儿呢？

“我几乎要崩溃了。我记得我在斯芬克斯像周围的灌木丛中疯狂地跑来跑去，惊动了几只动物，在昏暗的月光下，我以为是小鹿。我还记得，在深夜里，我紧握了拳头在灌木丛中不住地挥打，直到指关节被划得鲜血淋淋。后来，我终于精疲力竭，咆哮着，啜泣着，走进石头筑成的大型建筑中。大厅很黑，一片寂静，我走在凹凸不平的地板上，不小心被一张石桌绊了一下，差点跌断了胫骨。我划亮一根火柴，继续走过布满厚厚尘土的窗帘，前面我已提到过。

“在那儿我发现了另一个大厅，铺着厚厚的地毯，上面睡着二十几个小人儿。他们对我的再次露面感到很吃惊，我突然间从黑暗中露面，手里拿着一根擦亮的火柴，火光闪烁不定，嘴里还嘟囔个不停。而他们一定忘记了火柴是什么玩意儿了。‘我的时间机器哪儿去了？’我像一个脾气暴戾的孩子咆哮着，并使劲摇晃他们。我的样子一定很奇怪，他们有的笑了，更多的露出了恐惧的表情。当他们围着我站成一圈时，我忽然意识到我做了一件再愚蠢不过的事，我正在唤醒他们在白天已渐渐消失的对我的恐惧感。

“猛地，我扔掉火柴，推开挡道的小人儿，跌跌撞撞地再次穿出大厅来到月光下。我听见他们恐慌的尖叫声和凌乱的脚步声。我记不清楚当月亮爬上天空时我都做了些什么。一定是弄丢时间机器这件事让我行为失控了。想着和同类失去了联络，在这个一无所知的世界上成为一个怪物，我感到十分无助。我呼天抢地，不断诅咒谩骂，诅咒上帝的不公和命运的残酷。我在月光下的废墟中东摸西抓，四处搜寻，然而除了偶尔触碰到一些怪物，一无所获。最后，我疲惫不堪地瘫倒在斯芬克斯像旁的地上，心里满是凄惨，任泪水淌过脸颊，不久便昏昏睡去。当我醒来时已是新的一天，一对麻雀在我触手可及的草皮上跳上跳下。

“在清晨清新的空气中，我试着回忆自己是怎么来到这儿的，为什么会如此绝望和沮丧。我的思绪渐渐明朗了。在阳光明媚的草地上，我心平气和地考虑我的处境，明白了昨晚我是多么愚蠢和冲动。‘最坏的情况会怎样呢？’我分析，‘假设时间机器丢失了——也许被毁坏了，我必须冷静和耐心，去了解这里人们的生活方式，弄清丢失时间机器的原因和获取材料与工具的办法；这样或许最后我可以再造一个。’这也许是我仅存的希望，但总比绝望地坐以待毙好。退一步讲，这里还算是一个美丽和充满刺激的世界。

“但也有可能时间机器只是被拿走了。我需要保持镇定和耐心，找到它被藏匿的地方，然后用武力或智慧夺回它。我爬起身，发现自己满身泥土，感觉四肢僵硬，疲惫不堪。早晨清爽的空气让我渴望清爽一下自己，想找个地方洗个澡。我一边洗澡，一边纳闷，昨晚我怎会那么兴奋。我仔细检查了这个草坪的四周，还浪费时间去问过路的小人儿关于时间机器的下落，他们都不懂我的意思；一些人无动于衷，一些人认为我在开玩笑，冲着我傻笑，我努力克制自己想朝他们漂亮的笑脸揍去的冲动，这种冲动当然很傻，但是可怕的恐惧和盲目的怒火令我急不可耐。草地倒是给了我一些线索。我发现一道凹痕，在斯芬克斯像底座和我试图扭转时间机器时留下的脚印之间还有一些像是树懒留下的宽宽的脚印。我的注意力进一步转向了底座，我已经说过它是青铜做的。我走近轻轻敲了敲，底座是空心的，再仔细检查嵌板，发现它们和框架并非一体相连。嵌板上没有把手或是锁眼，如果这些嵌板是门，那它们准是从里面打开的。

我确信我的时间机器在这底座里，但它是怎样被弄进去的我却一无所知。

“我看见两个穿着橙色衣裳的小人儿穿过灌木丛和繁花似锦的苹果树向我这边走来，我朝他们微笑并招手示意他们过来，当他们走近，我指着青铜底座，比画着希望能打开它。小人儿的反应很奇怪。我不知怎样向你们描述，正如你用一种极其不恰当的手势向一位高贵典雅的女士比画——她将如何反应。他们像是受到了极大的侮辱，匆匆离开了。我又试着向一个身着白衣的小人儿报以甜美的笑容，但得到了同样的回应。他的神情让我如坐针毡。但是，你知道，我想要回我的时间机器，所以我不甘心地再次试问他。当他像其他人一样转身离开时，我再也抑制不住怒火，三步并作两步地追上他，抓住他宽松的衣领，拖着他走向斯芬克斯像。这时我看到他脸上极度恐惧和厌恶的表情，猛然间，我放开了他。

“我并没有气馁，用拳头使劲砸着青铜底座，我听到里面有什么声音——一阵咯咯的笑声——但我一定听错了。我从河里找到一块大卵石，用力敲击底座，把上面装饰的图纹都敲平了，铜锈也一片一片剥落下来。可怜的小人儿们一定在一英里外的地方都能听得见我狠命的撞击声，但没有什么意外的事发生。我看见他们一群人躲在斜坡上偷偷摸摸朝我张望。我困极了，于是坐下来守着底座。但我生性好动，不可能长时间守候下去。我虽然能花几年的时间去解决一个难题，但由于我享受惯了，如此劳心费力，我肯定受不了。

“不久，我站起来，穿过灌木丛，朝山那边漫无目的地走去。‘要耐心，’我劝自己，‘如果你想要回机器就得离开斯芬克斯像；如果他们果真要拿走你的机器，即使你毁了青铜嵌板也无济于事；如果他们并无意拿走时间机器，你迟早会找到它。把时间花在对事情一无所知的这些人身上是没用的，这只能让你变得偏执。你需要勇敢面对这个世界，用心了解它们的生存方式，仔细观察，不忙乱下结论，最终你会找到有关机器的线索。'这时我突然感到很可笑：我花了几年的努力，费尽心思来到未来世界，而现在又迫不及待地想离开。我给自己设计了一个有史以来最复杂的陷阱，然后跳了进去，却没法自救。想到这里，我不禁苦笑。

"走进大宫殿，我似乎感到那些小人儿在躲避我，或许是我的错觉，也或许和我刚才用卵石使劲撞门有关。然而，我确信他们在躲避我，我尽量小心翼翼地装出一副毫不在意的样子，不去追问他们。一两天之后，一切又恢复如初。我试着跟他们做语言上的沟通，并四处打探，或许我疏漏了某个微妙之处，也或许是他们的语言过于简单——只有实义名词和动词，几乎没有抽象词，也很少有修饰用语——他们的句子通常由两个词语构成，而我除了最简单的用语外对其他还一窍不通。我决定把关于时间机器的下落和斯芬克斯像的秘密隐藏起来，等我对这里有足够多的了解后，再用自然而然的思维来考虑这些问题。然而一种直觉，你一定能理解，指引着我就在我到达后的几英里范围内活动。

"至今我所见到的世界都呈现出一派繁荣昌盛的景象，就像在泰晤士河谷见到的场景一样。从我登上的每个山顶俯瞰，用不同的材料修建的样式各异的建筑群都一致的富丽堂皇，四处都是整齐划一的常青树丛、鲜花满枝的树和蕨类植物，各处的水面银光闪烁，大地延伸到连绵起伏的高山，最终消失在明净的天际。但一种圆形的井引起了我的注意，其中有几口似乎还很深。有一口就在我第一次上山的路旁，和所有井一样，这口井的边缘围着样式奇特的青铜栏杆，并用一个圆顶来挡雨。我坐在井边朝黑乎乎的井下张望，看不见井底，划根火柴照过去，也没有任何的反光。但在所有的井里我都听到一种声音：砰！砰！砰！像是重型发动机在轰轰作响。借着火柴光，我发现有一股稳定的气流向下猛灌。我扔了一片纸进去，它不是缓缓飘落，而是嗖的一下被吸了进去，消失得无影无踪。

"没多久，我把这些井同斜坡上遍布的高塔联系起来，因为在高塔上经常有在烈日灼烧的沙滩上能看到的那种闪光。种种迹象让我深信：地下有一个庞大的通风系统，但它的真正用途就难以想象了。起先我认为是小人儿们的卫生设施，这个结论似乎顺理成章，然而却大错特错。

"我得承认，在这个真实的未来世界逗留期间，我对排水管道、钟和运输方式，以及诸如此类的便利设施知之甚少。在我所读过的一些关于乌托邦和未来世界的著作里，有大量关于建筑、社会结构等方面的细节描述。这些东西在想象中容易存在，然而，当真正旅行到未来世界时，却又很难捕捉到。设想一个刚刚从非洲走出来的黑人，他要把他在伦敦的所见所闻讲给部落里的人听。他怎会了解铁路公司、社会运动、电话、电缆线、邮政快递和明信片等等的新奇事物呢？虽然我们还很乐意向他解释这一切！即使他对此有所了解，又怎样让那些从未见过世面的朋友理解并相信呢？请想想黑人和白人在同一个时代的细微差距，再看看此时我和这个黄金时代之间巨大的隔阂吧！我对未知的东西很敏感——这使我感到宽慰——但除了对他们的自动化体系有一个笼统的印象，我恐怕也很难带给你们非同寻常的体验。

“就拿墓地来说吧，我没看到墓地或任何有关墓地的迹象，但我想它们就在不远处或我探索范围之外的某处。这是我故意给自己提的一个问题，它让我感到迷惑，我的好奇心就是在这点上首次受到挫折的。更让我迷惑不解的是，在这些小人儿中竟然没有老弱病残者。

“我得承认最初关于未来时代是自动化文明和退化的人类的理论并不如我想的那样完美，而我又找不到更好的说法。让我讲些困扰我的事情吧。我所见过的几个宫殿全都是起居室、餐厅和卧室，我找不到任何机器设备。但这些人所穿的都是极舒适的布料织成的衣服（这些衣料肯定需要更新）和肯定是用机器制成的做工精细且没有复杂装饰的鞋子。不管怎样讲，他们肯定离不开机器，而且这些小人儿都没有表现出任何创造力。在这里没有商店，没有工厂，没有贸易往来。他们一天到晚嬉戏玩闹，在河里沐浴，半推半就地谈情说爱，吃水果和睡觉。我不明白他们的生活靠什么来维持。

“再回到时间机器的话题上，一定是某种还不为人知的东西把它带进了白色斯芬克斯像空心的底座里。原因何在？我可能一辈子都猜不到。还有那些没水的井、发光的柱子。我觉得我缺少一个能把事物联系起来的线索。正如你发现一个墓志铭，碑上每句话都很简单，然而被插进去一些像天书一样的字母或词语。这就是在我访问的第三天，公元 802701 年的世界呈现给我的画面。

“在同一天，我认识了一个朋友——姑且称为朋友。事情是这样的：当我亲眼看见一些小人儿在浅滩里洗澡时，其中一个突然抽筋，顺着河水往下漂。水流虽然有些湍急，但即便一个游泳水平一般的人应该也还可以应付——在这里你将了解这些小人儿怪诞的行为——他们竟然对河里可怜的苦苦挣扎的人置之不理。当意识到这点时，我急忙脱掉衣服，费力地蹚到较浅处，一把抓住那个可怜的孩子，把她安全地送上岸。我揉搓她的四肢，使她渐渐苏醒。在我离开时，她已安然无恙了。想到她的同类如此冷漠无情，我也没指望她能如何感激我，但是我想错了。

“当天下午我就碰到了我救的小女士。我相信她是来找我的。当时，我刚完成一次探险，回到自己的属地。她欢呼着迎上来为我献上一个漂亮的花环，那花环显然是为我精心准备的。这令我不禁想入非非，要知道我是多么孤独。我也尽我所能表达了我的感激之情。很快，我们俩便坐在石头砌成的亭子里用微笑开始交流。小女士孩童般纯真无瑕的友善深深打动了我。我们相互赠送了鲜花，还吻了对方的手。我试着同她交谈，得知她叫威娜，虽然我不知道这名字的含义，却觉得同她非常般配。这就是我们友谊的开始，这份友谊持续了一个星期便结束了。这些今后我再慢慢讲给你们听。

“她就像个孩子，时时刻刻想和我在一起。我走到哪儿她就跟到哪儿，我要出远门时，想故意走得很远拖垮她。她凄楚地流着泪，呼喊着我的名字，我不应却又于心不忍。但世上的事不能总是随心所欲啊。我告诫自己，我可不是来未来世界谈情说爱的。可是当我离开她时，她是那样撕心裂肺地悲痛，在分别时千叮咛万嘱咐。她带给我的麻烦和安慰一样的多，但无论怎样，她对我的确是一个很大的安慰。我想那是一种孩子般的依恋感，令她对我苦苦纠缠。我一直不明白我的离开会给她如此沉重的打击，也不明白她对我有如此重要的意义，等我清醒时，一切已为时晚矣。她仅仅凭着对我的喜欢和无微不至的关心，就使我每次走到白色斯芬克斯像附近时就有种回家的感觉。一翻过山来，我就找寻着她身穿黄白相间衣衫的纤细身影。

“我也是从她身上得知恐惧感并没有在这个世界消除。她在白天无忧无虑，对我无比信任。有一次，我冒出一个愚蠢的念头，向她扮了一个可怕的鬼脸，她也只是笑笑，并不惧怕。但她非常地怕黑暗和有阴影的地方，也怕黑色的物体。黑暗对她而言就是场可怕的梦魇。这是一种不同寻常的恐惧情绪，它使我去思考和观察。我还发现这些小人儿在天黑后喜欢聚集在大屋里成群地入睡。你不点灯就走近他们会引起他们巨大的恐慌和骚乱。没有谁天黑后独自待在室外，或是在屋内独自入眠。然而，我却仍不开窍，没有吸取他们对黑暗恐惧的教训，不顾威娜的感受，坚持远离这些贪睡的人独自成眠。

“这令她很苦恼，但最终她对我特别的喜爱战胜了她自身的恐惧，在我们熟识后的五个夜晚，包括最后的一晚，她都枕着我的胳膊进入梦乡。一提起她，我想说说另一件事。在救她的前一个晚上，我在黎明时分醒来。一晚上我都心神不宁，在梦中我快被淹死了，海葵用柔软的手掌抚摸着我的脸。突然我被惊醒，有种奇怪的感觉，一个灰色的动物刚从房子里跑了出去。我试着再次入睡，却感到焦虑不安，这时万物正褪去它黑色的面纱，一切都显得朦胧，我起身走出大厅，来到宫殿前的石板上，想就这样等着看日出吧。

“月亮正徐徐落下，逐渐暗淡的月色和黎明的曙光慢慢融合在一起。灌木丛漆黑一片，大地笼罩在灰暗之中，天空愈加显得苍凉。我似乎看见了山上有鬼，几次向斜坡望去，都见到白色的影子。有两次我看见一个猿猴模样的白色动物迅速地向山上跑去。有一次在废墟边上我看见类似的白色动物匆忙地抬着一个黑色的躯体。我没有看清它们去了哪里，好像消失在了灌木丛中。要知道黎明还未破晓，一切都灰蒙蒙的，我感到一阵清晨才有的寒冷，这感受你一定体验过。我忍不住擦了擦眼睛，好确认这是不是幻觉。

“东方的天空渐渐明朗，阳光普照大地，万物又恢复了色彩斑斓。我仔细地察看了周围，没有任何白色身影。它们都只在夜幕时出现。‘肯定是鬼。’我说。但不知道从哪里冒出来的格兰特艾伦的一条怪论跃入了我的脑海，令我觉得好笑。他主张说，如果每个人死后都有鬼魂，那么世界最终将挤满了鬼魂。按这种理论，80万年以后，鬼魂的数量将不计其数，我一次看见四个也就不足为奇了。玩笑归玩笑，我一早上都在思索这些鬼影，直到我救了威娜后才把这事暂时抛到脑后。我隐隐约约感到这些鬼影同我初次寻找时间机器时遇到的白色动物有关，但威娜的出现让我很快忘掉了一切的不快，然而，可以肯定的是，这些事很快还会回来占据我的脑海。

“我想我已经提过黄金时代的天气异常酷热。我没法解释其原因，或许是太阳比以往能量更大或离地球更近了。通常人们以为未来太阳会逐渐地凉爽，但是，不熟悉青年达尔文理论的人们忘记了行星最终会回归母体。一旦这样的灾难发生，太阳会散发重新积聚的热量。或许，轨道内侧的行星已经遭受了如此的命运，不论原因怎样，这里的太阳的确比我们想象中热得多。

“在一个炎热无比的早晨——大概是我到达的第四天，我正到处寻找可以避暑的地方，突然发生了一件奇怪的事。在我睡觉和吃饭处附近一个巨大的废墟中，当我爬上一个石堆，我发现了一处狭窄的长廊。它的尽头和两侧的窗户都被落下的巨石堵住了，在和外面强烈刺眼的阳光对比下，这里漆黑无比。我摸索着前进，刚从亮处进到黑暗中，我眼前金星四迸。突然，我停了下来，发现一双发亮的眼睛正在黑暗中死死地盯着我。

“与生俱来的对野兽的恐惧让我感觉到头皮发麻。我捏紧拳头，一动不动地盯着那双闪闪发亮的眼珠，不敢转身逃跑。这时，我想起这里的人生活在绝对的安全之中，他们对于黑暗有着奇怪的恐惧。我尽量克制我的恐惧感，向前迈出一步并大声喊叫。我承认我的声音非常嘶哑，还颤抖得厉害。我伸出手摸到了一个软绵绵的东西。马上，那双眼睛朝边上移开了，接着一个白色的东西从我身边跑开，我心惊肉跳地转过身，看见一个怪异的猿猴样的小动物，头古怪地耷拉着，迅速地穿过我身后的一片阳光。慌忙之中它撞在一块花岗岩上，倒在一旁，又立刻躲进另一堆废墟的阴影中。

“我对它的印象不太清楚，但我肯定它是白色的，有着一双巨大而奇怪的灰红色的眼睛，亚麻色的皮毛从头拖到身后。但它跑得太快了，我没来得及看仔细，甚至不清楚它是两肢还是四肢行走。我跟着它跑进另一堆废墟中，停了下来。起初我没找到它，过了一会儿，我在灰暗的天色中来到了一个像口井一样的圆口处——这从前已跟你们提过——井上半挡着一根倒塌的柱子。突然我想到那动物会不会跳进井里了？我擦亮一根火柴，朝下望去，看见一个白色的正在移动的小动物，在倒退时一双大而亮的眼睛牢牢地盯着我，令我不寒而栗。它简直像一个蜘蛛人，正朝井下爬去。我第一次注意到井壁处有金属做的脚手架，形成了一个向下的梯子。这时火苗烧到了我的手，火柴掉了下来，没落地就熄灭了。当我擦亮另一根时，那个小野兽已经消失了。

“我不知道朝井里凝视了多久，好半天我都没法说服自己相信我看到的是一个人。渐渐地，事情明朗起来。人类并不是一成不变的物种，而是分化成为两种不同的动物：地面上那些温文尔雅的孩子并不是我们这代人唯一的后代；这些白色的喜欢夜间活动的动物，就是之前从我身边闪过的那种动物，是别的物种的后裔。

“我想起发光的柱子和地下的通风设备，并开始怀疑它们真正的用途。我不知道这种狐猴在我看来已是完美平衡的社会结构中有何作用？它们和懒散、宁静而漂亮的地上居民有何关系？井里藏着什么样的秘密呢？我坐在井旁，尽力安慰自己不要害怕。我必须下去找到打开谜团的钥匙，然而我仍然很恐惧。当我正在犹豫的时候，两个漂亮的地上居民一边调情一边穿过阳光跑进阴凉处，男的追逐着女的，并向她抛着鲜花。

“当看到我胳膊靠着倒下的柱子朝井下张望时，他们显得很痛苦。显然朝这些洞穴指手画脚是件很糟糕的事，因为当我指着井口并试着用他们的语言提问时，他们似乎更加痛苦并转身离开了。但他们对我的火柴却饶有兴趣，于是我划亮了一根来让他们开心，又尝试问他们关于井的事，但我失败了。我放开他们，打算去找威娜，看能不能从她那里得到些什么线索。不过我马上改变了想法，并且调整了自己的猜想和印象。我对这些井、通风塔和鬼魂的意义有了新的线索，对青铜门的意义和时间机器的下落也略知一二了，连曾经困惑我的有关他们的经济问题也有了些眉目。

“我的新理论是这样的。一般来讲，这第二种人是地下人。有三个理由让我相信，他们之所以很少在地上露面，是因为他们长期在地下生存居住的缘故。首先，他们浑身呈白色，这是长期在黑暗中居住的动物共有的特征——例如肯塔基山洞白色的鱼。其次，他们能反光的巨大眼睛，是夜间活动的动物的共同特征——比如目光敏锐的猫头鹰和猫。最后，对阳光有明显的不适应——手忙脚乱地躲进暗处以及见到光后耷拉着脑袋的怪样。这些都有力地证明他们的视网膜对光极其敏感。

“在我脚下，一定布满了蜘蛛网似的隧道，这些隧道就是新种族的居住地。那些通风口和分布在斜坡上的井——事实上除了沿河谷地带以外到处都有——显示出他们的分支多么广泛。他们在人工制造的地下世界里，和阳光底下的居民一样，生活得自然而舒适。这种推论似乎很合情合理，于是我接着推论下去。然而，不久我便发现了其中的谬误。

“首先，从属于我自己时代的问题来看，能肯定的是——也是整个事件的关键——资本家和劳动者之间的差异正在逐渐扩大。这对你们来讲一定难以置信，但事实确实如此。人们充分利用地下空间并不是为了文明的装饰，例如伦敦，那里有地铁、地下工作室和饭店，并且数量日益增多。毋庸置疑，这种趋势已经发展到工业在地上已没有立足之地。也就是说地下工厂越建越深，人们在地下度过的时间也越来越长，直到最终！即使就现状而言，难道一个东部的工人不是生活在与世隔绝的人造环境中吗？

“此外，富人毫无疑问会因为他们不断完善的教育体制和粗俗的穷人之间不断扩大的隔阂而倾向于把地上土地占为己有。就拿伦敦来说，半数以上的漂亮乡村被封闭起来，不允许外人进入。同样是这种隔阂——由于富人为受教育而支付高额费用和花费大量时间，从而要求更加舒适豪华的居住条件——令阶级间的沟通，即通婚这种目前防止不同社会阶级分化的行为日益减少。到最后，地上的资产阶级将过着富裕充足、自得其乐的日子，而地下的无产者将不得不去适应他们不断劳苦的生活。一旦生活在地底下，他们无疑将为通风设施支付为数不少的租金，如果拒绝支付，他们就得忍饥挨饿或窒息而死。反抗者最终将悲惨地死去，活下来的人将逐渐适应地下生活，并和地上的居民共存。如此而言，有漂亮的面孔同时也有苍白的面孔，就是顺理成章的事了。

“我所梦想的人类伟大的胜利并非如此。我想象中人类道德成熟和分工合作的和谐社会并没出现。正相反，我看到的是真正的贵族阶级，被先进的科学包装着，展示了目前工业体系发展的完美结局。他们的胜利不单是征服了自然，同时也征服了人类。我要指出的是这只是我当下的想法和推论。我并没有在乌托邦书中找到现成的模式。我的理解也许全然错了，但我仍认为还算合情合理。但即使在这个理论上，平衡文明也已走出了顶峰时期，目前处在衰退时期。

地面居民那种过于自信的安全感使他们在身高、力量和智力方面慢慢退化了。这我已经了然于心。地下居民的情况我还不清楚，但从我已经看到的有关莫洛克人的迹象来讲——哦，随便说一句，莫洛克人是我对这些地下居民的称呼——我能想象这种变异的人种比我已经了解的漂亮的埃洛伊人要强大得多。

“但我还是有些困惑，为什么莫洛克人要拿走我的时间机器？我敢肯定是他们拿走的。如果埃洛伊人是主人，为什么他们也不把时间机器还给我呢？为什么他们对黑暗如此恐惧呢？我又试着询问威娜关于地下居民的情况，仍没有结果。起先她听不懂我的问题，后来又拒绝回答。她浑身发抖，似乎无法容忍这些问题。一旦我稍加严厉地对她，她就哭得像个泪人儿。这是除了自己的眼泪之外我在黄金时代见过的唯一的泪水。她一哭，我就立刻停止追问有关莫洛克人的事，只想着替她擦去这人类才有的遗传物。当我庄重地点燃一根火柴，她又很快露出笑脸，高兴地拍起手来。”

第六章

“说来也怪，两天后我就在那条路上寻到了新的线索。那些苍白的尸体令我毛骨悚然。它们既像经过漂白的蠕虫，又像陈列在动物博物馆里的标本，毫无生气，摸上去冰冷冰冷的。可能我的畏缩感主要来自埃洛伊人的影响，我开始慢慢懂了他们对于莫洛克人的厌恶之情。

“接下来的晚上，我没有睡好。可能是由于健康状况不好，意识模糊不清。有那么一两次心中闪过一丝恐惧，也说不清楚是什么原因所致。只记得我轻手轻脚地摸过大厅，见到那些小人儿在月光下酣然入睡，威娜就在他们中间，这才使我放下心来。即便如此，我还是有种意识，我感到在接下来的几天，月亮将渐渐地隐去，夜晚将会变成漆黑一片。那时，这些从地下冒出来的令人厌恶的怪物，这些雪白的狐猴，这些取代上一代的新生害虫便会泛滥起来。这几天，我坐立不安，像一个人逃避无法推卸的责任时所特有的那种感觉。我确信只有通过对地下未知事物的大胆探索才能找回时间机器。但我只身一人不敢去做，如果我有个伙伴，情况就大不一样了，但事实上我是孤零零的一个人，就连爬进黑漆漆的井里都让我胆战心惊。我不知道你是否能够理解我的感受，但我不曾感到安全。

“可能正是由于这种焦躁不安，驱使我在探险的路上走得越来越远。我往西南方向朝着那个正在兴起的名为康姆·乌德的乡村行进。从19世纪班斯蒂德城方向远远望去，能够看见一座巨大的绿白色建筑，其风格有别于以往我见过的任何一种建筑。它比我以往所见的最大的宫殿或遗址都要大，从正面看带有东方建筑色彩：表面光鲜亮丽，跟浅绿色差不多，就像一种蓝绿色的中国瓷器。这些异样的风格也说明它具有不同的用途。我决定继续深入井下探索，但是由于天色渐暗，且我也因为绕了一大圈才到那里已感到疲惫不堪，索性决定将探险行动推迟到明天，转而回到小威娜那里接受她的欢迎和拥抱。然而第二天早上我清楚认识到了自己之前对于青瓷宫殿的好奇只不过是一种自欺欺人的想法，是我借以推脱当天去体验令我害怕的经历的借口而已。我决定立即下井，不再浪费时间。于是我一大早就出发朝那座堆砌着花岗岩和铅的废墟附近的井下挺进。

“小威娜在我后面蹦蹦跳跳着，一直到井边。当她看到我在井口边斜倚着身子往井里看时，她露出一种从未有过的仓皇与失措。‘再见了，小威娜。’我说着吻了她一下，接着把她放下，开始匆忙地抓住井壁上的钩子，因为我害怕自己的勇气会跑掉。起初，她以一种惊愕的表情望着我，然后便传来她的哀号，她追赶着我，试图用她的小手拉住我。她的这一举动给了我继续下井的力量与勇气。我挣脱开她的小手，动作可能有点粗鲁。一会儿我便来到了井的咽喉部位。看到她俯在井边痛苦的表情，我朝她笑了笑，以让她宽心。随后我不得不低头望着踩脚的那些摇晃不定的钩子。

“我沿着一个大约200英尺的长杆慢慢向下爬。因为井壁上支出许多的金属杆，我的下行受到了影响。这些金属杆应该适合比我小和轻的人使用。很快，我就感到疲惫不堪了。突然有支杆被我压弯了，我差点摔入下面的黑暗中。当时我正用一只手吊着身体歇息了一会儿。经过那次以后我再也没敢休息了。尽管我的胳膊和后背不久便剧烈地疼痛起来，我还是尽可能快地沿着笔直的井往下爬。偶尔抬头往上看的时候，发现井口越来越小，小得像一块蓝色的小圆盘，还能看到圆盘里有颗小星星，而小威娜的头看上去就像一颗圆黑点。井底下的一台机器发出的砰砰声越来越大，让我越听越烦闷。除了头顶上的小圆盘外，四周一片漆黑。当我再次往上望的时候，已经不见威娜的影子。

“我淹没在无边的痛苦之中，一个想法一闪而过——沿着杆子爬上去，不去这地下世界。然而尽管这个想法在我脑海里激烈地斗争，我仍不住地往下爬。终于，我隐隐约约看到右手边一英尺开外的墙壁上有一个细长的小孔，这令我松了口气。我纵身钻进孔里，原来那是一个狭窄的水平隧道的洞口，这样我就可以躺下来休息一下了。不一会儿，我感到胳膊疼了，背也麻木了。带着怕支撑不下去的恐惧，我开始战战兢兢地发抖。此外，那浓得划不破的黑暗让我的眼睛痛苦不已，空气里也充满了机器抽压空气的震动声和嗡嗡声。

“不知躺了多久后，一只柔软的手触摸着我的脸将我惊醒。黑暗中，我从身上摸出了一根火柴急忙划燃，看见三只白色的“怪物”俯身站在我的面前。他们和我之前在地上废墟所见的有点相似，一见到光就立即躲开。大概由于生活在黑暗的世界里，他们的眼睛大得出奇，还相当敏感，就像一群生活在深水里的鱼的瞳孔，还能反光。我敢肯定他们在那种黑暗中仍能看见我。似乎除了怕见光外，他们对我毫无畏惧。因为，当我划燃一根火柴想看清他们的时候，他们却不由自主地四处逃散开去，躲在黑暗中的槽沟或隧道里，以一种极其奇特的方式瞪视着我。

“我尝试着对他们大喊以获得帮助。可是很明显，他们的语言与外界人们所讲的语言大不一样。因此，我的喊叫也是徒劳。探险之前想逃跑的念头又出现了，然而我给自己打气：‘你已经来到井下了。’我顺着隧道摸索着前进，发现机器的轰鸣声越来越大。不久洞壁消失了，我来到一个较为宽阔的空间，划亮一根火柴，发现自己已经到了一个巨大的拱形洞穴前，洞穴延伸到火光范围外的黑暗中。然而，我所能见到的也只是一根火柴所能照亮的范围。

“我的记忆的确有点模糊不清。如同大型机器般的庞然大物在昏暗中升起，投下一道奇异怪诞的黑影，若隐若现的像幽灵似的莫洛克人躲在里面逃避火光。顺便说一下，那里相当沉闷，简直令人窒息，空气中还弥漫着一股淡淡的血腥味。顺着通道到中间部分可以看到摆放着一张白色金属制造的小桌子，桌上面好像是一餐饭。不管怎样，莫洛克人还是食肉族。就在那时，我记得自己还疑惑着要怎样庞大的幸存动物才能提供如我所见的那么大的鲜红的腿骨肉呢？所有的一切都如此地令人难以捉摸：那股浓烈的味道，那索然无味的腿骨肉，那些潜伏在黑暗中等再度黑暗时来袭击我的令人厌恶的东西！接着火柴快燃尽了，灼伤了我的手指后掉落下去，在黑暗中划出一条红色的细小的长带。

“我想到了自己为此次探险而做的准备是多么不足。从一开始乘坐时间机器出发时起，我就有了一种臆想——未来世界的人们在机械装置上一定远远领先于我们。所以我赤手空拳地来了，没带任何装备，没带任何医疗药品，也没带烟，甚至连火柴也没带足。我要是想到带一款柯达相机该有多好呀！那样的话我就可以立刻将这地下世界的一瞥拍下来，有空的时候拿出来细细品味。但是，正如现在，我却只能呆呆地站在那儿，唯有自然赋予我的武器和力量——手、脚、牙齿，以及剩下的四根能提供安全的火柴。

“我害怕在黑暗中继续行进。借着最后的一丝火光，我发现火柴已所剩无几。从那刻起我意识到必须节约火柴了，之前我已经浪费了半盒火柴来吓唬地上世界的人，对他们而言火是新奇的玩意儿。现在，正如我所说的，我只剩四根火柴了。当我被黑暗包围时，一只手搭在了我的肩上，我感到细长的手指在我的脸上摸索，还闻到一股不舒服的气味。我似乎还听到一群可怕的小东西在我周围的呼吸声。我感到手中的火柴盒正在脱离我的手，同时身后还有一只只手在拉扯我的衣服，整个人仿佛也被别人的目光包围。我对处在黑暗中的他们的一举一动一无所知，这令我感到十分不安。于是我竭尽全力朝他们吼叫，吓得他们四处逃窜。接着我感觉他们再次向我靠近，而且愈发大胆地抓住我，相互之间发出一种奇特的窃窃私语般的声音。我猛烈地抖动身体，再次歇斯底里地叫喊，这次他们没有那么惊恐了。他们再次靠近的时候，还发出一种奇怪的哄笑声，这让我感到害怕极了。我打算再划一根火柴，在火光的掩护下逃走。

于是，我从衣袋里掏出一张纸，竭力维持闪动的火焰，以便可以逃到那条狭窄的隧道里。但是我还没有进入隧道，火光就熄灭了。黑暗中我能听到莫洛克人在追赶我时发出的嗒嗒声，像风飒飒地掠过树叶，像雨猛烈地拍打着地面。

“不久，我又被几只手给拉住了，他们企图把我拽回去。我又划亮了一根火柴，在他们的脸旁不停地挥舞。你们简直不敢想象当他们迷惑地傻愣着时，他们那一张张野蛮的脸是多么令人作呕——苍白、没有下颚的脸，巨大的、无眼睑的、灰红的眼睛！但我没有停下来细看，我向你们保证！我继续退让，第二根火柴熄灭，第三根接着亮了起来。当我够着下来的那根杆子时，火柴也几近燃尽了。我躺在边上喘着气，因为下面那台大机器运转的声音实在让人头晕。然后我伸手去抓旁边凸出来的钩子。正当这时，我的脚被抱住了，于是我猛烈地挣扎，使劲往后面乱踢。我把最后一根火柴也点燃了……可它一下就熄了。庆幸的是，我的手已经抓住了攀爬的梯钩，顺势猛踢，终于摆脱了莫洛克人的拉扯。当他们待在那儿眨着眼睛凝视着我时，我已沿着杆子迅速上爬。唯有一个小东西穷追不舍，而且在一个靠近我的极佳位置险些掠走我的一只靴子。

“攀爬对我而言似乎没完没了。还有二三十英尺的时候，我突然感到一阵要命的眩晕。尤其最后几码，我感到似乎要掉下去，费了好大的劲儿才牢牢抓住。最后我还是爬出井口，跌跌撞撞地走出废墟，来到炫目的阳光下。我跌倒在地，甚至感到连脸上的泥土也散发着清新香甜的味道。我记得这时威娜亲吻了我的双手和耳朵，还听到了埃洛伊人的声音，然后就一度失去了知觉。”

第七章

“说实话，现在我的处境似乎比以前更糟。自时间机器丢失以来，我每夜都陷入无边的痛苦和绝望之中，但是坚信最终会逃出去的信念支撑着我。然而这一信念却被这些新发现动摇了。从前我认为我只是被孩童般的单纯所阻挠，被某些我只要理解了就能克服的莫名的力量所妨碍，但莫洛克人令人作呕的品性有一种新的成分——一种丧失人性的邪恶的因素。我本能地憎恶他们。以前，我的感受就像一个掉进坑里的人所能感受的那样，我只会关心那个坑和怎样出去。现在我觉得我就像一只困兽，敌人很快会向我袭来。

“我所惧怕的敌人会使你惊讶。它是新月时的黑暗。这是威娜告诉我的。她给我讲关于黑夜的故事，起初我听得有些莫名其妙。但现在要猜测即将来临的黑暗意味着什么，并不是难题。已逾下弦，每晚都是长夜。我总弄不清楚莫洛克人在新月下到底干了什么罪恶勾当，现在至少稍微知道地上的小人们为何惧怕黑暗。现在我十分确信我的第二个假设是完全错误的。地上的人们以前可能是享乐的贵族，而莫洛克人只是受他们摆布的仆人，但那早已成为过去了。

从人类进化来的两个种类正在形成或已经形成一种新的关系。就像卡洛林人的国王那样，埃洛伊人已成为绚丽的摆设。他们之所以仍旧在地表生存，是因为莫洛克人世代生活在地下，对阳光灿烂的地表无法接受。而且我推想，莫洛克人为埃洛伊人做衣服，并维持着这一习惯。可能是因为他们服侍人的旧习惯已在他们的生理机能上留下烙印，就像站着的马不时地要蹬蹬蹄子或人类喜欢狩猎一样自然。但是有一点很清楚，旧的秩序已有所颠倒，惩罚娇生惯养者的复仇女神莫西斯正迅速爬来。许多年前，成千上万代人以前，人类把他们的同胞从舒适和阳光中赶走。现在，这些同胞回来了！他们变了！埃洛伊人已经开始温习一堂旧课，他们重新品尝了恐惧的滋味。而且，这一切突然使我想到了我在地下世界见过的肉。这是足够奇怪的想法，它并非我冥思苦想的结果，也不是陡然闯进我脑海的异端。我努力回想这想法的形成，似乎有些似曾相识的模糊概念。但我此时说不清它到底是什么。

“无论那些人在未知的恐惧中如何束手无策，我和他们始终不同。我出生于我们这个时代，这个人类的全盛时期，这个远离恐怖与神秘的时代。至少我会保护我自己，说干就干，我决定自己动手制造武器，并找个安全的地方睡觉。我的信心在我发现自己每夜都睡在莫洛克人眼皮下时已消失得无影无踪了。一想到他们可能已经窥视过我，我就心惊肉跳。我觉得我的床铺只有远离他们才能得到安全和庇佑，否则我将永远无法入睡。有了那个避难所作为基地，我就能有信心地面对这个陌生的世界。

“一下午我都沿着泰晤士河徘徊，但未发现任何在我看来是安全的地方。所有的建筑和树林对于莫洛克这种善于爬行的人来说都是容易达到的，只要看看他们的井你就会相信。这时我想起青瓷宫殿上高高的小尖塔和它磨得闪闪发光的墙壁。夜晚的时候，我把威娜孩子似的扛在肩膀上，向西南方向的山上走去。第一次看到这地方是在一个阴雨绵绵的下午，当时我被眼睛骗了，觉得这距离比实际的短得多。这段路程，我估计有七八英里，可我跑了将近 18 英里的路。另外，我的一只鞋的后跟松了，一只鞋的鞋钉戳穿了鞋底，我成了跛子（那双鞋是我在室内穿的一双舒适的旧鞋）。所以当我能够看见宫殿时已是黄昏时分了。淡黄色的天空映衬出宫殿黑糊糊的轮廓。

“当我开始把威娜扛上肩膀的时候她异常高兴，可过了一会她就要求我把她放下来。她在我旁边跑着，有时向两旁扑去，摘些鲜花插在我衣服口袋里。我的衣服口袋总令威娜迷惑不解，不过她最终得出结论：它们是用来插花的古怪花瓶。对了，想起来了！换外套时我发现……”

时间旅行者停了下来，手伸进衣服口袋，安静地从衣服口袋里拿出两朵像是凋零的锦葵的小花，放在小桌上，便接着往下讲。

“傍晚时分，大地静悄悄的，我和威娜继续上山朝温布尔登爬去。她不久就感到疲倦想返回灰石房子去，但我指着远方青瓷宫殿两面的塔尖，让她知道那里是我寻找的可以使她远离恐惧的地方。此时万籁俱寂，甚至连一丝风都没有，天空清澈、遥远而空旷，只在天边残留着几道落日的余晖。对我来说这样的夜晚总酝酿出一种期待的气氛。说实话，那个晚上这种期待带着几分恐惧的色彩。在那种神秘莫测的宁静中，我的感觉显得异常敏感。我想，我甚至能感受到脚下的空洞，能透过洞穴看到莫洛克人在蚁穴上走来走去等待黑暗的降临。我激动地幻想着他们因我对其巢穴的入侵向我宣战。他们为什么要拿走我的时间机器呢？

“我们就这样默默地走着，远处湛蓝的天空逐渐暗淡，星星一个接一个地冒出来。地面渐渐变得模糊，树木一片漆黑。恐惧和疲倦又向威娜袭来。我把她扛起来，和她讲话并安抚她。天色越来越暗，她搂住我的脖子，闭上眼睛，把脸紧紧地贴在我的肩膀上。就这样我们走下一个长坡，进入了山谷。由于天色暗淡我差点走到一条小河深处去，我蹚过小河，穿过了许多住房和一座雕像——一个连头也没有的农牧神之类的雕像——朝山谷相反的方向走去。到目前为止我还没看到莫洛克人的踪影，但现在还不是深夜，离月亮升出来之前更黑暗的时刻还早着呢。

“我望着接下去要翻越的山顶，看见一片茂密的树林，黑压压的一片向四周延伸，望不到尽头。我犹豫了，感到疲惫不堪，双脚尤其酸痛。我小心翼翼地将威娜从肩膀上放下，在草坪上坐了下来。我再也看不见青瓷宫殿了，我开始怀疑自己走错了方向，我朝茂密的树林望去，心想里面会藏着什么东西。在那浓密的纵横交错的树林下连天上的星星也看不见，就算那里没有别的潜在的危险——那种危险是我任意想象的——也会有绊人的树根和容易撞上的树干。

“经过一天的情绪激荡，我也已经非常疲惫了，于是我决定暂时不提青瓷宫殿，在空旷的山上过夜。

“我很高兴地发现威娜已经熟睡，我轻手轻脚地用夹克衫把她裹起来，坐在她的旁边，等待月亮高高地升起。山腰里安静而荒芜，可黑糊糊的树林里不时传来动静。晴朗的夜晚，星星在我头顶闪烁着。我从这闪烁的星光中感受到了一种朋友般的安慰。然而，所有旧的星座已经从天空中消失，那种人一辈子都难以感觉到的缓慢的移动，早已把它们重新组成了不熟悉的群体。但是以我看来银河还是同过去一样，由星群构成一条破碎的光带。南边（我判断是南边），有一颗对我而言并不熟悉的格外亮的红星，它甚至比我们自己的天狼星还要明亮。在这些闪耀的星点里，一颗明亮的行星慈祥而稳定地闪烁着，像一张老朋友的脸。

“看着这些星星，刹那间我所有的烦恼和城市生活的纷扰都显得微不足道。我想到它们遥不可测的距离，想到它们缓慢的不可避免的运动，从未知的远古到同样不可知的未来，我想到地球运转时所画的那个巨大的圆圈。在我经历的全部岁月里它才静静地绕了40圈，而就在这40圈的旋转中所有的运动，所有的传统，所有复杂的组织、民族、文学、灵感，甚至连我未知的人的记忆，都已不复存在，取而代之的是这些忘记祖先的脆弱者和令我胆战心惊的东西。我又想到了在这两种物质之间巨大的恐惧。第一次我明白了我见到的肉可能是什么东西。那简直是太恐怖了！我看着在我身旁熟睡的小威娜，她的小脸在星光中显得苍白无力，我立即打消了心中的这个想法。

“在那个漫漫长夜中我尽量不去想莫洛克人。为了打发时光我努力幻想能从新的混乱的星座中发现一种旧星座的痕迹。天空依然清澈空旷，偶尔飘来几朵淡淡的云彩。毫不经意间我也打了几次瞌睡。后来，就在我继续守夜时，东方的天空中渐渐露出微光，就像是一种无色火焰的反射，接着月亮升起来了，异常皎洁。再接着黎明也跟着来了，它赶上了月亮并且遮盖了月亮，起初是苍白的，没多久就变得粉红而且温暖。没有一个莫洛克人靠近我们。那晚在山上我没看见一个莫洛克人。新的一天的到来使我重拾信心，那些恐怖也似乎毫无道理了。我站起身发现鞋子松掉的那只脚已肿到踝骨，脚底疼痛难忍。于是我又坐了下来脱去鞋子并把它们扔掉。

“我叫醒威娜，然后我们一起走进丛林。与昨晚令人望而生畏的黑暗相比，这样翠绿欲滴的丛林让人心旷神怡。我俩在树林里找了些野果来充当早饭，不久又遇到了小巧玲珑的家人，他们在阳光下又跳又笑，仿佛大自然里没有黑暗的东西似的。这时我又想起了我曾见过的肉。我现在确定它到底是什么了，而且我从心底里同情从人类这股洪流里流出的这最后的涓涓小溪。很显然在人类长期退化过程的某个时期，莫洛克人的食物就已供应不足，很可能他们以吃老鼠之类的动物维持生命。以致退化到现在，莫洛克人对食物的挑剔和讲究已远远不如以前的猴子。他们头脑中“同类不可相食”的观念，并不像“活着就是一切”的生存本能那么根深蒂固。这些没有人性的人类子孙！我试图以科学的精神来看待这件事，毕竟他们比起三四千年前我们食人的祖先来说更不像人，更遥远，而且，对这种状况不能容忍的社会知识和道德已经消失了，我何苦自寻烦恼呢？这些埃洛伊人不过是被养肥的牲畜，被蚂蚁般的莫洛克人保存和食用——可是还被他们饲养着。而威娜还在我身旁跳舞呢！

“接着，为了使自己摆脱恐怖的袭击，我试图把这件事看成是对人类自私行为的严厉惩罚。人类依赖同胞的劳动，心满意足地生活在安逸和快乐之中，把‘需要’当成口号和借口。在适当的时候，他们自然就有这样那样的‘需要’。我甚至想对这个处在衰败中的可怜的贵族表示卡莱尔式的蔑视，但是抱这种态度是不可能的。不管他们的智力退化到何种地步，埃洛伊人仍保留了大量的人类特征。这使我不得不表示同情，还要分担他们的衰退和恐惧。

“那时我对该走哪条路看法很模糊。我第一感觉是要找个安全的藏身之地。自己制造些金属和石头武器，这是当务之急。接下来，我希望能弄到生火的工具，好让我手上拿个火炬之类的武器，不为别的，只因为它是对付莫洛克人最有效的手段。然后我想发明一个东西来打开那些门。手握火把就一定能找到时间机器逃走。我猜莫洛克人没有那么大的力气将它搬到很远的地方去。我也决定把威娜带到我们那个时代去。我心里一边盘算着，一边继续朝我凭空选为住所的那幢建筑走去。”

第八章

“大约中午的时候，我们到达了青瓷宫殿，那里一片荒凉，即将沦落为废墟，只有破碎的玻璃还残留在窗户上，大片大片的绿色贴面已经从生锈的金属框架上脱落。宫殿高高地耸立在一块绿草如茵的高地上。走进宫殿之前，我朝东北方向看了一下，惊讶地发现那边有一个三角湾，或者说是个大港口。我断定当初旺兹沃思和巴特西就在此。于是我想到了——尽管没有一直那样想下去——海洋里的生物可能经历的或正在经历的变化。

“经过检查，宫殿的材料的确是陶瓷的，在它的表面，我发现一些不认识的文字。我还傻乎乎地认为威娜可能会帮助我翻译，但我发现她的大脑里几乎没有文字的概念。兴许是她的感情那么有人情味的缘故，因此，在我看来，她比实际的她更富有人性。

“两扇破破烂烂的大门敞开着。我们看到的不是传统的大厅，而是两边有许多窗户的长廊。一眼看去很像博物馆。瓷砖地面上积了厚厚的尘土。陈列着的各种各样的物品也蒙着厚厚的灰尘。这时，我看到了长廊的中央竖着个瘦骨嶙峋的怪东西，显然是一具大骨骼的下半部分。从它倾斜的脚上，我认出是某种已经灭绝的像大懒兽之类的动物。头骨和上半部分的骨头都躺在厚厚的尘土里。由于处在屋顶漏水的地方，它已经被腐蚀了。再进去，是一具庞大的雷龙的骨架。种种迹象表明它就是一座博物馆。往旁边走过去，发现了斜坡形架子之类的东西。扫去厚厚的尘土，我看出了是我们这个时代所熟悉的旧式玻璃柜。但是，从这些保存相当完好的东西可以判断这些柜子肯定是密封的。

“很明显，我们是站在南肯辛顿后的废墟上。这里是古生物部。它一定陈列过许多珍贵的化石。由于细菌和微生物的灭绝，失去了99%的腐蚀力度，不可避免的腐蚀过程一度得以幸免，但现在它正以极慢的速度腐蚀着这些陈列品。通过各处打碎的或用线穿在芦苇上的稀有化石，到处可以找到小人儿留下的痕迹。有些玻璃柜被移动过——我猜是莫洛克人干的。这个地方非常安静，厚厚的尘土减弱了我们的脚步声。威娜刚才正沿着一个倾斜的玻璃柜滚海胆，现在走过来了，看我正盯着她，就静静地抓住我的手，站在我的旁边。

“开始，这智慧时代的古代纪念馆让我感到非常惊讶，以至对它所呈现的种种可能没有多加思考，甚至一直惦念着的时间机器也被我置之脑后。

“从面积上判断，这座青瓷宫殿不仅仅有古生物馆，也许还有历史陈列馆，甚至还可能有个图书馆。对我来说，至少在目前的情况下，这些东西比正在被腐蚀的古代地质陈列品更有吸引力。摸索中，我发现了另一个与第一条长廊相接的短的走廊。看上去是陈列矿物的长廊。一块硫黄让我随即想到了火药，但是没有找到硝石，甚至，任何一种硝酸盐也没有。毫无疑问，它们在千年前就溶解了。我很难忘记拿起过的一块硫黄，它让我产生了一长串的想法。至于这个博物馆里其余的那些陈列品，虽从整体上来说，是我所见到的保存最完好的，却引不起我的兴趣。我不是矿物学家，所以我继续沿着与第一个大厅平行的破旧的过道走下去，来到了个自然史陈列室，可是里边的东西几乎都已不能辨认。几个皱缩的、发黑的动物标本的残迹，酒精罐子里的一些干枯的动物尸体，已经死去的植物的棕黄色残骸，这就是这里的一切。为此，我感到遗憾，因为我原本是很开心地来追寻人类征服生物界精心调整所达到的成就。接着，我来到一个宽敞的博物馆，但光线很弱，地板也从我进去的那一端稍稍往下倾斜。每隔一段，都有一个白球挂在天花板上——许多很破了——表明这个地方原先是用人工照明的。在这个方面，我是内行，因为在我的两边排列着巨大的机器，已经全都腐蚀得很厉害了，有些已经坏了。但有些还是相当完整的。你知道，我特别钟爱机器，愿意在这些机器之间多逗留一会。这主要是因为这些机器像谜一样的吸引我，而且我也只能模糊地猜测它们的用途。我想，如果我能解开这些谜，我就应该拥有可以用来对付莫洛克人的力量。

“威娜突然走过来紧靠着我，我吓了一跳。但如果不是她，我想我该不会注意到博物馆的地板完全是倾斜的。当然，可能地板没有倾斜，而是博物馆是依山而建的。我进门的那一头高出地面很多，稀疏的光线从狭长的窗户射进来。当你往前走的时候，外面的地面随着前行的步子逐渐抬高，最后每扇窗户前都出现了一块低地，就像伦敦房子前的空地一样，只有一束狭长的光线从顶部射进来。我慢慢地一边走着，一边琢磨着这些机器，由于思想太过于集中，以至于没有注意到光线逐渐变弱。直到威娜越来越害怕的样子引起了我的警觉，我才发觉这条走廊尽头一片漆黑。我犹豫了，我望了望周围，发现灰尘少了，灰尘表面也不再那么平整。黑暗的更深处，好像有很多又小又窄的脚印。我预感莫洛克人随时都可能出现。我觉得我把时间浪费在了对机器的纯学术研究上。已是下午比较晚的时候了，而我依然没有武器，没有藏身处，也没有可以生火的工具。此时，在博物馆漆黑、悠远的长廊深处，传来了急促的轻拍声和在井底听过的古怪的声音。

“我突然想到一个主意，便放开一直紧握威娜的手，转向一台机器，机器上有一根伸出的铁杆，像信号箱里的横杆。我爬上机器的底座，抓住铁杆，使出浑身力气，把它压弯。我很准确地估量着力量，过了一会儿，横杆就咔嚓一声折断了。突然，被我留在过道中央的威娜啜泣起来。我手拿着铁杆又来到了威娜的身边，我想，这足以对付可能碰到的莫洛克人了。我很渴望杀死几个莫洛克人。你大概会认为我想去扼杀自己的后代是很不人性的。但在这种情况下想到人性是不可能的。当然我不愿意离开威娜，并且相信如果满足我杀戮的欲望，时间机器可能损坏，所以我没有沿着走廊向前走去杀死那些发出怪叫的野兽。

“我一手拿着铁杆，一手抱着威娜，离开这个长廊，走进另外一个更大的厅。挂在大厅旁边的棕色的烧焦的残片让我想起了挂满破旗的军用小教堂。我马上认出那些是书的残页，它们早就散架了，辨认不出曾有过的文字。到处变形的木板和金属夹子，可以充分说明问题。如果我是一个文人，或许我会从道德的角度指出一切野心都是白费的。让我感触最深的是满地的烂纸，那是人力极大浪费的证明。此时，我得承认我那时想的主要是《哲学学报》和自己的 17 篇物理光学的论文。

“后来，我们走上了宽阔的楼梯，来到了曾经可能是应用化学馆的走廊。除了一边的屋顶倒塌，这个陈列馆基本上保存完好。我急切地走向每一个保存完整的柜子，希望能够得到有价值的发现。最终，在一个完全密封的柜子里，我找到了一盒火柴，我急切地试了一下，都很好用，没有受潮。我转向威娜。‘跳舞吧！’我学着用她的语调喊。于是，在那被遗弃的博物馆里，在厚厚的柔软的尘土上，我哼着《忠诚的国土》的曲子，尽情表演着混杂的舞蹈，逗得威娜很开心。其中部分是平实的坎坎舞，部分是踢踏舞，部分是连裙舞（尽我燕尾服许可的范围内），还有部分是原创的。正如你们所知道的，我这人天生具有创造力。

“我仍在想，这盒火柴经过无数年代的时间，却没有受潮，真是很奇怪的事，而对于我来说，也是极其幸运的。更奇怪的是，我还发现了一种更不可想象的东西——樟脑。我是在一个被封得严严实实的罐子里找到它的。开始我以为是石蜡，于是，打碎玻璃，但樟脑的气味错不了。在万物溃灭的时候，或许是经过了上千世纪，这个易挥发的东西保存了下来。这让我想起箭石的化石里的乌贼墨汁画，它一定是在千万年前就被毁灭，然后变成化石的。我正要把樟脑扔了，但又想起这东西是易燃的，能产生十分明亮的火焰——事实上是一支蜡烛——我把它放进口袋里。但我仍然没找到任何爆炸品或有可能打开铜门的工具。铁杆是我目前获得的最有用的东西。尽管如此，我还是得意洋洋地离开了博物馆。

“我无法清晰地讲述那个漫长下午的故事。完全讲清我的探索需要很强的记忆力。我记得有一个长长的走廊，两边是生了锈的武器陈列台，还有我在要拿铁杆还是一把小斧或是大刀的时候，犹豫不决。但是，我不能两个都拿，因为铁杆对撬开铜门更有作用。那里还有大量的手枪、炮、步枪，大多锈迹斑斑，也有一些是新的，还相当完好。子弹和火药都已经化为灰土了。长廊的一个角落已烧焦、破损，我猜测可能是弹药爆炸引起的。另外一个地方有大量的塑像——波利尼西亚人，墨西哥人，希腊人，腓尼基人，差不多地球上每个国家的人都有。这时，一股不可抵抗的冲动，促使我在特别钟爱的南美皂石怪兽的鼻子上留下了我的名字。

“天渐渐黑了，我的兴趣也淡了下来，我们走过一个又一个展馆。长廊破败不堪，里面布满了灰尘，毫无生气。陈列品简直就像一堆锈铁和褐煤，有时历历可见。我突然发现自己已来到一个锡矿模型的附近。极其偶然的是，我发现在一个密封的柜子里有两包甘油炸药，我大叫一声‘我找到了’，然后兴奋地把柜子打碎。我犹豫了一下，挑了个偏僻的展馆，进行试验。等了 5 分钟，10 分钟，15 分钟，甘油都没有爆炸。我从没有觉得如此失望过。这些东西当然都是样品，我完全应该从它们的外表猜到。如果它们还有效的话，我可能会任性地冲出门去炸掉斯芬克斯像和铜门（如事实所证明），也把找到时间机器的希望炸得粉碎。

“在那以后，我们来到了一个露天的小院。院子里栽种了三棵苹果树，地面上爬满了小草。于是，我们休息了一会，放松一下自己。快到日落的时候，我开始考虑我们的处境。黑夜袭来，我仍然没有找到别人无法到达的藏身之处。但这个问题不再那么困扰我了。我拥有了可能是对付莫洛克人的最好武器——火柴。如果需要火的话，我的口袋里还有樟脑。看来如果在这空地上过夜，我们能做的最好的事就是烧堆火。明天早晨就可以拿到时间机器了，而到那时，我只有一根铁杆了。然而，随着我认识的不断加深，我对铜门的感觉已完全不同了。我到现在都忍着没有把铜门强行打开，这主要是因为门那边是神秘的。我从未觉得铜门是坚不可摧的。我希望到时候用我的铁杆来开门绰绰有余。”

第九章

“我们走出宫殿时，太阳还在地平线上做最后的逗留。我决定第二天一早赶到白色斯芬克斯像那里，在黄昏以前穿过上次途中使我受阻的那片树林。我计划当晚尽量多地赶路，然后生堆火，在火光的保护下睡个觉。于是，我们一边赶路，一边收集树枝枯草，不一会儿我的怀里全是柴火。抱着柴火，赶路的速度自然比我预计的要慢，加上威娜也累了，而我也开始困得想睡觉。当走到树林边长满灌木丛的小山时，威娜害怕眼前的一片黑暗，想要停下来。那对我确实是一种警告，我当时感到灾难即将来临，但这种感觉反而驱使我继续前进。虽然我已经两天一夜没合眼，觉得头昏脑涨、心烦意乱，感到睡眼蒙眬，但脑子里还想着莫洛克人。

“正犹豫不决时，我看到身后漆黑的灌木丛里有三个蹲伏着的黑影。我们周围全是灌木丛和长长的草莽，他们这样潜伏着让我觉得很不安全。我估算过，这个树林不足一英里宽，山腰光秃秃的，如果我们能穿过树林，那里是比较安全的休息地点。并且有火柴和樟脑，不用摸黑过树林。可是，如果手上要拿着火柴照亮前行的道路，我就得把柴火放下。于是，我极不情愿地放下了柴火。这时我突然想到点着柴火可能会把身后的那几个黑影吓跑。后来我才发现这样做真是愚蠢至极，可我当时却认为这是掩护我们撤退的妙计。

“我不知道你们可曾想过，在没有人烟的地方，在温和的气候里，火焰是多么罕见的东西，太阳的热度很难引起火光，即使像热带地区那样用露珠聚光也不行。闪电可能会摧毁或烧焦东西，却很少引起燎原大火。腐烂的植物有时会因为发酵生热而自燃，可从不会有熊熊的火焰。在这个退化的时代，生火的艺术也早已为人们所遗忘。对威娜来说，柴火堆里的红火舌则完全是新鲜、稀罕的东西。

“她想跑过去玩火，但我拦住了她，不顾她的挣扎，死死地抓住她，然后一起向树林走去。柴火堆的火光照亮了我们前行的一小段路，透过茂密的树干，我回头看去，火已经从柴火堆蔓延到了附近的灌木丛，并且蜿蜒着朝山上的野草窜去。看着那场景，我微微一笑，然后转过头继续前进。天色很暗，威娜紧挨着我，抽搐着。头顶上一片漆黑，只是透过偶尔出现的树枝间的缝隙还能看见遥远的夜空，我已经习惯这种黑暗，我没点火柴，因为两手都不空，左手抱着我的小宝贝，右手拿着铁棒，但仍能感觉到照亮的火光，以避开树干。

“一路上没什么动静，只有脚踩在树枝上发出的劈啪声，头上微风掠过时轻轻的沙沙声，以及自己的呼吸声和脉搏的悸动声。后来四周好像也有啪嗒啪嗒的声音。我继续大胆地朝前走。声音越来越清晰了，接着我听到了在‘地下世界’听到过的那种奇怪的声音。显然有好几个莫洛克人就在附近，而且正在向我靠拢。果然，一会儿我就感觉有东西在拉扯我的外衣，随后又碰了我的手臂。威娜浑身颤抖得厉害，一语不发。

“必须划根火柴，但是要拿火柴就得把威娜放下来。于是我放下她，伸手到口袋里摸火柴。就在这时，我膝旁的一场斗争在黑暗中开始了。威娜依旧一声不吭，而莫洛克人还是发着那种奇怪的咕咕声，柔软的小手也伸到我的外套和后背上，甚至还碰到了我的脖子。这时嗞的一声，火柴划亮了。我举起火柴，只见莫洛克人在树丛中飞蹿的白色背影。我急忙从口袋里拿出一块樟脑，准备在火柴熄灭之前把它点燃。接着我看了看威娜，她躺在那里，脸朝着地面，抓住我的脚，一动也不动。我一惊，弯下腰去看她，她好像已经停止了呼吸。我点燃手中的樟脑，扔在地上，火毕毕剥剥地燃着，把莫洛克人和几个黑影都驱退了。我跪地抱起威娜。身后的树林里好像到处都是骚动声和低语声。

“她好像昏过去了。我小心翼翼地抱着她继续前行。突然，我意识到了一件可怕的事：在掏火柴和抱威娜的时候，我转了好几次身，只知道自己背朝青瓷宫殿，现在不知道该往哪个方向走。怎么办？我吓得一身冷汗，于是我决定生一堆火，在原地扎营。我放下威娜，让她躺在泥草地上，趁樟脑还没有燃完，赶快开始收集枯枝落叶。此时，四周一片漆黑，莫洛克人的眼睛像红宝石一样闪着光。

“樟脑的火光闪了几下就熄灭了。我又划燃了一根火柴，吓得正朝着威娜靠近的两个白影匆忙逃走，其中一个被火光照花了眼，径直向我冲来，我一拳打过去，感到他的骨头都碎了。他嗥叫了一声，摇晃几步便倒下了。我又点了一块樟脑，然后继续拾柴火。我注意到头顶树枝上的树叶非常干燥，自从我乘时间机器到这儿，已经一星期了，还未曾下雨。于是，我不再去拾掉下来的枯枝，而是跳起来拽粗枝。一会儿，我就用树叶和干枝生起一堆呛人的火，这样可以节约我的樟脑。接着我转向躺在铁棒旁的威娜。我想尽一切办法让她醒来，可她却如同死尸一般躺在那儿，我都弄不清她是否已经断气。

“火里的烟夹杂着一股樟脑味向我袭来，呛得我喘不过气。经过这番折腾，我累得筋疲力尽，火堆一两小时内不需要添柴火，于是我坐了下来。树林中还是充满了让人困惑的昏昏欲睡的低语声。我好像刚打了个盹就醒来了。周围一片漆黑，莫洛克人抓住了我。我甩开他们的手，匆忙地在口袋里摸火柴盒，但火柴盒不见了。这时他们又抓住我，并把我团团围住。这下我知道是怎么回事了。刚才我睡着了，火也熄了。树林里弥漫着木头燃烧的气味，死亡的痛苦正向我逼近。莫洛克人拽住我的头发、脖子、双臂使劲把我往下拉。黑暗中我感到这些软绵绵的东西压到了我的身上，我害怕极了，感觉自己困在了一个巨型的蜘蛛网里。我支撑不住，倒了下来，感觉有小牙齿在咬我的脖子，我在地上翻了几下，手碰到了铁棒。我拿起铁棒，一下子有了力量。我挣扎着站起来，挣脱身上的这些类鼠人，举起铁棒，朝他们的脸上——我认为是脸上——挥打。他们在铁棒的挥打下血肉横飞，一会儿我就从中摆脱出来。

“我体会到了艰苦斗争之后常有的那种奇异的喜悦。虽然我和威娜迷路了，但我要让莫洛克人为他们刚才的行为付出代价。于是我背靠一棵树站着，开始挥舞手中的铁棒。树林里到处都是他们的骚动声和叫喊声。过了一会儿，他们的声音变得更大了，似乎由于激动，动作也更快了。可我一个也没打到。我伫立在那儿，凝望着眼前的黑暗。要是莫洛克人害怕了会怎样呢？接着发生了一件怪事，让我看到了希望，黑暗中好像出现了光亮，我依稀看到周围除了被打倒在我脚边的两三个莫洛克人，其余的都在迅速窜逃，远远看去，好似一条运动着的红色绸带，从我身后飘向前方的树林。他们的背影为什么是红色？我正站在那里发愣，突然看见飘过树枝间的一点红星，看着这火星我才明白燃烧的木头气味是怎么回事，明白了催眠似的低语为什么变成了一阵阵吼叫，还明白了红光的由来以及莫洛克人为什么飞蹿而逃。

“我从靠着的树后走出来一看，从近处黑乎乎的树干间发现整个树林都在燃烧。原来是我最早生起的那堆火烧了过来。我借着火光找威娜，可是她居然不见了。我身后的咝咝声，哔剥声以及树燃烧时发出的爆裂声让我没时间去多想。我拿着铁棒，顺着莫洛克人飞蹿的路奔去。这是一场分秒必争的赛跑。火焰曾一度飞快地向我右侧蔓延，烧到了我的前面，我只得赶紧让到左边。我最终跑到了一块小的空地上，这时一个莫洛克人跌跌撞撞朝我扑来，与我擦身而过，径直冲进火海里。

“我想我稍后看见的应该是未来世界里最奇特最可怕的场景了。整片空地在火光的照射下犹如白昼。空地中央是一座小丘或是古坟，顶上是烧焦了的山楂丛。空地另一边也是一片着了火的树林，熊熊大火把整个空地围得严严实实。山腰上有三四十个莫洛克人被火光和热浪弄得晕头转向，在慌乱中相互跌来撞去。起初我没觉得他们看不见了，只是觉得他们朝我靠近时显得惊恐不已。于是我挥着铁棒，狠狠地朝他们打，打死了一个，打伤了几个。但是当看到其中的一个在红色天空的映衬下的山楂树下摸索，听到他们的呻吟声，我明白了他们在火光中的苦难与无助，于是就不再用铁棒打他们了。

“但是偶尔还有莫洛克人朝我径直扑来，令我一阵恐惧，只得快速躲开。大火曾一度平息下来，让我担心这些坏东西能看见我。我甚至准备在他们看见我之前就杀死几个，可还没来得及，火又熊熊燃烧了起来。我放下手中的铁棒，绕开他们，到处寻找威娜的踪迹。可还是不见威娜。

“后来我在小丘顶上坐了下来，注视着这群奇怪又让人难以置信的瞎子们在火光下摸来摸去，彼此还发出奇怪的叫声。烟雾缭绕而上飘过天空，遥远的仿佛属于另一个宇宙的星星在红色的苍穹下闪烁。两三个莫洛克人跌跌撞撞地朝我扑来，我颤抖着用拳头把他们赶走了。

“那天夜里的大部分时间，都是一场噩梦。我咬着嘴唇，放声狂叫，想让自己清醒。我用手捶地，东走西晃，坐立不安。我用手揉搓双眼，祈求上帝让我清醒过来。我几次看见莫洛克人痛苦地低头冲进火海。终于，在渐渐熄去的红色火焰的上空，在飘着浓烟和黑白相间的树桩上方，在越来越少的已经模糊了的莫洛克人的头顶上，出现了黎明的第一道曙光。

“我再次去找威娜，可依然不见她。很显然，莫洛克人把她留在了树林里。想到她逃脱了似乎是命中注定的厄运，我感到了一点宽慰；不过想到她就这样离开了，我就忍不住想把身边这群坐以待毙的坏蛋斩尽杀绝，可我还是克制住了自己。我之前提到过的那座小丘，它像是树林里的一个小岛。从小丘顶上，透过烟雾，依稀可见青瓷宫殿的方位，也能找到去白色斯芬克斯雕像的方向。于是，当天色渐亮起来的时候，我丢下那些残存下来的该死的鬼魂，他们还在四处东奔西撞，呼号哀泣。我在脚上绑了些草，一瘸一拐地向前走，穿过还冒着烟的灰烬，穿行在烧得发黑、仍有火星的树干中间，向藏着时间机器的地方走去。我累得筋疲力尽，脚也跛了，再加上沉浸在威娜的死的无限悲伤中，我走得很慢。这真是一场天大的灾难。现在在这间熟悉的老屋里，我感到更像是梦魇中的悲痛，而不像是真正失去了亲人。那天早晨我感到极度的孤独，孤独得让我感到害怕。于是我开始想我的这间房子，这温暖的壁炉，想你们这些朋友，伴随着这些思念而来的是一种痛苦的渴望。

“清晨的天空格外的明朗，我走过依然冒着黑烟的余烬，这时我才发现裤袋里还有几根零散的火柴，火柴盒是在之前丢失了。”

第十章

“早晨八九点钟，我来到那张黄色金属座椅旁，刚到的那个晚上我曾在这里一览这个世界。想到那晚草率的结论，我禁不住对自己的自信连连苦笑。这里美景依旧，绿叶葱葱郁郁，宫殿金碧辉煌，废墟广阔无限，银色的长河在肥沃的两岸间奔流不息。身着绚丽长袍的小人儿在树间来回穿梭。在我救威娜的地方，有些人正沐浴，这使我感到一阵剧烈的心痛。通往地下世界的通道上的圆盖就像这幅美景上的一个个污点。我现在明白了地上世界人们美丽的外表之下所掩盖的一切。他们白天犹如田野中自由快活的牲口。他们亦同牲口一样，毫无准备地等待着死神的降临。

“一想到人类智慧的大厦迅速坍塌，我就十分悲伤。这梦破碎了，人以安全和永恒为口号不断地追求舒适和安逸的生活，最终他们实现了希望，达到了目标。曾经，富人的财富和舒适得到了满足，劳苦者的工作和生活也得到了保障，生命和财产一度处于绝对安全。毫无疑问，在那个尽善尽美的世界里，没有失业问题，没有尚未解决的社会问题。世界风平浪静。

“但我们忽视了一条自然法则，那就是才智高度成熟是危险和麻烦的一种补偿。一个完全与它的环境相协调的动物只是一台完美的机械。只有在习惯和本能无用的时候，自然才有助于智力。没有变化和无须变化的地方是没有智慧的。只有那些经过磨难的动物才享有智慧。

“因此，如我所见，地上世界的人们追逐纤弱的美丽，地下世界趋向于单纯的机械工业。但是，那种完美的社会状态即使对无懈可击的机械来说也缺少一样东西——绝对的永恒。显然，随着时间的流逝，地下世界人们的吃饭问题越来越尖锐了。被赶走了几千年的‘需求之母’重新降临到地下世界。地下世界的人们整天和机械打交道，这些机器无论多么完美，他们仍需要一些习惯之外的思想，这样很可能使他们保留了更多的主动性，即使其他一切人类特性都不如地上世界的人。当没有别的肉食时，他们便转向被一直禁止的东西。所以我在802701年的世界里看到了这一幕。这也许是一种按凡人的智慧都能想出的错误解释。呈现在我眼前的事情亦如此，我原原本本地告诉了你们。

“在几天的疲劳、激动与恐惧之后，尽管我很悲伤，但是这个座位，这宁静的景色和温暖的阳光仍令人感到十分的惬意。我竟然边思考边打起了瞌睡，于是我不由自主地躺在草地上伸开四肢，痛痛快快地睡上了一大觉。

“日落时分，我醒了。我现在感到十分安全，即使莫洛克人发现我打盹我也不怕了。我伸了个懒腰，走下山来，朝着白色斯芬克斯像走去。我一只手握着铁棒，另一只手玩弄着口袋里的火柴。

“这时，一件意想不到的事情发生了。当我走近斯芬克斯像的底座时，我发现铜门敞开着，门滑进槽里去了。

“这种情况下，要不要进去，我犹豫着。

“里面是一个小房间，时间机器被放在一个角落的高处，而我口袋里装着小操纵杆。我才做好攻打白色斯芬克斯的精心准备，它却乖乖地投降了。我遗憾地扔掉手中还没派上用场的铁棒。

“当我弯腰即将进门时，一个想法突然闪现出来。我似乎了解了莫洛克人设计的圈套。抑制着狂笑的冲动，我迈过门框，径直走到时间机器前。我惊讶地发现它已经被擦拭得十分干净而且还上过油。因此，我一直怀疑莫洛克人曾试图用他们那愚笨的方法来了解时间机器的用途而把它部分拆卸过。

“当我站在那儿检查机器，兴奋地触摸它时，我意料中的事情发生了。铜门突然滑落了，并且咣当一声砸在门框上。我深陷黑暗中——落进了圈套。至少莫洛克人是这样想的。对此我乐得暗自发笑。

“我已能听到他们向我靠近时发出的低笑声。我十分镇静，准备划亮火柴。我只需安好操纵杆，就可以像鬼魂般悄无声息地离开。但我忽略了一件小事——火柴只有在那可恶的火柴盒上才能划燃。

“我的镇静霎时化为乌有。那些小畜生正在向我靠近。其中一个已触碰到了我。我用操纵杆在黑暗中横扫了一下，急忙爬上机器的鞍座。当时一只又一只的手抓住了我，我唯有不断地挣脱他们的手，保护好操纵杆，同时寻找安操纵杆的螺栓。的确，他们几乎抢走一根。当它从我手中滑脱时，我只好在黑暗中以头碰撞他们来夺回操纵杆，我能听见莫洛克人的头盖骨‘吭吭’作响。我想这最后的混战较之森林一役还激烈一些。

“最终操纵杆安好了，机器启动了，紧抓我的手也松开了。当即，黑暗从我眼前消失。我发现自己又身处我所描述过的那灰色和混乱之中。”

第十一章

“我已经告诉过你们时间旅行会产生生理紊乱及不适。这次我不是正襟坐在鞍座上，而是坐在一侧，很不稳当。不知何时，机器摇晃、颠簸起来。我紧贴机器，丝毫不知自己是怎样行进的。当我清醒过来，定睛再看仪表盘时，我对自己所到之地吃惊不已。一个记录的是天日，一个是千日，一个是百万日，一个则是十亿日。这次我没有回旋操作杆，而是把它们都拉起来，使自己随之一同向前飞进。当我注意这些仪表盘时，我发现千日指针飞快旋转，如同我们的手表秒针一般，驰向未来。

“当我继续向前飞行时，所见之物变得越来越奇特。悸动的灰白色暗淡了下来。当时虽然我仍是高速前进，昼夜眨眼而过却能感觉到它们交替出现，而且越来越明显，这通常表明行驶速度较慢。刚开始时，这令我迷惑不解。日夜的交替变得越来越慢，日升日落似乎要用上几个世纪。最后，地球笼罩在一片稳定的暮色中，这暮色仅仅被偶尔划过黑暗天际的耀眼彗星所打破。太阳的光带已不复存在。因为太阳在西方时上时下，不再落山，而且渐渐变得越大越红，月亮消失得无影无踪，星星的旋转也愈来愈慢，成了光点的蠕动。终于，在我停机之前，那又红又大的太阳在地平线上静止不动了，像一个散发着闷热的穹隆，还时不时地熄灭。它曾一度变得明亮起来，但很快又回到了阴沉的赤热状态。从它这缓慢的起伏，我意识到潮汐引力已停止了。地球已经只有一面朝着太阳，就好比在我们自己时代里，月亮只有一面向着地球一样。我开始小心翼翼地掉转行驶方向，因为我回想起了上次那倒栽葱式的着陆。旋转的指针越走越慢，千日指针静止不动了，天日指针也不再仅仅是一团模糊了。速度仍在减慢，那荒凉海滩的模糊轮廓也渐渐清晰起来。

“我轻轻地着陆，然后坐在时间机器上，眺望四周。天空不再是蓝色的了。东北方是墨黑的天空，苍白的星星在黑暗中明亮而有规律地闪烁着。头顶上空一片深深的印第安红，无半颗星星。东南方则较为明亮，呈现出炽热的猩红；那儿的地平线上躺着红红的、静止的、快乐巨大的太阳的躯壳。我周围的岩石都呈刺眼的微红色，我刚开始时能看到的全部生命迹象就是那些浓绿的植物，它们覆盖了东南方向每一个凸角。这如同人们所见的森林苔藓或岩洞地衣一般浓绿，这类植物生长在长年光照不足的地方。

“机器停在一个有斜坡的沙滩上。大海向西南方延伸，直到清晰明亮的地平线与苍白的天空交接的地方。海上没有波涛，亦无浪花，因为空中连丝风也没有。只有几许浮油般的波浪像柔和的呼吸一样上下起伏，显示这永恒的大海仍在活动着。海水不时地被海岸撕破，岸边集聚了厚厚的盐霜，在灰白的天空的映衬下呈现出粉红色。我感到一阵头闷，而且呼吸越来越急促。这种感觉令我回想起了我唯一的一次登山经历，由此我判断这里的空气比我们现在的要稀薄得多。

“我听到从斜坡很远的上空传来了一声刺耳的尖叫，看到一只巨大的白色蝴蝶样的东西侧身振翅冲上云霄，盘旋着消失在远方的小山丘处。那叫声是如此凄凉，令我不寒而栗，不由自主地紧贴在时间机器上。再一次环视四周，我发现离我相当近的地方，一堆我原以为是红色岩石的东西正慢慢向我移动。这时我才看清它实际上是一只巨蟹般的怪物。你能想象出桌子一般大的巨蟹吗？它缓慢而不稳定地移动着，摇晃着，如同鞭子般长的触须挥舞、试探着前面的路，凸出的眼睛嵌在金属似的前额两侧向你不住地闪烁。它的背上皱纹累累，长着难看的瘤，布满了淡绿的斑块。我可以看见当它移动时，从它结构复杂的口中伸出的许多触须摇摆着，探索着。

“我凝视着这邪恶的怪兽向我爬来，感到脸颊有点痒，就像有只苍蝇落在上面一样。我试图用手把它拂去，但它立刻又回来了，而且几乎同时在我耳边还多了一只。我挥手打去，抓到了一些线状的东西。它迅速地从我手中抽出。怀着惊恐的疑虑，我转了身，看见另一只巨蟹怪物正站在我的身后，刚才我抓住的乃是它的触须！它邪恶的双眼在茎柄上转动着，大口垂涎欲滴；难看的巨螯上涂着黏糊糊的海藻，正向我落下来。我立刻启动操纵杆，使自己同这些怪兽隔开了一个月。然而我仍还在同一个海滩上，而且当我停下来时就清楚地看见了它们。灰暗的光线中，我看见几十只巨蟹怪物在浓绿的叶片中爬来爬去。

“我无法表达那笼罩着世界的令人憎恶的荒凉之感。东边红色的天空，漆黑的北方，散发着咸味的死海，爬满了邪恶的正缓慢移动的怪兽的石滩，令人作呕的绿色地衣植物，伤人肺脏的稀薄空气，这所有的一切都令人震惊不已，毛骨悚然。我把时间推进了 100 年，还是同一个太阳——大了点、暗了点，同一个行将结束的大海，还是使人不寒而栗的空气，还是那在绿色杂草丛和红色岩石堆之中爬进爬出的陆栖甲壳动物。而在西边的天空，我看见一条若隐若现的优美的弧线，仿佛是一轮巨大的新月。

“我继续旅行着，由于被地球奇妙的命运所深深吸引，我不时地每隔 1000 年左右就停下来；怀着奇异的心情，看着在西方天上那越来越大、越来越暗的太阳，以及古老地球上慢慢消逝的生命。最后，在 3000 万年以后，太阳这个巨大的炽热的穹隆已变得晦暗不明，几近遮住了朦胧的天空的十分之一。这时我又一次停了下来，因为那成群的蟹兽已不复存在。红色的海滩上，除了青黑色的地苔以外，一片死寂。如今，海滩上点缀着斑驳的白点。一股寒风向我袭来。罕见的白色雪花旋舞着片片落下。东北方向的夜空下，白雪在星光的映衬下发出刺眼的光芒；我还能看见粉白的山峰连绵起伏。海边结着冰，海面上漂着冰块；但在盐海的大部分水域上却没结冰，在永恒的夕阳映衬下，一片猩红。

“我环视四周，试图寻找动物的遗迹。某种莫名的恐惧使我依然待在机器上。然而在陆地、天空、大海上，我没有看见任何活动的物体。唯有岩石上的绿色黏液证明生命没有灭绝。海里出现了一道浅浅的沙洲，海水已从海滩退去。我仿佛看到一个黑色的东西在沙洲上扑打着，但当我定睛看时，它却一动不动。我断定是自己看花了眼，那黑色的东西不过是一块岩石而已。天空中的星星明亮至极，可它们好像不再对我眨眼了。

“突然间，我注意到太阳西边的圆形轮廓已经发生了变化；圆弧上出现了一个凹陷，而且越来越大。一时间，我目瞪口呆，凝视着渐渐黑下来的白昼，我意识到原来是日食开始了。不是月亮就是水星正在移过太阳的表面。我开始认为是月亮，但后来有充分的迹象使我确信我所见的实际上是一颗从距地球很近的地方经过的内圈行星。

“黑暗急剧扩散。从东边吹来阵阵凉爽的风，空中纷撒的雪花越来越密。海边传来大海的轻声细语。除了这些没有生命的声音，世界一片寂静。寂静！这种寂静难以形容。人声、羊叫、鸟啼、虫鸣，所有这些组成我们生活背景音乐的声音全都消失了。当黑色变得更浓时，旋落的雪花也愈密了，在我面前飞舞着；空气愈加寒冷。终于，远处的白色山峰相继消失在黑暗之中。微风转成了飒飒寒风。日食中心的黑影正向我侵袭。霎时间，唯有那苍白的星星依稀可见。其他的一切都晦暗不明。天空一片漆黑。

“这无边的黑暗使我惊恐不已。刺骨的寒冷，呼吸的痛苦令我难以忍受。我浑身颤抖，恶心得要命。这时天空中出现了太阳的边缘，如同一把炽热的弓。我走下机器想活动一下筋骨。但我感到头晕目眩，无法面对归程。当我心烦意乱地站在那儿时，我再次发现了在沙洲上活动的东西，这次绝对没错，它是一个正在活动的东西，其后是一片红色的海水。它看上去圆圆的，足球般大小，可能要大一些，身后拖着触须。在血红海水的对照下，它似乎是黑色的，在那儿一阵一阵地蹦蹦跳跳。接着，我感到自己快要晕倒了。但是对自己将无依无靠地躺在那遥远而恐怖的衰落时代的恐惧支撑着我爬上了鞍座。”

第十二章

“就这样，我回来了。我肯定有一段时间在时间机器上失去了知觉。太阳变成了金黄色。天空变成了蓝色。像眨眼般的昼夜交替恢复了正常。我的呼吸也变得更加舒畅。延绵起伏的陆地轮廓时隐时现。刻度盘上的指针逆时针飞速旋转。终于，我看到了房屋模糊的影子——我正经过人类的没落时期。这些不断地变化着从我眼前消失，别的影像也随即而至。我放慢了速度，不一会儿，百万日刻度盘上的指针回到了零点。我开始认出我们自己所处时代的常见的小型建筑。随着千日指针回到起点，昼夜更替越来越慢。接着，我熟悉的实验室的墙壁出现在我的周围。我小心翼翼地放慢了速度。

“我注意到一个细节，在我看来很奇怪。我记得我已经对你们讲过，在我出发速度还不是很快时，瓦切特夫人穿过这个房间。我感觉她的速度像火箭一样快。我返回时，再次经历了她走过实验室的那一分钟。这次，她所有的动作和我离开时看到的正好相反：她打开房间南端的那扇门，悄然无声地退入实验室，退行穿过房间，消失在她上次进来的那扇门后。在这之前，我仿佛见到了希尔叶，但他也只是一闪而过。

“我停下机器，看看身旁熟悉的陈旧的实验室和里面的工具、设备。它们还保持着我离开时的模样。我摇摇晃晃地从机器上下来，坐在长凳上。我剧烈地颤抖了足足几分钟才平静下来。我周围是以前的车间，还是老样子。或许，我在这里睡着了，所有这一切只是一场梦而已。

“不，不完全如此！机器是从实验室的东南角出发的，回来时停在了西北角你们当初看到它所在的那堵墙边。那正好是从我停下来时所在的小草坪到莫洛克人把我的机器搬到的地方——白色斯分克斯像的底座——的距离。

“足足几分钟，我的大脑一片空白。稍后，我站起身，一瘸一拐地穿过过道来到这里。我的脚跟还疼，浑身也脏得要命。我看到靠门的桌子上的《蓓尔美尔报》，发现日期就是今天。再看看时钟，正好近8点。我听到你们的谈话声和盘子的碰撞声。我有些犹豫，感觉有些虚弱和难受。接着我闻到了诱人的肉味，于是便推门进来了。接下来的事你们都清楚。我洗了澡，吃了饭，现在正给你们讲述我的经历。”

“我知道，”他稍事停顿后接着说，“所有这一切对你们来说都难以置信，然而对我来说难以置信的却是我今天晚上能在这里，在这个陈旧的熟悉的房间里注视着你们友好的面孔，为你们讲述我的奇遇。”

他看着医生说：“不，我不能指望你们相信我所说的一切。就当它是谎言、预言、我在车间里做的一个梦，也可以认为是我出于长期对人类命运的思考而捏造的一个故事。而对于这个故事真实性的竭力维护，权为增强它的吸引力的一种技法而已。就把它当作一个故事，怎样？”

他拿起烟斗，习惯性地紧张地在炉栅的横杆上敲击着。一时间，房间内鸦雀无声。不一会儿，椅子开始吱吱嘎嘎作响，鞋子也在地毯上磨蹭着发出沙沙声。我把视线从时间旅行者的脸上离开，看了看其他的听众。他们处于黑暗中，斑驳的灯光在他们面前晃动。医生似乎陷入了对主人——时间旅行者——的沉思之中。编辑目不转睛地盯着他的雪茄——这已经是第三支了。记者摸索着他的手表。我记得其余的人都坐在那里，没有动静。

编辑叹了一口气，站起身来。“真可惜，你不是一个小说家！”他一只手拍着时间旅行者的肩说。

“你不相信？”

“嗯……我不相信。”

时间旅行者转向我们。“火柴在哪里？”他问道。他划燃一根火柴，点燃烟，一边吐着烟雾一边说：“说实话，我自己也不太相信。但是……”

他若有所思地望着小桌上凋零的白花，接着翻过那只拿着烟斗的手。我发现他注视着指关节上还未愈合的伤口。

医生起身走到灯前，仔细观察桌上的白花。“雌蕊看上去很奇怪。”他说。心理学家探过身去想看看清楚，同时伸手想取一朵。

“该死！差 15 分钟到两点了，”记者说，“我们怎么回家？”

“车站里多的是出租马车。”心理学家说。

“这些花真奇怪，”医生说，“我实在不知道它们属何科何目。能把它们给我吗？”

时间旅行者稍稍犹豫后突然回答：“绝对不行。”

“你是从哪儿弄到它们的？”医生问。

时间旅行者一只手压在头上，努力回忆：“是我在时间中旅行时，威娜放进我口袋的。”他环顾了一下房间继续说：“该死，我什么也记不起来了。这个房间，每天的气氛都让我的记忆难以承受。我造过一台时间机器或一台时间机器模型吗？或者所有这一切只是一场梦而已？都说人生如梦，有时犹如一场珍贵的可怜的梦，不过我再也承受不了这样的梦了。那简直太疯狂了。这梦究竟从何而来呢……我得看看那台机器，如果真有的话！”

他一把抓起灯。伴随着跳动的灯火，他穿过门进入走廊。我们尾随其后。在时明时暗的灯光下，我们见到了那台机器：矮墩墩的，歪歪斜斜的，很难看。它是由黄铜、乌木、象牙和半透明的闪亮的石英做成。我摸了摸机器的横杆，感觉很结实。象牙上有棕色的斑点和污渍。机器的下部有些草和苔藓的痕迹。一根横杆有些弯曲变形了。

时间旅行者把灯放在工作台上，手来回抚摸着损坏了的横杆。“现在好了，”他说，“我给你们讲述的故事是真实的。把你们带到这里来受冻，真的很抱歉。”他拿起灯，在一片沉寂中，我们回到了会客厅。

他陪我们到了大厅，并帮编辑穿上外套。医生望着时间旅行者的脸，支支吾吾地告诉他，他看上去劳累过度了。时间旅行者听了哈哈大笑。我记得他站在敞开的门口，一一向我们道别。

我和编辑共乘一辆马车。他认为这个故事是一个“美妙的谎言”。而我却下不出任何结论。这个故事听起来非常离奇、不可信，而时间旅行者讲述得却那么严肃认真。那夜，我几乎没合眼，心里老惦记着这件事。我决定第二天再去拜访时间旅行者。听说他去实验室了。我对他的房间已相当熟悉，便直接去找他了。但实验室却空荡荡的。我盯着时间机器看了一会儿，然后伸手触动了一下操纵杆。这时，那台敦实的家伙像风中的树干一样晃动了一下。这让我大吃一惊。我奇怪地联想到不能东摸西碰的童年时代。我从走廊返回，在客厅遇到了时间旅行者。他正从房子里出来，一只手夹着一台微型相机，另一只手夹着一只背包。他见到我，一边笑着一边伸出胳膊和我握手。“我忙得要命，”他说，“忙那边那玩意儿。”

“你不会是玩什么把戏吧？”我说，“你真的穿越时间了吗？”

“那还有假。”他坦诚地望着我的双眼回答。随后，他显得有些犹豫，并不时地四处张望。“我只要30分钟，”他说，“我知道你为什么来，你真是太好了。这里有一些杂志，如果你能等到吃午饭时，并容我现在离开，这次我将可以向你彻底、充分地证明时间旅行的事。”

还没完全搞明白他的意思，我就同意了。他点点头，沿走廊朝前走去。只听实验室的门砰的一声，关上了。我在椅子上坐下，随手拿起一份日报。他在午饭前要干什么？就在那时，报纸上的一则广告突然让我记起我和出版商里查森在两点钟有个约会。我看看时间，发现还勉强赶得及。我立即起身，沿走道过去和时间旅行者告辞。

正当我握住门把手时，我听到一声奇怪的短促的惊叫，紧接着是一声咔嚓，一声轰隆。我打开门，一股旋风扑面而来，室内传出破碎玻璃掉到地上的哗啦声。时间旅行者不在那里。一瞬间，我仿佛看到一个模糊的幽灵般的身影，坐在黑黄相间的一团东西上。那身影非常透明，就连他后面的工作台和台上的图纸我都能看得一清二楚。可当我拭目想看个究竟时，那影子却消失了。时间机器也不见了，实验室那一端空空如也，只有被卷起的灰尘徐徐落下。显然，刚才一块天窗玻璃被吹落了下来。

我感到一阵莫名的惊异。我知道发生了某种奇怪的事情，但又弄不明白到底是怎么回事。正当我站在那里发呆时，通向花园的门开了，男仆走了进来。

我们相互注视着对方。这时我有了主意。“先生……是从那边走的吗？”我问。

“不，没有人从这边出去。我还以为他在这里。”

听了男仆的回答，我明白了。冒着得罪里查森的危险，我决定留下来，等待时间旅行者回来，等待第二个或者更加奇怪的故事，还有那些他要带回来的标本和照片。但是，现在我开始有点担心，怕会等他一辈子。时间旅行者三年前就消失了。众所周知，他至今还没回来。

尾 声

惊叹之余，人们别无选择。他还会回来吗？或许，他回到了过去，回到了旧石器时代茹毛饮血的野人群中，坠入了白垩纪海的深渊里，掉进了侏罗纪时代巨大的、怪异的爬行动物——蜥蜴中间。他现在甚至可能——如果可以这样讲的话——徘徊在某处蛇颈龙出没的鲕粒石珊瑚礁上，或三叠纪孤寂的盐海边。或许，他进入了未来，一个和我们邻近的时代。在那里，人还是人，不过我们现在的疑惑都有了答案，令人厌倦的麻烦都得到了解决。或许，他进入了人类的成年期——一个试验薄弱、理论破碎、社会不和谐的时期。我个人认为，它不是人类发展的鼎盛时期，但这只是我的个人看法。我知道——因为早在时间机器造成之前，我们就讨论过这个问题——他对人类的发展持悲观态度，并把不断发展的人类文明视作愚昧的堆积，终将不可避免地坍塌下来，毁灭它的创造者。如果真是这样，我们还得若无其事地生活下去。但对我来说，未来仍然是黑暗莫测的，只是偶尔几处被对他故事的记忆照亮。令我欣慰的是，我的两朵白花——现已枯萎发黄，又干又脆——可以证明，即使智力和体力已经消逝，但感激之情和友爱之心却会在人们心中永存。

时空传奇

水晶蛋

一年前，七钟面附近开着一家古玩店，店面不大，色彩黯淡，稍显破败。印着“博物学家古玩商——C. 凯夫”字样的招牌，历经风霜侵蚀，已经发黄了。透过橱窗，可以看到店内形色各异、光怪陆离的陈列品：几只象牙、一盘残缺的棋子、一些珠子、各种武器、一盒眼珠、两只老虎的头骨、一个人的头盖骨、几只破旧的填充猴子（其中一只持着一盏灯）、一个老式橱柜、一枚沾满苍蝇卵的鸵鸟蛋、一些渔具和一口脏兮兮的空玻璃鱼缸。一天，店外来了两个人，一位是个牧师，瘦高个儿，另一位是个年轻人，面色黝黑，衣着朴素。他们注视着橱窗里一枚表面溜光的水晶蛋（呈卵形的水晶）；黝黑的年轻人激动地比画着，似乎在迫切地劝说他的同伴买下它。

这时，凯夫先生走进店里，颤动的胡须上还残留着吃下午茶时留下的面包屑和黄油渍。当他发现窗外的两位客人以及他们所关注的物品时，他的面色沉了下来。他扭过头，愧疚地瞟了那两个人一眼，然后，轻轻地关上了门。凯夫先生是个老头儿，他身材矮小，脸色苍白，长着一双古怪的浅蓝色的眼睛，留着灰白头发，身穿一件破旧的蓝色双排扣长大衣，戴着一顶老式丝质帽子，趿着一双塌了后跟的毡拖鞋。他一直注视着外面交谈中的两个人。牧师将手伸进裤兜里，掂量着为数不多的钱，脸上挂着满意的笑容，和他的同伴一起走进了店铺。这时，凯夫先生显得沮丧极了。

牧师开门见山，询问水晶蛋的价格。凯夫先生神色慌张地瞟了一眼通往客厅的门，要价说："5 镑。"牧师向自己的同伴和凯夫先生表示价格太贵。实际上，这比凯夫先生进货时预想的售价高多了，他这样做是为接下来的讨价还价留点余地。凯夫先生走到店铺门口，把门打开。"就 5 镑。"为了避免无谓的争论，他强调。就在这时，通往客厅的门上的玻璃窗后露出一个女人的上半边脸，她好奇地打量着这两位顾客。"我的要价是 5 镑。"凯夫先生用颤抖的声音坚持道。

"就给他 5 镑。"那位肤色黝黑的年轻人刚才还俨然一副旁观者的模样密切地注视着凯夫，现在，他发话了。牧师看了一眼年轻人，确认他是否是认真的。当他再次看凯夫先生时，凯夫先生脸色苍白。"那可是一大笔钱。"牧师一边说一边将手伸进口袋开始数钱。他只有 30 先令，于是向同伴求助。他们看上去关系相当亲密。凯夫先生乘机整理好思绪，激动地向他们解释——实际上，这水晶是不能出售的。这令两位顾客惊讶不已，质问他为什么不在讨价还价之前说明。凯夫先生有点儿糊涂了，但他坚持说，在下午，水晶还没有到店时，就来了一位顾客表示了购买意向。这两个人以为他在耍手段，故意抬高价格，便装作要离开店铺。正在这时，客厅的门开了，一个眯着小眼睛、留着黑色刘海的女人出现了。

她外貌粗糙、体型肥胖，看上去比凯夫先生年轻。她拖着沉重的脚步走过来，满脸通红地说："那水晶可以出售。5镑已经够高了，真不知你在想什么。凯夫，足可以卖了。"

突如其来的意外严重扰乱了凯夫先生的头绪。他透过眼镜边框的上沿怒视着她，不太自信地表示，店里的生意他做主。一场争吵开始了。两位顾客像看戏似的，饶有兴趣地旁观，偶尔给些建议。凯夫先生顽固地坚持他那逻辑混乱、不切实际的故事，说那天早上的确有人询问了水晶的价格。尽管他的争辩苍白无力，但他始终固执己见。最终，那位年轻的东方人建议，出于公平，给那位询价者两天宽限期。这场莫名其妙的争论才就此结束。"5镑，我们必须坚持。"牧师补充道。凯夫夫人趁此机会替自己的丈夫道歉，解释说他有时就是"有点儿古怪"。当那两位顾客离开后，夫妻俩摆开阵势，准备进行一场酣畅淋漓的辩论。

凯夫夫人说话直截了当，毫不客气。个头矮小的凯夫先生看上去分外可怜，他激动得发抖，含糊其词地坚持：首先，他确实有另外一位顾客；其次，这水晶真的只值十几尼。"为什么你非要卖5镑不可呢？"他的妻子质问。"我的生意我做主！"凯夫先生斩钉截铁地说。

凯夫先生一直跟他的继女和继子生活在一起。那天晚上吃饭时，一家人重新提起这桩买卖。大家一致对凯夫先生的生意经不敢恭维，认为他这次做得愚蠢极了。

"我认为，他前面已经拒绝出售那块水晶了。"继子说。他18岁，是个手脚灵活的傻帽儿。

"那可是 5 英镑啊！"继女说。她二十五六岁，是个爱拌嘴的女人。

凯夫先生的回应苍白无力。他小声地嘀咕着，不太自信地声称他最了解自己的生意。最后，凯夫先生实在受不了唠叨，晚餐吃了一半便回到店里，关上了门。他双耳滚烫，眼镜片后的双眼噙着愤怒的泪水。"为什么要把水晶留在橱窗里那么长时间？真愚蠢！"他懊恼不已，但一时无法找到拒绝出售的理由。

晚餐之后，继女和继子一番精心打扮，出门了。妻子回到楼上，冲了杯加糖的热柠檬水，一边休息，一边回顾着这桩水晶生意。凯夫先生去了店里，待到很晚。他表面上是在做装饰金鱼缸的假山，实际上是在做私事——后面将做进一步解释。第二天，凯夫夫人发现，水晶被人从橱窗里移到了一堆二手钓鱼书的后面。她把它重新放到一个较为显眼的位置，但没有为此争吵，因为她一争吵就犯偏头痛。凯夫先生从来都不爱争吵。他们在不愉快的氛围中熬过了这一天。那天，凯夫先生显得比平时格外心不在焉，而且异常焦躁。下午，当妻子按习惯午睡时，他又将水晶移出了橱窗。

第二天，凯夫先生要送一支角鲛到一所医科学校——上解剖课时用。凯夫先生离开后，凯夫夫人又想起了水晶这件事，甚至想到如何花费那笔 5 英镑的横财。她设计了一些非常合理的方案，如为自己买一条绿丝绸裙子或去里士满旅行。刺耳的门铃声使她回过神来。她赶紧打开店门，来者是一位考试教练，他抱怨为什么前一天订的青蛙至今还没有发货。凯夫夫人对凯夫先生做生意的能力并不满意。那位先生在简单的交谈之后就回家了，虽然带着点情绪，但他认为自己的言谈举止还是得体的。客人离开后，凯夫夫人自然地将注意力转移到窗户，因为水晶——5英镑，她梦想的保障——放在那边。她惊讶地发现水晶不见了。

她去柜台上的储物柜后面看了看——她前一天就是在那里发现水晶的——但不在那儿，她立刻开始急切地在整个店铺里四处搜寻。

大约下午一点四十五分，凯夫先生送角鲛回来，发现店铺乱成一团，妻子跪在地上，极度恼怒地在柜台后的一堆动物标本中翻找着什么。听到刺耳的门铃声，她知道凯夫先生回来了。她抬起身，从柜台后露出涨得通红的脸，气急败坏地骂凯夫先生："盗贼！"

"我偷了什么？"凯夫先生问。

"水晶！"

显然，凯夫先生听到这个消息之后更为震惊。他立刻冲到橱窗边。"难道没在这儿吗？"他说，"天啊！它到哪儿去了？"

这时，凯夫先生的继子从里屋走进店里——他只比凯夫先生早一分钟左右回家——毫无遮拦地谩骂着。他给一个二手家具商做学徒，离家不远，平常回家吃饭，发现饭还没做好所以很生气。

当听到水晶失窃的消息后，他忘了吃饭这回事，对母亲的愤怒转移到了继父身上。他们不约而同地认定是凯夫先生把水晶藏了起来。但凯夫先生赌咒发誓，坚决否认自己和水晶丢失有关系。最后，他渐渐从辩解转为控诉，首先是妻子，然后是继子——他目睹他们曾试图私卖水晶。一场尖锐而激烈的争论开始了，直到凯夫夫人变得歇斯底里，脾气狂躁，精神古怪时，才宣告结束。为此，凯夫先生的继子那天下午参加家具公司的成立仪式迟到了半小时。为了躲避情绪激动的妻子，凯夫先生去了店里。

傍晚，在继女的动议下，麻烦又开始了。这次，大家少了一些激情，氛围和法庭有些相似。晚餐进行得极不愉快，场面令人窒息。终于，凯夫先生忍无可忍，他起身，“砰”地摔门而出。在他离开后，家里的其他人便开始毫无顾忌地对他品头论足。然后，他们从阁楼到地窖搜遍了整个屋子，希望能够找到水晶。

第二天，那两个顾客又来了。凯夫夫人接待了他们。她泪流满面，哭诉着她在漫长的婚姻中对凯夫先生超乎寻常的忍耐。同时，颠倒是非，提到了水晶遗失的事。牧师和那个东方人默默地相视而笑，认为这太离奇了。当凯夫夫人打算向他们讲述自己整个人生故事时，他们离开了店铺。凯夫夫人仍不死心，询问了牧师的地址，以便当凯夫那儿有什么消息时通知他们。牧师留下了地址，但显然凯夫夫人把它弄丢了，而且忘得一干二净。

那天傍晚，凯夫一家似乎吵累了。下午凯夫先生出去了一趟。而这时，他情绪低落，正孤零零地吃晚饭。与前几天激烈的争吵相比，这已经好多了。凯夫家里高度紧张的关系已经持续了一段时间，但不是因为水晶也不是因为再次出现的顾客。

现在，坦白地说，凯夫先生的确在撒谎。他完全清楚水晶在哪儿，就在韦斯特本街圣凯瑟琳医院的助理研究员雅各比·韦斯先生家里的餐柜中，半边被一张黑色丝绒布覆盖着，旁边放着一个美国威士忌酒瓶。事实上，这个故事的基本情节都是出自韦斯先生之口。那天凯夫先生将水晶装入装角鲛的袋子里带到了韦斯先生家。为凯夫先生保存水晶，这位年轻的研究员承受了很大的压力。起初，韦斯先生还有些犹豫。他和凯夫先生的关系比较特殊。韦斯先生喜欢分析个体特性，曾多次邀请这个老头儿到自己家里抽烟喝酒，听他讲述关于对日常生活，特别是对他妻子的有意思的看法。当凯夫先生不在家时，韦斯先生有时会遇到凯夫夫人。他了解凯夫先生所面临的持久性冲突，也公正地权衡过整件事，最终决定为水晶提供“庇护”。凯夫先生许诺，下次见面时会更全面地解释自己为什么对水晶情有独钟，不过，他明确表示在水晶里面看见了图像。那天傍晚，他拜访了韦斯先生。

说来话长。那块水晶是在一个古董商人的财产强制拍卖会上搭售给他的。由于不知道它的价值，他便随意标了 10 先令，在店里卖了几个月也无人问津。正准备降价时，他有了一个惊奇的发现。

那时，他的健康状况非常不好，不过糟糕的体质只是他生活中的众多不幸之一而已。他被忽视，甚至被妻子和继子女虐待。他的妻子爱慕虚荣，奢侈浪费，冷酷无情，嗜酒成性。他的继女吝啬、好事。他的继子非常讨厌他，并且毫不隐晦。生意上的事压得他喘不过气来。韦斯先生认为，凯夫甚至偶尔会酗酒释放压力。凯夫先生是公平教育的倡导者，他的生活原本非常舒适，但后来，他连续几周失眠并患上了精神抑郁症。为了不打扰家人，当症状严重时，他便悄悄地从妻子身边走开，去屋里徘徊。8 月底的一天凌晨，大概 3 点左右，他无意间来到店里。

店里空间局促，脏兮兮的，一片漆黑，只有一个地方发出一束奇异的光线。走近后，他发现正对着窗户的柜台一角放着一个水晶蛋，一束细小的光线透过百叶窗的缝隙射到上面，使它的内部充满了光芒。

根据年轻时所学的光学原理，凯夫先生知道，光线会被水晶折射，然后在它的内部聚焦，但发生散射却使他疑惑不解。少年时期对科学的好奇心——曾对自己择业起到决定作用——瞬间被唤醒了。他靠水晶更近一些，一边转动一边观察。他惊奇地发现，那束光并不稳定，它在水晶蛋内扭动，使水晶蛋看上去就像充满某种会发光的水蒸气的空心球。他不断地转动水晶，从不同的角度观察。他偶然发现，当光线被遮挡时，水晶就会变暗。他感到无比惊奇，于是把水晶从那束光线下移开，带到店里最黑暗的地方。水晶内的光亮逐渐变暗，四五分钟后便完全消失了。当将它重新置于一束细微的光下后，它几乎立刻恢复了光亮。

目前，韦斯先生至少能验证凯夫先生讲的这个不可思议的故事。在漆黑的环境中，他反复将水晶置于一束光下（直径小于1毫米的光），比如被丝绒布覆盖的环境下，水晶的确发出了微弱的磷光。那是一种奇特的光，不是所有人都能看到——科普读者所熟悉的巴斯德研究所的哈宾格尔先生也不能看到所有的光。相比之下，韦斯先生的观察能力逊于凯夫先生，即使凯夫先生在他旁边，他的观察力也不稳定，奇怪的是，他越虚弱疲惫观察到的影像越生动形象。

如今，水晶里的光对凯夫先生充满了一种神奇的魅力。它比一本伤感的书更能表达凯夫先生孤独的灵魂。他没告诉任何人这一惊奇的发现，假装生活在险恶的环境中，担心稍微流露出一丝喜悦就会有失去它的危险。他发现，接近黎明，光线发散的程度就会增强，直到整个水晶失去光亮。除非是晚上，在商店黑暗的角落里，水晶里什么也看不到。

他想到一块曾经用来布置矿石收藏品背景的旧丝绒布，可以将布对折，顶在头上。这样，即使是在白天，他也能观察水晶中的光学运动。他相当谨慎，只在下午，趁妻子在楼上睡觉时才小心翼翼地躲在柜台下面实验，以防被妻子发现。一天，凯夫先生在转动手中的水晶时，看到了一些像动画般忽明忽暗的影像——一片广阔而奇异的村庄。当光线消失时，他转动水晶，同样的影像再次呈现。

现在，仅从这一点认识凯夫先生的发现是乏味的。可以确定的是，从与射入光线成137度的角度观察水晶，就会清晰而持久地在里面看到一幅辽阔奇异的乡村图景。这不是梦境，而是真实的影像，光线越好，画面就越清晰、稳定。它是动态的，随着光线和视线的移动，里面的物体也缓慢有序地移动，画面也随之改变。实际上，就像透过椭圆形的玻璃看物体一样，角度不同看到的画面也不同。

韦斯先生向我保证，凯夫先生的陈述非常详实，没有掺杂丝毫可能引起误解的情感因素。但是，不论韦斯先生多么努力，他在水晶里微弱的乳白色的光中也看不到任何类似的清晰图景。他俩所看到的影像的清晰度差异很大。凯夫先生看到的是清晰的图景，而韦斯先生看到的却是模糊不清的星云状物质。

如凯夫先生所描述，他在水晶里面看到的是一幅辽阔的平原——从很高的角度俯视，像站在一座高塔或一根高高的柱子上向下看一样。平原东西两侧的尽头是红色的悬崖，蔚为壮观。韦斯先生隐约感觉曾经在某幅画里见到过这样的图景，但无法确定。悬崖向南北延伸——夜晚，他能通过星星判断经纬度——在远处逐渐变得模糊，最后消失在雾气之中。在第一次看到的场景中，他位于靠近悬崖的东面，太阳从悬崖边升起，在阴暗处和他的影子下，有许多东西在飞舞——凯夫先生认为它们是一种鸟。凯夫先生俯视着下面不断延伸的大片建筑——当延伸到图景的边缘时，建筑就变得模糊不清了。一条开阔清澈的运河旁边，生长着奇形怪状的树，树的颜色很特别，有青苔绿和淡灰。某种体型巨大，色彩艳丽的东西从画面上空飞过。凯夫先生第一次看到这幅图景时，它闪烁不定。凯夫先生转动水晶，扭动着头，调节观察角度，但画面依旧忽明忽暗，并且愈发朦胧。起初，当他错过最佳角度时，要费九牛二虎之力才能重新看到。

他第二次看到清晰的图像大概是一周以后——其间偶尔隐约闪现过几个片段，为观察积累了一些经验。他这次所看到的与以往不同，是清晰的峡谷。同时，他有了一个惊奇的发现。虽然他是从不同的角度观察水晶，但他始终是在同一点俯视这个奇怪的世界。这一点在他后续的观察中得到了证实。他之前只能看到屋顶的那些高大建筑在视野中后退，使他能够看到建筑的前面——一个又宽又长的梯式花园。花园的中下部，每隔一段距离就伫立着一根气势宏伟、造型优雅的柱子。柱子上镶嵌着闪亮的物体反射着夕阳的光芒。一段时间后，当凯夫先生向韦斯先生描述这一场景时，他才明白这些镶嵌在上面的小东西是什么。花园的底层是繁茂的植被，稍远处，是一片宽阔的草坪，上面躺着一种巨大的生物。它们形状像甲虫，但体形要大得多。草坪的尽头，是由桃红色的石头铺砌成的装饰华丽的河堤。河堤旁边，整齐地长着一排排浓密的红色野草。峡谷另一面，一条宽阔的河流与远处的悬崖平行，河水平静缓慢地流淌着。天空中，一群体形庞大的鸟，排成规整的弧形飞翔。河对面，挂满苔藓的森林中，宏伟的建筑鳞次栉比，色彩丰富的金属窗饰闪闪发光。突然，不知是什么东西不停地在图景中飘动，像是扇动的镶嵌着宝石的扇子，抑或是正在扑腾的翅膀。然后，一张长着一对大眼睛的脸或是脸的上半部渐渐地向凯夫先生的脸靠拢，好像那张脸就在水晶的另一面一样。那些逼真的眼睛使凯夫先生大吃一惊，印象深刻，他本能地后仰，然后侧身看看水晶的背面。他聚精会神，浑然不知自己置身于寒冷、黑暗的小店，当回过神来时，惊愕不已。店里弥漫着熟悉的甲醇味和腐臭味。随后，他刚一眨眼，水晶的光就渐渐变弱，消失了。

这便是凯夫先生最初的总体印象。故事听起来很离奇但情节详实。开始，当峡谷首次断断续续地闪现时，他的想象力神奇地被激发了。当欣赏图景的细节时，他的好奇心变得异常强烈。在打理生意时，他显得魂不守舍、无精打采，一心惦记着早点回去观察。在他第一次发现峡谷的几周之后，那两个顾客出现了，他们令人紧张而兴奋的出价以及水晶“死里逃生”（险些被出售）的情节，我前面已经讲过了。

这是凯夫先生的秘密。他只能小心翼翼地窥视，就像一个孩子偷看一个禁闭的花园一样。但作为一位年轻的科学研究员，韦斯先生头脑清醒，思维缜密。他正好听到了关于水晶的故事，亲眼看到了磷光，发现了一些确实的佐证材料；于是，他相信了凯夫先生的故事，并开始进行系统的研究。凯夫先生对他曾见到的“仙境”念念不忘。每晚从八点半到十点半，他都会过来观察。星期天下午，有时候，韦斯先生不在时，他也会来。开始，韦斯先生做了大量记录。根据他所了解的科学原理，光源射入水晶的方向与图像的方位之间的关系得到了证实。然后，他将一个盒子盖在水晶上，并在盒子上钻一个孔导入光线，用暗黄色的窗帘布代替漂白亚麻布，大大提高了观察的条件。很快，他们就能自由地选择角度观察峡谷了。

排除了各种障碍以后，我们来简要说明一下水晶里的虚幻世界。所有的东西都是由凯夫先生看到的。他们的工作方法始终不变：凯夫先生负责观察和描述；韦斯先生（一位学过在黑暗中速记技巧的科学学者）简要地记录下他所描述的内容。水晶里的光消失后，凯夫先生打开电灯，小心翼翼地把它放入盒子里。韦斯先生提出疑问并建议如何消除。事实上，没有什么东西比这更虚幻或更现实。

凯夫先生的注意力很快转向在早期图景中每次都大量出现的鸟一样的生物。他最初的判断很快被证实是错误的。他一度认为，它们可能是一种白天活动的蝙蝠。后来，他甚至荒诞地认为它们可能是小天使。它们的头圆圆的，像变异的人类的头。在凯夫先生的第二次观察过程中，他看到一对令他惊恐不已的眼睛。它们有宽大的银色翅膀，但没有羽毛，和刚杀的鱼的鳞一样闪闪发光，色彩不时有微妙的变化。韦斯先生知道，这些翅膀不是预想的那样，是鸟或蝙蝠的翅膀；它们呈发散状，由一排排肋骨支撑着（像一种长有明显的肋骨的蝴蝶的翅膀）。它们的体形很小，嘴下面长着两个隆起的器官，像是长长的触须。这一切是那样的不可思议，但最终他不得不相信，那些生物正是峡谷中类似人类的建筑和华丽的花园的主人。

凯夫先生还发现了这些建筑的其他特点：它们没有门，但敞开的巨大的圆形窗户使这些生物能够自由进出。它们降落时触须着地，将翅膀呈柱状卷起，然后纵身跳进建筑物内。它们中间夹杂着一群翅膀小一些的生物，像蜻蜓、飞蛾或会飞的甲虫。色彩艳丽的大爬虫慵懒地在草坪上爬来爬去。在河堤边和阳台上，类似大翅苍蝇——但显然它们没有翅膀，长着大脑袋的生物借助它们像手掌一样的触须忙碌地跳来跳去。

前面已经提到过建筑物前的花园里的柱子上那些闪闪发光的物体。在画面非常清晰的一天，凯夫先生全神贯注地观察了其中一根柱子。他发现，柱子上的闪光物体是水晶——和他所观察的一样。在仔细地观察后，他确认画面里面每一根柱子上都嵌有近 20 块类似的水晶。

偶尔，一只体形巨大的生物会飞到一根柱子上，收起翅膀，将舞动的触须缠绕在柱子上，凝视水晶一段时间——有时候长达 15 分钟。韦斯先生在一系列观察之后，提出了让两个观察者都信服的看法：他们从中观察到的这个虚幻世界的水晶，就是花园中最远处那根柱子顶端的那一块。另外，至少有一次，当凯夫先生正在观察时，一个生活在这个异度空间里的生物也正盯着他的脸。

这就是这个离奇的故事的主要情节。除非我们认为这一切都是出自韦斯先生天才般的想象力，否则我们就必须相信二者之一：要么，凯夫先生的水晶同时存在于两个世界，而且当它被带到其中一个世界时，它仍然存在于另一个世界，这似乎很荒谬；要么，它就和另一个世界有某种特殊的关系，即在另一个世界里存在一块相似的水晶。在合适的条件下，在一个世界的水晶里看到的东西，在另一个世界的水晶里也能看到，反之亦然。现在，我们并不清楚这两个水晶是如何做到如此一致的，但就我们目前掌握的知识而言，这并非异想天开。存在相同水晶的观点是韦斯先生的猜想，而对我而言，这似乎不合常理……

何况，另一个世界在哪里？这时，韦斯先生发挥他高超的智慧迅速地解决了这个问题。日落以后，天空很快变黑暗——在短暂的黄昏之后——星星开始闪烁。它们和我们看到的星星一样，排列出同样的星座。凯夫先生认出了大熊座、小熊座、金牛座和天狼座。因此，这一定是在太阳系里某个地方的另一个世界，并且最多离我们只有几亿英里。沿着这条线索，韦斯先生发现，那里午夜的天空比我们冬至时的天空更蓝，太阳似乎要小一点，月亮和我们的相像，也只是要小一些，但竟然有两个！其中一个移动得比较快，很容易观察到。这两个月亮不会在天空中上升得很高，在上升过程中它们就消失了。也就是说，它们每公转一次就会形成月食，因为它们靠主星太近。虽然凯夫先生并不了解，但答案是非常确定的，那只能是在火星上。

其实，凯夫先生观察水晶时确实看到了火星和火星上的居民，这听上去是可信的。如果是这样的话，那么，在远处天空中那颗明亮的晚星就是我们熟悉的地球。

有一段时间，火星人——如果它们是火星人的话——似乎没有注意到凯夫先生在观察它们。有那么一两次，火星人过来看了看，但好像对这里的景色并不感兴趣，很快就离开了。凯夫先生趁机观察了这些长着翅膀的“人”。虽然他的报告零零散散、含糊不清，但极具启发性。想象一下，历经艰难的准备过程和令眼睛极其疲惫的观察之后，一个火星上的观察者从圣马丁教堂的塔尖俯视伦敦——每次最多四分钟，人类会给“他”留下什么印象。凯夫先生不能确定长翅膀的火星人是否和那些在河堤和花园里跳来跳去的火星人一样，后者是否能够随意地长出翅膀。有几次，他见到一种笨拙的白色半透明的像猩猩一样的两足动物在长满苔藓的树林中觅食，它们一旦遇到跳动的圆头火星人就会逃跑。正当火星人用“他”的触须抓到一只时，画面突然消失了——凯夫先生着急万分，无奈地待在黑暗中。另一次，一个巨大的物体——凯夫先生起初认为是某种巨大的昆虫——以极快的速度在河堤上移动，接近时，凯夫先生发现，它原来是一种极其复杂的发光的金属机械装置。当他再看时，已经不见了。

后来，韦斯先生希望引起火星人的注意。在随后的一次观察过程中，其中一个火星人出现在水晶附近，奇怪的眼睛尤为突出。凯夫先生尖叫起来，不由自主地往后退。他们马上打开灯，尝试用手势进行交流。然而，当凯夫先生再次观察水晶时，火星人已经离开了。

这些观察在 11 月上旬取得了进展。凯夫先生觉得，家人对水晶的怀疑已经平息，于是开始来回都带着它。这种情形无论在白天还是晚上都越来越频繁。想到这些东西很快就会在他的生活中成为现实，凯夫先生倍感欣慰。

12 月，由于考试即将来临，韦斯先生的工作变得极为繁重。他和凯夫先生的会面不得不中止一周，共有 10 或 11 天——他并不很确定——他没见到凯夫先生。然后，周期性的工作压力减少，他急切地希望恢复观察；于是，他去了七钟面。在拐角处，他在一个鸟类爱好者的窗前发现了一扇百叶窗；接着，在一个皮匠铺窗前发现了另一扇。凯夫先生的商店关门了。

韦斯先生敲了敲门，开门的是凯夫先生的继子，他穿着黑色衣服。见到韦斯先生，他立刻呼唤凯夫夫人。韦斯先生发现，凯夫夫人穿着肥大的廉价丧服，不过款式极其庄重。得知凯夫先生辞世，并且已被安葬，韦斯先生并未表现出特别的惊讶。凯夫夫人眼中含着泪水，讲话时声音虚弱。她刚从海格特墓地回来，满脑子都是体面的葬礼场面以及对自己的未来的设想。最后，韦斯先生了解到凯夫先生死亡的细节。就在最后一次去韦斯先生那儿的第二天早上，有人发现凯夫先生死于自己的商店里。如石头般冰冷的手中握着那块水晶。凯夫夫人说，他走时面带微笑，脚下的地板上铺着做矿石背景用的那块丝绒布。当人们发现他时，他已经死亡五六个小时了。

韦斯先生震惊不已，他万分自责，当初忽略了这位老人明显的病兆，但他关心的主要是水晶，于是小心翼翼地把话题转移过来。他了解凯夫夫人的性格，所以必须谨小慎微。当韦斯先生得知水晶被卖了时，他惊呆了。

凯夫先生尸骨未寒，凯夫夫人就迫不及待地写信给那个出 5 镑购买水晶的牧师，通知他水晶找到了。但和女儿一起努力寻找过后，她们确信地址已经弄丢了。他们无法以一种体面的方式悼念并安葬凯夫先生，给一位七钟面的老居民应有的尊严。因此，他们向大波特兰街的一位友好的合作伙伴求助。在资产评估之后，他非常好心地购买了一部分财产，其中包括水晶蛋。韦斯先生说了一些安慰的话，留下了一些可能有用的建议之后，立刻匆忙地赶到大波特兰街。在那儿，他了解到水晶蛋已经卖给了一个身材高大、皮肤黝黑、穿灰色衣服的人。至此，实际上，这个古怪的至少对我来说有启发性的故事戛然而止。这位大波特兰街的商人不知道这个高大的灰衣人是谁，也没有费心去观察他，自然不能将他详细地描述出来。他甚至不知道这个人是从哪条路离开的。韦斯先生仍然在店里待了一段时间，问了一些毫无价值的问题，考验着商人的耐性，宣泄心中的愤怒。最后，他突然意识到，整个事情已经结束了。他回到家里，惊讶地发现自己的笔记还清楚明白地放在杂乱的桌子上。

他非常气恼、失望，很不甘心。他又给大波塔兰街的商人打了个电话（同样无济于事），在一些古玩爱好者可能会订阅的期刊上登广告，还写信给《每日纪事》和《自然》，但这些期刊都怀疑其真实性，在印刷之前还要他慎重考虑——这个故事很离奇，又缺乏证据，贸然登载可能会损害他作为研究员的名誉。由于工作繁忙，大约一个月以后，他除了偶尔提醒一下个别商人，基本上放弃了对水晶的追寻。至今，水晶仍然没找到。不过，偶然间他告诉我，并且我也相信，他对此仍耿耿于怀，他会为此放弃更多紧要的工作并继续寻找。

水晶是否会同它的故事一起永远消失，目前无法预测。如果它目前的主人是一个收藏家，那么韦斯先生寻找水晶的信息可以通过经销商传到他那里。他可能会发现凯夫先生遇到的牧师和那个“东方人”正是詹姆斯·帕克牧师和爪哇的年轻王子博索·库尼。由于特殊的原因我感谢他们。这个王子对古怪的东西和奢侈品感兴趣。他之所以期望买到水晶，是因为凯夫先生表现奇怪，不愿出售。也可能第二个购买者只是一个不经意的买家，完全不是收藏家。并且，据我所知，那块水晶蛋可能现在距我只有一英里远，正作为客厅的装饰品或镇纸——无人知晓它神奇的功能。事实上，我还抱有这样的想法：把这个故事写成通俗小说，让普通读者可以阅读。

我的观点与韦斯先生的一致。我相信，火星上的柱子上的水晶和凯夫先生的水晶蛋在某种物理现象上密切相关，但是目前无法解释清楚。同时，我们都进一步相信，这个地球上的水晶一定是——可能在很久以前——被火星人送到这里的，以便他们能近距离看到我们。或许，在其他柱子上的水晶中看到的人们也居住在地球上，只是没有视觉理论可以论证这些事实。

星 星

新年的第一天，三个天文台几乎同时发出公告：环绕太阳运行的最远的行星——海王星——的运动变得很不稳定。奥格尔维早在12月份就呼吁大家注意，海王星公转的速度疑似在减缓。这则新闻几乎没有引起人们的关注，因为大部分人察觉不到海王星的存在，而且非天文界的人士也不会因为这颗遥远的行星附近出现微弱的光斑而兴奋不已。然而，在还未得知这颗新出现的行星正迅速变大变亮之前，科学家们就已经相信，这个发现非同凡响。它的运动完全不像其他行星那样稳定，同时海王星和它的卫星的运行轨道发生了空前的偏离。

缺乏天文常识的人几乎无法理解太阳系中物体间的距离有多么遥远。太阳、太阳周围斑驳的行星、尘埃一样的小行星以及缥缈的彗星都飘浮在空旷浩瀚到超出人们想象的宇宙中。在海王星的轨道之外，有一个空间，在目前人类的观察力所及的范围内是空旷的，没有温度，没有光亮，没有声音，空无一物，范围约200万亿英里。那是对从海王星到达最近的恒星之前所要穿越的距离的最小估计。

直至20世纪早期，在这个陌生的漫游者出现之前，除了几颗微弱的彗星外，据人类所知，不曾有任何物质跨越过这一神秘的空间。天空中出现的这个神秘的黑色物体巨大而沉重，人们还没来得及发出预警，它已向光芒四射的太阳快速冲去。第二天，通过普通的仪器都能清楚地观察到它——位于狮子座的轩辕十四附近的一个微小的斑点。不一会儿，用一个小双筒望远镜就能看到它。

新年的第三天，这种离奇的天文现象通过报纸在全世界引起了人们的高度关注。一份伦敦的报纸以“行星大碰撞”为标题公布了迪谢纳的观点，即这颗陌生的新行星可能会与海王星相撞。在媒体的推波助澜下，1月3日这天夜幕降临时，尽管人们对天空中可能出现的现象仍然模棱两可，但成千上万的人们仍满怀期待地仰望着天空——星星依旧如故。

在伦敦和波勒克斯，直到黎明，天空中的星星才开始泛白。在冬季，黎明时分的日光就像被过滤了一样苍白。透过窗户，可以看到屋内煤气灯和蜡烛跳动的黄色火焰——那里的人们已经起床了。突然，一颗白色的巨大的星星闯入西方的天空。打着哈欠的警察看到了；超市里忙碌的人们看到了——目瞪口呆地望着；准点的上班族、脸色苍白拖着疲惫的身体奔波在回家路上的送奶工和送报纸的司机、无家可归的流浪者、坚守岗位的哨兵、跋涉在野外的劳动者、溜回家的盗猎者，甚至出海的水手都看到了——从蒙眬中苏醒的各个地方的人们都能看到。

它比天空中的任何一颗星星都亮，而且越来越亮，照射范围越来越大，不只是闪烁的光点，而是一个小小的清晰闪亮的圆盘，在天亮前一小时出现。在以往的科学研究中还未出现这种现象。人们惊恐不已，目不转睛地注视着。一时间，流言四起：这种异常迹象预示灾难即将降临——战争或瘟疫。体魄强健的博尔人、肤色黝黑的霍屯督人、生活在黄金海岸的黑人以及法国人、西班牙人和葡萄牙人沐浴在温暖的晨曦中，注视着这颗新出现的奇怪的星星。

这两个遥远的天体即将撞到一起。在数以百计的天文台工作的人们都按捺不住内心的激动。为了记录这一新奇而惊人的景象——世界的灭亡，他们高声呼喊，来回奔波，整理摄影器材，调试各种设备。那颗星星是地球的姊妹星球，另外一个世界，比地球大很多，所以，它突然闪现直至在燃烧中陨落，自然令人震惊。这颗来自外太空的陌生行星直接撞击到海王星上，巨大的撞击产生的能量将这两颗坚固的行星变成了一团巨大的炽热的白色光团。直到黎明前两小时，这颗巨大的苍白的星星才慢慢西沉，消逝在冉冉升起的太阳的光辉下。每个人都惊叹不已，但没有谁比水手的感受更为惊奇。他们习惯于观察星星，但远在海上，他们对发生的事情一无所知，只是目睹到它就像一个小月亮一样升起，爬上天空，悬挂于头顶，并在天亮时在西方消失。

接下来，整个欧洲万人空巷。人们爬上山坡，登上屋顶，占据开阔的地方，翘首盼望这颗伟大的星星从东方升起。在一道白光闪耀之后，它出现了。那些在前一天晚上已经看到它的人们，立刻尖叫起来："它变得更大了！""也更亮了！"此时，西方天空中的月亮正在消失，仅有四分之一露在外面。就大小而言，它和月亮无法相比，但就亮度而言，即使整个月亮也比不上这颗星星的一个小小光环。

“它更亮了！”聚集在街上的人们高呼。昏暗的天文台里，观察者们屏住呼吸，相互凝视。“更近了，”他们说，“更近了。”

“它更近了。”那声音不停地重复着，夹杂在“嘀嘀”的电波声中，穿梭在颤动的电话线间。在无数的城市里，打字员们昏天黑地敲击着键盘：“它更近了。”正在办公室里书写的人们，被这奇怪的东西所吸引，放下了手中的笔；正在聊天的人们突然奇怪地冒出一句“它更近了”。宁静的乡村里，人们站在霜冻的路上朝它尖叫。从嘈杂的收音机里听到这一消息的人们纷纷站到门口，在昏黄的灯光下朝路人呼喊：“它更近了。”一群群美女欣喜若狂，一边听着新闻，一边滑稽地跳起舞来——她们对此并不感兴趣。“更近了，的确，真奇怪，要多么聪明的人才能发现类似的东西呢？”

寒冷的冬夜，孤独的行人拖着沉重的步伐，喃喃自语：“靠近一点吧，多施舍一点温暖。”然而，即使它靠得更近，他们也感受不到温暖——寒冷依旧。

“对于我来说，一颗星星算什么？”一位妇女跪在一名死者旁哀哭。

那颗巨大的白色的星星光芒四射，透过玻璃窗上的霜花照射到一个为考试而早起的孩子身上。他双手托着脸颊，冥思苦想：“离心的，向心的……”最后他找到了答案：“一颗星星在飞行过程中失去离心力，然后在向心力的作用下冲向太阳。就是这样！”

“我很好奇，我们的地球也是这样出现的吗？”

寒夜来袭，那颗奇怪的星星又出现了。它分外明亮，披着夕阳金辉的上弦月在它的衬托下看起来就像一个浅黄色的幽灵一样。在南非的一座城市里，一个大人物刚刚完婚。每条街道都亮起了灯，为他们祝福。甚至有人奉承："天空因为他们而格外明亮。"摩羯星座下，两位彼此深爱的黑人恋人，毫不畏惧野兽和邪恶的魂灵，相拥在一片火蝇盘旋的甘蔗林里。"那颗星星属于我们……"他们低声私语——星星发出的甜美的光芒使他们感到无比幸福。

一位杰出的数学家坐在他的房间里，推开面前厚厚的一沓纸——他已经完成了计算。装在一个白色的小药瓶里，让他连续四个长夜保持清醒的提神药，现在只剩下一小点儿。每天，他都沉着、仔细、耐心地给学生讲课，然后赶回家进行海量的计算。他非常投入，有时甚至会在思考时自我迷失。因为药物的副作用，他面色暗淡，显得有些憔悴。他走到窗前，"咔嚓"一声打开百叶窗。这颗星星悬挂在半空中——城市里的屋顶、烟囱和塔尖之上。

他像盯一个勇敢的对手的眼睛一样盯着那颗星星，在片刻沉默之后说："你可能会杀了我，但是我能掌控你，甚至宇宙里所有类似的东西——都在我这颗小小的大脑的控制之中。就是现在，我也这么认为。"

"没有必要睡觉了。"他望着小玻璃瓶说。第二天正午，他准时走进教室，习惯性地将帽子放在桌子末端，小心翼翼地抽出一大截粉笔。在他的学生中流传着这样一个玩笑：他如果手中不拨弄着一截粉笔的话，就无法讲课。有一次，学生们把粉笔藏了起来；这一传言得到了印证。他灰色眉毛下的双眼打量着一排排年轻新鲜的面孔，用习惯性的语气故作平静地说："事情已经发生了——并且超出了我的控制范围。"在稍作停顿后，他接着说："这使我无法讲完已经设计好的课程。简明扼要地说，同学们，那就是人们似乎都白活了。”

学生们面面相觑，没听错吧，疯了吗？他们有的挑起眉毛，有的噘着嘴，但还是有一两个人仍然注视着他那灰色的显得沉着的脸。“那会非常有趣，”他继续道，“今天上午，我将给大家阐释我是如何得出这一结论的。我们假设……”

他转向黑板，像平时一样利用图例帮助思考。“‘白活’是什么意思？”学生们相互嘀咕着。“注意听讲。”一个学生一边提示一边点头示意。

不一会儿，他们就开始明白了。

那天晚上，这颗星星出现的时间比平时要晚些。它向东越过狮子座向处女座移动了一段距离；它的亮度很大，照亮了整个天空，所有的星星都隐藏在它的光芒下——除了五车二、毕宿五、天狼星、北极星和天顶附近的木星。它洁白美丽。那天晚上，世界上大部分地区的人都能看到一个洁白的晕圈环绕着它。显然，它更大了，看上去将近月亮的四分之一那么大。热带的天空犹如明镜。英国的夜晚虽仍然寒霜覆地，但在它的照耀下，却如同在仲夏夜一般。人们能够在这寒冷的光线下阅读普通印刷品，而城市里的灯光在它的映衬下显得格外微弱。

对于世界上每个地方的人来说，那是一个不眠之夜。在信奉基督教的国家的每个角落：乡村上空萦绕着忧郁的低吟声，像蜜蜂飞在石楠花上嗡嗡作响；城市里轻微的骚动逐渐化作“叮叮当当”的声音——发自数百万的钟楼的塔尖的钟声召唤人们不要睡觉，不要犯罪，快去教堂里祷告。随着地球的转动，夜晚过去，星星闪耀着升了起来——越来越亮，越来越大。

所有城市的街道和房屋都被照亮了，船坞被照亮了，通往乡村的每一条路也都被照亮了，而且整晚都无比拥挤。在有人类文明的陆地周围的所有海域，所有船只——或启动马达或扬起风帆——都挤满了人类和各种生物，准备向北航行。那位大数学家的警告被翻译成上百种语言，通过电报传遍了世界。那颗新行星和海王星融入一团，猛烈地旋转着，越来越快地向太阳运动。这个燃烧着的光团以每秒 100 英里的速度行进，令人恐怖的速度每秒都在增加。事实上，以它现在的速度，它必然会穿过 1 亿英里的距离到达地球，而且速度基本不会衰减。但是，在它行进的轨迹附近，巨大的木星和它的卫星依然绕着太阳旋转，只是受到轻微的干扰。现在，那颗炙热的星星和最大的行星之间的引力每一刻都在增强。最终会有什么后果呢？木星必然会偏离自己的轨道，进入另一条椭圆形轨道。那颗燃烧的星星，在太阳引力的作用下，将会“划出一条弯曲的轨道”，并可能与我们的地球相撞，至少会非常近距离地从地球旁边经过。“地震、火山、龙卷风、海啸、洪灾以及高温，一切皆有可能。”那位大数学家如此预言。

正如他所言，那颗孤独、冰冷、青灰色的星星闪耀着，出现在空中。

那天晚上，成千上万的人们盯着那颗星星，直到眼睛酸痛——它明显地在靠近。天气也变了，整个中欧、法国和英格兰的寒霜开始解冻。

毋庸置疑，那颗星星使整个世界陷入恐慌：有人整晚祈祷，有人乘船出国，还有人逃往山区的乡村。但实际上，世界和往常一样，除了对此事的闲聊和光彩夺目的夜景，大部分人仍然忙于自己的日常工作。在所有的城市里，商店都准时开门关门，医生继续救死扶伤，商人继续做生意，工人继续生产，士兵继续操练，学生继续上课；恋人们嬉戏缠绵，小偷四处躲藏，政客们谋划着他们的宏图伟业，报刊记者整晚都高声呼叫着。为了进一步摆脱愚蠢的焦虑，许多牧师都不愿将他们神圣的教堂开放给那些他们认为愚蠢的惊慌失措的人们。所有报刊都提到了这是千禧年的教训——早在那时，人们就对结果做了预测。那不是一颗行星，而是一颗彗星或某种气体。行星不可能撞击地球，没有这种先例。这一常识在人们心中根深蒂固。人们开始蔑视、嘲笑，最后慢慢地倾向于镇压这顽固的恐惧。那颗星星在那天晚上格林尼治时间为7点15分最接近木星，届时人们将见证这一重大时刻。大数学家恐怖的警告对于许多人来说，不过是精心策划的自我炒作。在一场热烈的争论之后，人们各自上床睡觉——常识占了上风。野兽世界也已经厌倦了这个新奇的事物。狗平静下来，除了几只依旧在夜间四处游荡，偶尔发出几声咆哮。

最后，欧洲国家的人们观察到了那颗星星，它看上去比前一天晚上要小些。然而，就在一小时前，仍然有大部分人觉得只有自己头脑清醒，嘲笑那位大数学家——危机已经过去了。

嘲笑声戛然而止。那颗星星持续稳定地变化着：更大一点儿，离午夜的天顶更近一点儿，更亮一点儿，直到夜晚变成白昼。要是它运动的轨迹是直线而不是曲线，同时不失去绕木星公转的速率，那么它肯定在一天之内就能够到达我们所在的行星，然而它总共花了五天时间。第二天晚上，当它出现在英国人的视野里时，它已经变成月亮的三分之一那么大；毫无疑问，霜冻开始消融。当它到达美国上空时，已接近月亮的大小了。它看上去呈白色，非常耀眼。伴随着它的上升，能量不断积聚，无比炽热，掀起阵阵热浪。从弗吉尼亚到巴西再到圣劳伦斯山谷，在辽阔的地域上空，它伴随着雷雨、闪电和冰雹时隐时现。在马尼托巴，雪开始融化，汇聚成洪水；灾难来袭。那天晚上，全球所有高山上的冰雪开始融化，所有乡村河流变得汹涌浑浊。不久，树桩、野兽和人类的尸体从上游冲了下来。河面闪着幽灵般的光芒，水位持续上升，最后没过堤岸，淹没了人口稠密的河谷。

阿根廷沿海至南大西洋的潮汐比人们记忆中的任何时候都高。风暴时常将海水向内陆推进数十英里，大量城市被完全淹没。夜里，气温陡然上升，让人感觉白天的太阳反倒阴凉。地震开始了，强度不断增加。从北极圈南下到美洲直到合恩角，山崩地裂，房屋土崩瓦解。在一次强震后，科托帕希火山的一个侧面整体滑坡，滚烫的熔岩喷射而出，范围如此之广，速度如此之快，以至于它在一天之内就到达了大海。

这颗星星横跨大西洋，月亮——显得格外苍白——尾随其后。暴风雨犹如长袍的下摆，拖动着汹涌的浪潮，席卷了一个又一个岛屿，吞没了岛上所有的生灵。最后，巨浪伴随着耀眼的光芒，裹着热气，以迅雷不及掩耳之势，恐怖地扑来——一面50英尺高的水墙，饥饿地咆哮着，沿着亚洲漫长的海岸线，席卷了中国的内陆平原。

天空中的这颗星星——比太阳更热、更大、更亮——在这个广袤的人口稠密的国家施展它无情的智慧。那天晚上，数百万居民彻夜难眠，他们内心充满恐惧，无助地仰望着天空，四肢乏力，呼吸急促。随后，在一阵低沉的时大时小的声音之后，洪水像一面墙一样一扫而过，城镇和乡村里散布的高塔、树木、道路和大片的耕地被淹没在水中，留下一道翻着白沫的痕迹。死亡接踵而至。

中国大部分被淹没在火海之中。这颗星星就像一团暗红色的火球，高悬在日本、爪哇等东亚所有岛屿的上空。火山冒着蒸汽和浓烟，火山灰四处喷散，好像在向这颗星星致敬。表面是熔岩、热气和火山灰，下面是沸腾的洪水，整个地球在地震中晃动着，发出隆隆的声响。转眼间，西藏和喜马拉雅的陈年积雪融化了，从千万英里的高处倾泻而下，汇聚到缅甸和印度的河流中。在印度，茂密的丛林顶部燃起熊熊火焰，足有上千处。树茎周围急促的水流中，在血红色火焰的映照下，一些黑乎乎的东西虚弱地挣扎着。大群的男女沿着宽阔的河道慌乱地奔向下游，人们最后的一线希望——大海。

现在，那颗星星正以可怕的速度变得更大、更热、更亮。原来波光粼粼的热带海洋翻着滚滚黑波，卷起团团水雾，如幽灵般盘旋升腾，轮船如同树叶的碎片在风暴中飘曳。

不久，奇迹出现了。在欧洲看到这颗星星升起的人们感觉世界似乎静止了。无数生活在丘陵和山区的人们从洪水、山体滑坡、房屋垮塌的灾难中死里逃生，望着天空，等待着它的出现。他们在巨大的悬念中熬过了一个又一个小时，人们失望了——它没有出现。人们再一次注视着他们曾经以为已经永远消失的古老的星座。在英格兰，虽然地面一直在微微颤动，但空气炙热而清新。在热带，天狼星、五车二和毕宿五都被一层薄雾笼罩着。大约十小时后，当这颗大星星最终升起来时，太阳也紧挨着它升了起来，它白色的中心部位是一个黑色的圆盘。

这颗星星在亚洲的运动相对较慢，当到达印度上空时，它的光芒突然被遮住了。那天晚上，从印度河河口到恒河河口，整个印度平原都没在一层浅水之中，水面泛着粼粼波光；寺院、宫殿、丘陵和山脉露出水面，黑黝黝的。每一个塔顶上都挤满了人，每当热浪袭来，他们却惊恐万分，一个接着一个掉入浑浊的水里。整个大地似乎都在哀嚎。突然，一阵凉风掠过，一团团乌云涌来，这个令人绝望的熔炉被笼罩在阴暗之中。人们仰望这颗星星，发现在昏暗的天空中一个黑色的圆盘正挡住它的光芒。月亮此时正好位于那颗星星和地球之间。人们趁这片刻的缓和时间赶忙向上帝祈祷。就在这时，太阳以神奇的速度从东方升了起来。然后，星星、太阳、月亮快速地在天空中聚到了一起。

目前，欧洲的观察者发现，星星和太阳在那天晚上间隔很小。它们向前猛冲一段距离之后又慢下来，直到停止，最后在天顶合成一束光焰。月亮黯然失色，再也遮挡不住这颗星星的光芒了。虽然，幸存下来的人们愚蠢地认为饥饿、疲劳、炽热和绝望是引起这一后果的主要原因，但仍然有人意识到这些现象的真正含义。那颗星星曾经距离地球最近，它们摇摆着，擦肩而过。虽然已经不断衰退，但是它莽撞的旅程中的最后一刻，它越来越快地冲向地球。

接下来，整个世界乌云密布，遮天蔽日，电闪雷鸣，下起了前所未有的倾盆大雨。火山喷发的红色岩浆直冲乌云密布的天盖，散落到地上，形成凶猛的泥石流。大雨过后，所有地方只留下满是淤泥的废墟。地球犹如风暴袭击后的海滩，七零八落地散布着人（成年和未成年）和动物的尸体。陆地上水流成河，持续了很多天，吞噬了沿途的土地、树林和房屋，堆积起巨大的堤坝，在乡村里冲刷出巨大的峡谷。在那颗星星的热量释放之后是黑暗的日子。这些都结束后，地震仍然延续了几个星期甚至几个月。

那颗星星消失之后，在饥饿的驱使下，人们慢慢地积聚勇气，悄悄地回到被毁灭的城市、掩埋的粮仓和浸透的耕地。极少数在风暴中劫后余生的船只，惊魂未定，拖着疲惫不堪的身体，小心翼翼地对准新的航标，通过浅滩——他们曾经熟悉的港口——驶了过来。风暴退去之后，所有地方的人们都意识到天气比以往更热了，太阳更大了，而月亮却缩小到原来的三分之一。现在，新月与下一个新月——两个相同月相之间——交替大概要 80 天的时间。

如今，人与人之间重新建立起兄弟般的情谊，人们遵守以前的法律，阅读以前的书籍，使用以前的机器。冰岛、格陵兰岛和巴芬湾沿岸发生了天翻地覆的变化；刚刚到达的水手们发现，这里对他们来说如此生疏，几乎不敢相信自己的眼睛。这些在这个故事里却未提及。至于如今全球变暖，人类不断向地球的两极发展，在这个故事里也没有提及。它只关注这颗星星的命运。

火星上的天文学家——火星上有天文学家，虽然他们与人类很不一样——自然也对这些东西非常感兴趣，他们从自己的视角看待这些问题。“想一想，一颗巨大的高温导弹穿过太阳系击中太阳，”

一个火星人写道，“对地球产生的破坏是如此轻微。陆地和海洋纹丝不动，唯一的变化似乎只是两极的白色面积（应该是冰）缩小了。”这说明，从几百万英里的距离以外来观察，人类毁灭性的灾难看起来也显得微不足道。

石器时代的故事

第一节　尤罗密和尤亚

故事发生在史前蒙昧时代，人们在那时从法国（今天的叫法）徒步走到英国，脚却不会弄湿。泰晤士河宽阔而平缓，通过一片沼泽汇入莱茵河，途中流经广阔的平原，这个区域今天已被海水淹没，也就是我们所知道的北海。在那远古时，英国南部唐斯山脚下并没有今天这条河谷。萨里山南部是绵延的山脉，山腰的斜坡上生长着成片的冷杉，一年中大多数时候都被冰雪覆盖，在山坡低处的草地上，一匹匹野马在悠闲地进食。再往山下生长着紫杉、甜果树和榆树。漆黑的树林和灌木丛深处，灰熊和土狼隐藏其中，黑猿在树枝间攀援。更低处沿韦河两岸，绵延分布着木林、沼泽和开阔的草地。我将要讲述的这个故事就发生在这里。在五万年前，注意是五万年前，如果地质学家的计算正确的话。

在那时，春天的气候和现在这样怡人，狩猎同样也很流行。午后，湛蓝的天空中飘着朵朵白云，阵阵微风向西南方轻轻拂过。刚到的燕子飞来飞去。河滩中一团团芦苇在阳光的照射下反射着一道道白光，石介花星星点缀在湿地上，锦葵属植物熠熠发亮，大丛的莎草耷拉着叶子。一群河马像发光的黑色怪兽，踉踉跄跄，笨拙地向北移动，他们要到泥水中去嬉戏，想到飞溅的泥浆，他们难以抑制内心的喜悦。

在河流上游能够看到河马的地方，一群浅黄色的小动物在河里嬉戏。他们和河马相处和睦，没有恐惧，没有竞争，也没有敌意。当体形庞大的河马穿过芦苇进入河里时，笨重的身体打破平静如镜的水面，击起银色的水花。小动物们手舞足蹈，兴奋地呼喊着"啵喽"——毫无疑问，那是盛春时节的信号。那是一群当地人的孩子，孩子们的家就在河湾的岸边，袅袅炊烟正从那里升起。他们眼神狂热，头发凌乱，额前披着刘海（甚至今天有些小孩还留着这样的发型），淘气的脸庞上鼻子稍显宽大；腰细，四肢修长，双耳没有耳垂，倒有一个小小的尖儿——今天偶尔也能见到。他们赤身裸体，像小吉卜赛人一样活泼，像猴子一样灵活，嘴里说个不停——与今天人类的语言差异很大。

大人们就在小山丘的另一边。山丘挡住了在泥水中打滚的河马群的视线，否则河马就能看到山下的人们。在人类的栖息地上，铺着一层枯黄的王紫萁叶，上面有明显的被人踩踏过的痕迹；新长出来的卷曲的嫩叶尽情地沐浴着春日温暖的阳光。燃烧的木炭冒着烟，发出忽明忽暗的光。上了年纪的女人不时地往火堆里添一些枯树叶。大部分男人将额头抵在膝盖上睡着了——他们坐着睡觉。早晨他们捕到了一头被猎狗咬伤的鹿——足够所有人吃了，这意味着人们不会因为食物不够而争吵。几个女人在啃丢散的骨头，另一些人在堆树叶和树枝，以便在黑夜来临时给火兄（一种照亮黑夜的动物）喂食，让火兄变得高大强壮，在黑暗中保护他们免受野兽袭击。还有两个人在堆放从孩子们玩耍的河湾那里捡回来的打火石——它们有时可用作武器。

这些野蛮人皮肤暗黄，都赤身裸体，只有个别人在臀部缠着粗糙的蝰蛇皮或未加工的兽皮，上面还带着因兽爪抓扯形成的小口袋，正好用来盛放粗糙的打火石——男人们的主要武器和工具。有一个女人——智人尤亚的配偶——佩戴着一条用化石串成的精美的项链——这条项链以前被别人戴过。在沉睡的男人们身边放着驼鹿角和长棍，鹿角分叉处被削出锋利的边，长棍的末端被打火石磨尖。除了这些和若隐若现的火星，几乎没有什么其他的东西能将遍布在这片土地上的野生动物和人类区分开来。智人尤亚没有睡，他坐在那里，用打火石费力地打磨着手里的一根骨头。这是动物所不具备的人类特性。他是这个部落里年纪最大的，尖额头，尖下巴，手臂瘦长，脸颊多毛，胸部和手臂被黑色的汗毛覆盖。他智勇双全，是部落的首领，自然他分得的东西总是最多、最好。

尤典娜因为害怕尤亚而躲在赤杨林里。她还是个小姑娘，眼眸明亮，笑靥如花。尤亚给她分了一块肝，那可是一个成年男人的份额，对于一个小姑娘来说是很高的待遇。当她接过那块肝时，那个戴项链的女人恶狠狠地瞪着她。尤罗密刻意地咳嗽了几下。看到这些，尤亚静静地注视着尤罗密，尤罗密慢慢地低下了头。尤亚再向尤典娜看去，她显得很害怕。趁分食的时机，尤亚忙着处理骨髓，尤典娜偷偷地溜走了。不一会儿，尤亚开始四处走动，仿佛在寻找尤典娜。而尤典娜现在正蹲在赤杨林里冥思苦想，她想知道尤亚是如何用打火石处理骨头的。同时，尤罗密也不见了。

尤典娜静静地蹲在赤杨林里。一只松鼠跳来跳去，在只有不到6英尺的距离猛地发现了她。松鼠敏捷地爬上一棵树，责备说："你远离其他人，在这里干什么？""不要吵。"尤典娜回答。松鼠还想继续说，尤典娜从树上掰下一个黑松果朝他扔去。他灵活地躲开并向尤典娜示威，尤典娜的斗志被激发，于是站起身来朝松鼠扔了更多的松果。然后，她看到尤亚从小山丘上向下走来；尤亚也看到了尤典娜——他看到了灌木丛中晃动的白色手臂，他的眼力很好。

尤典娜顾不上理睬那只松鼠，飞快地跑过赤杨林和芦苇滩——只要能躲开尤亚，跑到哪里她都不在乎。她蹚过差不多齐膝的沼泽地，来到一面山坡前，山坡上长满了蕨类植物，一直延伸到远处小栗子树的背阴处——越到背阴深处，蕨类植物的枝叶越纤细翠绿。尤典娜没有停歇，她脚步快捷，很快就进入树林深处来到深谷老林。树木的茎干上缠绕着浓密的藤蔓，在阳光的照射下，如同刚长成的树林；常青藤拧成结实而紧密的绳子，她越跑越快，最后来到一片靠近灌木丛的空地上，气喘吁吁地瘫坐在一丛蕨类植物中间，"扑通扑通"的心跳声不绝于耳。

不久，她听到脚踩在落叶上发出的"嘎吱嘎吱"的声音，随后越来越远，最终消失了。夜幕降临，除了蚊子发出的令人心烦的"嗡嗡"声和树叶发出持续的"沙沙"声，一切又恢复了平静。想到狡猾的尤亚与她擦肩而过，她心中窃喜，她一点都不害怕。有时，和其他孩子玩耍的时候，她也会躲进树林，只不过从未像现在这样远。一个人独自藏起来挺好玩的。

她在那里躺了很长时间，为自己的成功逃离洋洋得意，然后坐起来，好像听到了什么声音。

她听到快速的“哒哒”声逐渐逼近，越来越大，过了一会儿，又听到鼻子发出的“咕哝”的声音和树枝折断的“噼啪”声。那是一群可怕的体形瘦瘪的野猪。她转过身，发现一只露出獠牙的公猪扑了过来，她向树边一闪躲开了。野猪群不是漫无目的地游荡觅食，而是在刻意快速追赶她，否则野猪群追不上她。她像猴子一样抓着一根大树枝，荡到树上，攀上树干。

她看身下，脊背长满硬毛的野猪已跑开了。她知道野猪发出短促、刺耳的哼叫意味着他们受到了惊吓。野猪群受到了什么惊吓呢？是某个人么？野猪群如此的惊慌仅仅是因为一个人？

突然，一只幼鹿冲出丛林，跟着野猪奔跑。她不由自主地紧紧抓住树枝。紧接着，又有灰色的身形跟了过去——矮矮的，长长的。她只从嫩树叶的缝隙里瞅了几眼，一会儿，树林又恢复了平静。

她还是一动不动，就像长在树上一样，静静等待着，向下观望。

这时，从远处的树林里跑来一个人，开始一瞬间还看得清楚，接着便在齐膝的蕨类植物丛中若隐若现，最后消失了。从金黄色的头发和脸上的红色印记判断，尤典娜知道那是年轻的尤罗密。不知怎么的，尤罗密匆忙逃跑的样子和猩红色的印记让她觉得恶心。一会儿，另一个人气喘吁吁地追了过来。开始，尤典娜看不见，随后她清楚地认出那是尤亚。他瞪着双眼，大步地跑着。他不是在追赶尤罗密。他脸色苍白——居然还有让尤亚害怕的事。就在龙亚刚刚跑过声音还没消失的瞬间，只见一个体型庞大，长着灰色皮毛的家伙迈着快捷的步子紧紧地追赶尤亚。

尤典娜吓得呆若木鸡。她屏住呼吸，死死地抓住树干，目不转睛地盯着。

她从来没见过这家伙，甚至现在都没能看清楚，但是她知道那就是丛林里的恐怖。他的名字是一个传奇，小孩子用他的名字吓唬别人，有时甚至会吓坏自己，然后尖叫着跑回住地。从来没有人猎杀过这种动物，甚至巨大的猛犸象都惧他三分。那是灰熊，当时的林中之王。

灰熊一边跑一边不停地号叫，声音越来越大："有人在我的洞口！打斗……流血……就在我的洞口处。有人……有人……打斗……流血……"这里是灰熊的地盘——树林、洞穴，灰熊是这里的王。

在灰熊离开很久以后，尤典娜依然石雕一样一动也不动，透过树枝的缝隙向下窥视。她精疲力竭，只是本能地用手抓紧树枝，用脚夹紧树干，过了许久，才回过神来，只清晰地记得丛林里的恐怖就在她和她的族人之间——这个念头不会消减。

在恐惧感稍稍平和之后，她在树枝分叉处试探了一个比较舒服的姿势。周围的树木挡住了视线，她一点儿也看不到火兄——他在白天是黑色的。鸟儿开始骚动，那些因为她的动静受到惊吓的动物开始慢慢地出来了。

过了片刻，一抹抹落日的余晖火焰般照在树枝上。聪明的乌鸦——比人还聪明——在头顶上“哇哇”地叫着，飞向榆树林里的巢穴。尤典娜向下望去，一切变得清晰而暗淡。她想回家了，于是往下挪动了一点，这时对“丛林恐怖”的恐惧又一次袭来。当她犹豫的时候，一只兔子发出声声沉闷的尖叫。尤典娜再也不敢往下挪动了。

夜幕降临，森林的深处开始骚动起来。尤典娜向上爬了一点，这样她能离光亮更近一些。她身下的一切都笼罩在蒙蒙夜色之中——头顶的天空变成了深蓝色。丛林中死一般的寂静，只有树叶发出“沙沙”低语。

尤典娜打了个寒战，她想到了火兄。

黑暗聚集在树上，坐在枝头，注视着她。树枝和树叶成了不祥之兆，仿佛尤典娜动一下，那无声的黑暗就要把她吞噬。白色的猫头鹰像幽灵一样悄无声息地穿过树荫。周围越来越暗，丛林顶层的树叶和小树枝也变黑了，整个大地都被隐藏了起来。

尤典娜整夜都待在树上。她高度警觉，在黑暗中竖起双耳聆听着树下的风吹草动；她不敢动弹，担心那些躲在暗处的动物发现她。在那个时代，人们不会独自过夜，除非偶尔遇到目前这种特殊情况。年复一年，人们已经懂得了黑暗的恐怖，我们——他们可怜的后代——却不得不痛苦地忘却。尤典娜虽然已是成年女性，但心里还像个孩子。她像一只可怜的野兔一样待在树上一动也不动。

闪烁的繁星，仿佛在看着她，尤典娜觉得稍微舒服一点了。她把其中很亮的一颗想象成尤罗密，旁边那颗又红又暗的是尤亚。黑夜逐渐过去，尤罗密比尤亚先在空中消失。

她想方设法寻着火兄——他们和他们家园的守护者——但没有

找到。她远远地听到猛犸象一边叫着——像喇叭声——一边向水源地走去。有时，她听到庞然大物发出小牛的叫声，迈着笨重的步伐匆匆经过，但看不到究竟是什么。从声音判断，那是犀牛——鼻子旁边长有角，喜欢独来独往，脾气暴躁。

慢慢地，小星星开始消失，接着那些大的星星，就像动物们在“丛林恐怖”面前消失一样。太阳出来了，它是天空的主宰，如同灰熊是森林之王一样。尤典娜想，如果还剩一颗星没有消失又会怎样呢。然后，天空泛白，黎明到来了。

阳光洒在地上，驱散了黑暗的恐惧，尤典娜终于可以下来了。她浑身僵硬，但不是想象的那么严重（因为培养方式不同）。她没有经过每三小时就进一次餐的训练，相反她经常三天不吃饭，所以她没有感到特别饥饿。她小心翼翼地爬下树，悄悄地穿过树林，这次没有松鼠跳出来，也没有小鹿跑出来，但是对灰熊的恐惧依旧让她肤粟股栗。

她对智者尤亚的恐惧与对孤独的恐惧相比不值一提。现在，她只想找到她的族人，但她迷路了。她像只无头苍蝇跑了一个晚上，根本分不清部落的位置是在太阳的方向还是其他方向。她不时地停下来听，最后，听到了远处有节奏的“叮叮当当”的声音。那声音非常微弱，即使在这安静的清晨也不能听清楚。尤典娜只能判断那是从很远地方传来的，但她知道那是有人在削打火石的声音。

这时，树木开始变得稀疏起来，一丛荨麻挡住了去路。她绕到一旁，眼前是一棵倾倒的大树，蜜蜂绕着树嗡嗡作响——这树她以前见过。然后，她看到了远处的山丘、山丘下的河流、玩耍的孩子和河马，阵阵微风拂过，烟雾袅袅。一切宛如昨天。河边是一片赤杨林，她以前常躲在其中，此时，她又开始惧怕尤亚，于是悄悄地溜进树丛——里面蹦出一只兔子，待在里面观察了一会儿。

除了瓦在那里磨打火石外，其他大部分男人都不在。见此情境，尤典娜感到安全些了。他们肯定打猎去了。几个女人站在溪水里，弯腰寻找贻贝、淡水鳌虾和水蜗。看着她们在劳作，尤典娜感觉到饿了。她站起来，穿过蕨丛，想加入她们。她跑着，突然听到从蕨丛里传来轻声的呼唤。她停住了脚步，然后听见身后有“窸窣”的声音，于是转过身来，看见尤罗密从蕨丛中站起身来。他眼神犀利，脸上有几道棕色的血迹和其他脏东西的痕迹，手里擦着尤亚的白石——白色打火石——除了尤亚，没人敢碰。他大步走到尤典娜身边，紧紧抓住她的胳膊，使她扭过身来面向树林站在他的面前。他挥舞着胳膊说：“尤亚。”她听到一声尖叫，转身向后看，所有的女人都站了起来，其中两个女人正从小溪往岸上跑。接着，更近的地方传来一阵号叫，只见那个在山丘上看护火兄的老妇人挥动着手臂。先前还在磨打火石的瓦也站了起来。小孩子们也都急着奔走呼叫。

尤罗密拽着尤典娜的胳膊说：“快走！”

尤典娜一时摸不着头脑。

尤罗密说：“尤亚已经判了我们死刑。”她回头看了一眼号叫着的人群，才恍然大悟。

瓦和所有的女人、孩子——一大帮都是黄皮肤，披头散发，一边呼喊一边追逐尤罗密和尤典娜。越过山丘以后，两个年轻人加快了脚步。突然，从蕨丛的右边闪出一个人，带着他们跑出了树林。

尤罗密松开尤典娜的胳膊，肩并肩大步流星地跃过蕨丛。尤典娜深知自己和尤罗密步伐敏捷，对这场实力悬殊的追逐成竹在胸，不禁对追逐者嗤之以鼻。在那个时代，他们是身体条件极为出色的一对。

他们跑出了空地，又一次来到栗树林旁——他们都不再害怕，因为都不再是独自一人。他们放慢了本已不是很快的脚步。突然尤典娜大叫了一声，闪向旁边，用手指向前方。透过密集的树干的间隙，他们发现，追逐的人群正在逼近。尤典娜改变了逃跑的方向，尤罗密紧随其后。这时，树林里传来尤亚愤怒的声音。

恐惧向他们袭来。它不是让人麻木，而是让人冷静和敏捷。现在，他们左右两边的路被截断了，已无处可逃。右边是尤亚，他手拿鹿角，带领着一群体格强壮、身手敏捷的男人；左边是黄色皮肤的人群，他们就像播撒的玉米种子一样，从蕨丛和草地上一闪而过。那是瓦和女人们，甚至连在泥水中玩耍的小孩子也加入了这场追逐。尤典娜和尤罗密一前一后地奔跑着。

他们知道追逐者对他们不会有一丝怜悯。对于原始的人类来说，没有什么捕猎活动比捕猎人更刺激的了。追逐的激情一旦被点燃，人类最初身体里那一丝脆弱的人性顷刻间便烟消云散了。尤亚在前一天晚上就对尤罗密下了死亡令，所以尤罗密已成为白天猎杀的目标，可以享食的美味。

他们慌不择路，径直向前跑，这是他们唯一的出路。他们跑过带刺的荨麻丛和开阔的空地，跃过藏着土狼的草丛，穿过枝繁叶茂，树干上长满了绿色苔藓的树林和一大片腐质地，爬过一道道长满树木的陡坡，林中空地的黑色泥土上长有汁多味美的鲜草。穿过树林，是一片长有荆棘丛的空地，上面有野兽走过的痕迹。尤亚带领三三两两的人群，在他们身后，穷追不舍。尤典娜跑在前面，因为尤罗密手拿打火石，所以她跑得还算轻松，呼吸平顺。

但尤罗密受到了影响——开始没有，后来才受到影响。他跟在尤典娜身后，被落下很远。当他们穿过另一片空地时，尤典娜回头望去，看见尤罗密已经在她身后几十码之外了，尤亚紧随其后，正要举起鹿角准备将尤罗密击倒。瓦和其他族人都从树荫里冲了出来。

看到尤罗密身陷险境，尤典娜跑向一侧，在鹿角飞出的一刹那，扭头向尤罗密振臂高呼。年轻的尤罗密心领神会，迅速将头一低，利器紧紧贴着他的头皮飞过，只擦破了点皮。他立即转身，双手紧握石英石打火石，猛地扔向尤亚。尤亚大叫一声，但没能躲过——在扔出鹿角后他放松了警惕。打火石击中了尤亚的肋骨，他没有出声，踉跄了几步，然后沉重地径直摔倒在地上。尤罗密捡起鹿角——上面沾有自己的鲜血——继续向前跑，一股鲜血顺着他的头发淌下来。

尤亚在地上翻滚了两下，躺了一会儿才站起来。他的脸色变得很难看，奔跑速度也慢了下来。瓦和其他人陆续赶上来。尤亚不停地咳嗽，气喘吁吁，但他没有停止追赶。

最终，两个逃亡者来到一条又深又窄的河边。他们和最主要的追逐者瓦——那个制作打磨石的男人——之间还有50码的距离。他一只手里拿着一大块打火石——形如牡蛎却有其两倍大小，边沿被磨成了凿刃的形状。

他们跳入两岸陡峭的河中，在波涛翻滚的河水里游了两三下，浑身湿漉漉的，却又恢复了神气，于是干脆站起来奋力地向远处的岸边蹚。河岸被冲毁，岸边长满了茂密的柳树，所以爬上岸非常费力。由于手中鹿角的拖累，当尤典娜已在岸边银色的柳树下歇息时，尤罗密还在水里。这时瓦已经追到了对岸，他扔出打磨石，击中了尤典娜的膝部。尤罗密挣扎着爬上岸，倒在地上。

他们听到追逐者的叫喊声，尤罗密迅速爬向尤典娜，他左右晃动干扰瓦的注意力。第二块打磨石擦破了尤罗密的耳朵，然后掉进水里，溅起一片水花。

然后，年轻的尤罗密开始向人们证明他已长大成人。他发现尤典娜一瘸一拐落在了后面，于是发疯似的狂叫着，折返回来，迅速地经过尤典娜身边，跑回岸边。他满脸怒色，头上滴着血，在头顶不停地挥舞着鹿角，尤典娜虽然每一步都一瘸一拐，疼痛难挨，但她还是坚持跑着。

瓦紧紧抓住笔直的柳树枝爬上河岸，抬头看见尤罗密正站在他上面前方，在蓝天的映衬下显得格外魁梧。只见尤罗密手握鹿角，随着身体的旋转，鹿角的边缘在空中划了一道弧线，然后就什么都看不见了。在低垂的柳条下，湍急的水流，打着涡旋，被染成红色，向下游漫延了差不多六英尺。尤亚的跟随者在河水没膝的地方停了下来，前面的人也游了过来。

在其他追逐的人中，没有强壮的人——与其说尤亚更强壮，倒不如说他更狡猾，他不能容忍别人比他更强壮。尤罗密站在岸上，面带杀气，横在他们和跌跌撞撞的尤典娜之间，手里挥舞着巨大的鹿角。追逐者一时锐气大挫。仿佛尤罗密刚才在水里时还是一个青涩少年，出来时却已长成一个男子汉。

虽然尤罗密不能预料随后会发生什么，但是他对身后的地形了如指掌，一片开阔的草地之后是灌木丛，尤典娜可以藏在那里面。对于这一点他还是胸有成竹的。尤亚站在及膝的河水里，赤手空拳，踟蹰不定。他肥厚的嘴唇半张着，犬齿突露，喘着粗气，一侧头发下面被刮破的皮肤露出血迹。一个人手拿尖尖的长棍站在他身边，剩下的人一个接一个爬上了河岸。他们浓发长臂，紧紧握着打火石和木棍。其中的两个人顺着河岸沿河奔跑，然后在瓦虚弱地挣扎着露出水面的地方下河，但还没等游到瓦的身边，瓦又沉了下去。另外两个人在岸上朝尤罗密示威。

尤罗密不甘示弱，手舞足蹈，高声辱骂回应。刚才还犹豫不决的尤亚开始咆哮起来，他用拳头狠狠地捶打着水面。他身后的追随者也愤怒地拍打起层层水花。

尤罗密回头看了看，发现尤典娜已经消失在灌木丛里。尤罗密本来想等尤亚过来后与他决斗，但是尤亚停止不前，只在原处捶打水面，直到他的追随者都聚到他的身边。那时，人们在正式战争中采用的兵法无非是以众敌寡。他们聚集起来，追捕共同的“猎物”。尤罗密感觉黑压压一大群人直扑过来，于是他将鹿角扔向尤亚，然后转身逃跑了。

当尤罗密停下来回头透过灌木丛的缝隙观察时，发现只有三个人过了河，而且正往回走。尤亚嘴角流着血，用手捂着头重新回到了岸边。其他人正在从河里往岸上拖什么东西。这次追逐暂时告一段落。

尤罗密站在那里观望了一会儿，看到尤亚时向他咆哮了一番，然后便转身进入了灌木丛。

一会儿工夫，尤典娜便赶了过来与尤罗密会合，他们手牵手继续前行。尤罗密感觉到膝盖上的伤口隐隐作痛，于是选比较好的路走。他们走了一整天，穿过树林和灌木丛，最终来到一片白垩地。这里草地开阔，罕见的山毛榉林立，沿河生长着桦树。威尔顿山近在咫尺，一群群马儿悠然地吃着草。他们谨慎地前行，尽量走有灌木林或其他植物覆盖的地方，因为这片地形怪异，甚至连小路也不同寻常。随着地势慢慢上升，坚果树林现在已位于他们脚下的山坡下，看上去一片蔚蓝。泰晤士河泛着银光，远远地流淌过来。这里荒无人烟，因为那时候地球上刚刚有了人类，而且他们只是沿河流缓慢迁徙。到了晚上，他们来到河边。河流在这里流经一个峡谷，两旁是白垩质悬崖，偶尔有几处悬垂于河面之上。悬崖的下面是成片的桦树林，林间栖息的成群的鸟儿。悬崖高处，有一棵独树，树冠平坦，他们爬上去在那里过夜。

他们几乎没有食物可吃，因为莓果还未成熟，再说他们也没有时间四处觅食。两人步履沉重，精疲力竭却不敢声张，只能靠树枝和树叶充饥。他们发现悬崖顶上有很多蜗牛，灌木丛里有小鸟刚产下的蛋。尤罗密扔出一块石头猎获了一只在岸边树上的松鼠——他们总算是吃了一顿大餐。夜里，尤罗密把下巴抵在膝盖上守护。狐狸就在不远处哭号，峡谷谷底传来猛犸象的叫声，有土狼在远处号叫。天气很冷，但他们不敢生火。当困意来袭时，尤罗密的灵魂便迷迷糊糊地梦到与尤亚狭路相逢，展开搏斗。但尤罗密总是动弹不得，攻退两难，这时他便会突然惊醒。尤典娜也不例外，她总是梦见狰狞的尤亚。他们索性都不闭眼，任凭对尤亚的恐惧在心头恣意蔓延。黎明时分，他们看到一群犀牛晃晃悠悠地走进山谷。

白天，他们相互偎依，纵情地享受阳光。尤典娜由于腿脚僵硬，于是整天坐在悬崖边的平台上。尤罗密发现有大块的打火石突出悬崖的表层，这些打火石比他以前见过的都大，于是他掰下一些开始打磨，以便与尤亚相遇时用作战斗的武器。突然，尤罗密看到其中一块石头开心地大笑起来，尤典娜见后也笑了。这块石头上有个孔，他们或用指头穿在孔里，或从孔里瞄着对方然后将石头扔来扔去，觉得非常有趣。后来，尤罗密找到一根棍子，随意刺向那块有趣的石头，不料棍子深深地插在了孔里。由于用力过大，这块石头好像长了牙齿，死死地咬住了那根棍子，他怎么拔也拔不出来。石头多了一个把儿，看上去更奇怪了。尤罗密有一段时间都懒得去碰它，但不久他就领会了这一奇妙的结合。他握住木棍，挥舞石头，确信这个一端嵌了一块石头的长棍是他用过的最好的投掷武器。他挥舞新武器，走来走去，东敲西打，直到最后玩疲倦了，把它丢在了一旁。中午，他爬上白色的悬崖，在一群兔窝边观察，直到兔群四处去玩耍。这里人迹罕至，兔子警惕性不高。他投出自制的石器，成功猎杀了一只。

那天晚上，他们用打火石引燃蕨类叶子生起篝火，相互偎依在火旁，甜蜜私语。不久，尤亚的幽灵又一次出现在他们的梦魇中。尤罗密与他搏斗时，顺手摸到了那只造型奇怪的穿着木棍的打火石朝尤亚扔去。看啊！尤亚被那块石头打死了。随后，尤罗密又做了很多关于尤亚的噩梦——因为鬼有九命，尤罗密将尤亚杀了一遍又一遍。最后，那块石头从棍子上脱落下来。尤罗密醒来时，身心疲惫，精神抑郁。尽管尤典娜温柔体贴，他整个下午还是闷闷不乐。他没有去打猎，而是坐在那里打磨打火石，用一种奇怪的眼神看着尤典娜。接着，他用几片兔皮把带孔的石头绑在长棍的一端在悬崖边上来回走动自言自语，手拿“武器”随意敲打，心里想着尤亚。那东西沉甸甸的，手感不错。

几天过去了——超出了那个时代的最大计数，也许是五六天了吧。尤罗密和尤典娜一直待在河边峡谷的那个平台上，对人类的惧怕早已抛到九霄云外。夜里的火焰红彤彤的。这里食物充足，河水甘甜，没有敌人。尤典娜的膝盖几天就好了，因为远古时期的人的皮肤自愈能力很强。他们相处愉悦，过着非常幸福的生活。

一天，尤罗密从悬崖上扔下一大块打火石。他看着它落下去，在河岸弹了几下滚进了河里。尤罗密乐了，想了想又扔了一块。这一次，石头以最滑稽的方式落入了榛子树丛。他们整个早上都在丢石头取乐，到了下午他们又发现从悬崖顶端也可以丢石头玩。然而，第二天，他们便忘了这个取乐的法子，至少看上去他们是忘了。

但是，尤罗密梦中美好的生活总是被尤亚烦扰，他一连三个晚上都在梦中与尤亚搏斗。他早上醒来，心烦意乱，踱来踱去，手里挥舞着斧头，警告尤亚。最后一晚，尤罗密梦到他打死了一只水獭，和尤典娜美餐了一顿。尤亚欺人太甚。那天早上，尤罗密醒后，他紧锁双眉，一只手拿起斧头，另一只手轻抚着尤典娜，让她在悬崖边上等他回来。然后，他走下白色的斜坡，在山脚处回望了一眼，挥舞了一下他的斧头，头也不回地大步沿河离去，直到消失在拐弯处的悬崖下。

尤典娜独自坐在悬崖边的篝火旁等了两天两夜。夜里，远处的悬崖上和谷底都传来野兽的号叫；对面的悬崖上，几只土狼拱背弯腰在天幕撑开的背景前行进。但除了害怕以外，没有什么其他危险。只有一次，她听到远远地传来狮子的咆哮，紧接着是马群向北奔跑踏过草地的声音。她一直独自等待着，痛苦地等待着。

第三天，尤罗密终于回来了。他从下游走来，头上插着乌鸦的羽翎，手里拿着尤亚最喜欢的项链，之前带走的斧头上沾满了血迹和黑色的毛发。他走在松软的地上，没有一丝防备；除了下巴上的一道新的伤痕外，别的地方没有受伤。尤典娜听见他欣喜若狂地大呼“尤亚”时，便知道一切都很顺利。他把那条项链给尤典娜戴上，然后一起就餐。餐后，尤罗密开始为尤典娜从头到尾讲述整个故事的来龙去脉。当尤亚发现尤罗密后，尤亚和尤罗密被灰熊追逐，然后又在树林里决斗。讲决斗时，尤罗密兴奋地站了起来，挥舞着石斧，竭力用手势弥补语言的匮乏，石斧击中篝火，带着一团火星蹿到半空中。尤典娜坐在篝火旁，火光映红了她的脸颊，她戴着尤亚做的项链，面带羞色，眼神明亮，心满意足地注视着尤罗密。这是多么辉煌的此刻，那些俯视我们的璀璨的星星也正俯视着她——早已在五万年前就已死去的我们的祖先。

第二节　穴居熊

当初，在逃避尤亚的追捕时，尤典娜和尤罗密穿过坚果林和绿草茵茵的白垩地，逃向长满冷杉的威尔顿山区，藏身于白垩悬崖间的河谷中。那里距他们的栖息地很远，人烟稀少，部落里的人是离他们最近的人类。他们住在距离河的下游一整天路程的地方。山上渺无人烟。在那个遥远的时代，人类在这一地区可谓新物种，他们世世代代自西南方向从一个定居点到另一个定居点，沿河缓慢迁徙到这里。这里真正的主人——那些动物们似乎丝毫也不惧怕人类，比如山谷里的河马和犀牛，草原上的马群，丛林里的鹿和野猪，树林间的灰猩猩以及高地上的牛群，更别说猛犸象和一到夏天就穿过旷野从南方赶来的大象。这些动物怎么会怕人呢？人只不过有粗糙的打火石罢了，技术还没有精湛到给他的“武器”安上手把，况且还不能熟练使用。“长矛”也不过是一端被削过的一根木棍——削得很粗糙。难道这些武器就足以对抗马的长蹄，犀牛的尖角，大型动物的獠牙利爪么？

安都，体形庞大的穴居熊，居住在峡谷两边悬崖的洞穴里。他在自己智慧而威严的生命历程中从未见过人类，直到一天晚上，他沿着峡谷低处的悬崖边觅食，发现了悬崖高处耀眼的火光和火旁的尤典娜和尤罗密。在火光映衬下，尤典娜面颊红润，眼神明亮；尤罗密魁梧的身影投射在白色的悬崖上，摇来晃去，显得有些滑稽。尤罗密正高声讲述杀死尤亚的经历，性起时，甚至挥舞起斧头——那可是人类历史上的第一把斧头。穴居熊远远地站在峡谷高处，观望着这一切。他惊讶万分，站在悬崖边上纹丝不动，仔细嗅着蕨类植物燃烧时散发出的新奇的味道，心想，太阳是不是打西边出来了。

他是穴居熊，是岩洞之尊，如同灰熊——比他体形稍小——是身下的密林之王；斑点狮子（那个时代的狮子都长有斑点）是荆棘灌木丛、芦苇地和开阔草原之主。安都是肉食动物，只是力气稍逊于犀牛，无所畏惧，无人能敌。连猛犸象见他都退避三舍。人类的“入侵”让他百思不得其解。他发现这些新来动物——体形如猿猴，毛发稀疏如小猪。“猿猴，小猪，”安都自言自语道，“或许无甚大碍，但是那闪跃的红色的东西和远处悬崖上晃动的黑色玩意儿，我还真从未见过。”

安都沿着悬崖顶部的边缘慢慢地靠近尤典娜和尤罗密，一边走一边停下来嗅嗅气味或举目凝视。火焰燃烧的气味越来越浓烈。几只土狼目不转睛地盯着下面的一切。安都行动时悄无声息，以至于他和土狼几乎碰了面才相互察觉到对方。土狼尴尬地踉跄着走开了。他们兜了一圈，在大约一百码开外的地方，转过身来开始号叫，骂安都惊吓了他们。“呀哈！”土狼叫道，“那是谁找不到自己的家了？那是谁像猪一样吃草根？……呀哈！”土狼在那时和现在一样好斗。

“谁来回应土狼？”安都一边咆哮，一边透过朦胧的夜色盯着那些土狼，然后又看看悬崖边缘。

尤罗密还在讲述那场搏杀，火焰变弱了，冒着热烟，气味浓烈。

安都在白垩悬崖边上站了一会儿，不停地转换重心支撑脚，脑袋前摇后晃，张着嘴，竖起耳朵倾听，大大的黑鼻头喘着粗气。他很好奇——穴居熊，比其他种类的熊好奇心强。他对燃烧的火焰好奇，对人类莫名的举动好奇，更别说他们入侵了他的领地。这些好奇让他预感到一些新鲜事儿要发生了。那天晚上，安都本来在逐猎一只红色的小鹿——穴居熊是捕猎能手，但这一新发现却让他把猎物抛到了脑后。

“呀哈！”身后的土狼号叫着，“呀哈哈！”

借着星光望去，安都看见三四只土狼的身影在灰色的小山坡上晃来晃去。安都想：“除非将他们除掉，否则会一直跟着我，真烦人！”安都决定静静地观察峡谷里红色的火光，等黎明来临，那些土狼自己就会回去。过了一会儿，土狼便消失了。他听到土狼在山毛榉林里举行欢宴的声音，但不久，土狼居然又鬼鬼祟祟地回来了。安都打了个哈欠，爬上悬崖，土狼也跟了过来，于是，安都干脆停下来，开始往回走。

那是一个美丽的夜晚，和现在一样，群星璀璨，只是星座不同，因为时间久远，星星的位置已经发生了变化。一群体形干瘪的土狼在远处的一片开阔地上一边号叫一边兜转。穿过这片地方是一片山毛榉林，更远处是笼罩在朦胧之中的延绵起伏的山坡，山顶被白雪覆盖，在即将升起的月亮发出的第一缕光辉的映射下发出冰冷的白光。这片原野格外静谧，只有远处野狼偶尔的号叫和微风中传来的山下新来的大象的长鸣打破这里的寂静。下面的悬崖上，红色的火焰停止了跳动，发出暗红色的火光，火即将熄灭。尤罗密已经讲完了故事，准备入睡。尤典娜坐在那里侧耳倾听不知是什么野兽发出的陌生的叫声。悬崖下面，潺潺流水喃喃自语，各种生灵在黑暗里游走徘徊。

过了一会儿，安都离开了。但一小时后，他又回来了，然后若有所思地转身向峡谷走去。

漫长的黑夜即将过去，尤罗密还在酣睡之中。下弦月缓缓升起，苍白朦胧的月光洒在尤典娜头顶上方荒凉的白色悬崖上。峡谷在深暗的阴影中显得更黑了。月光渐渐消逝，白昼悄然而至。尤典娜不时朝头上悬崖的边缘望去，悬崖的轮廓在天空的映衬下越来越清晰，她隐约觉得那里潜伏着什么东西。红色的火光愈来愈暗，在灰色的烟雾之中。一条条腾起的烟柱越来越清晰。峡谷里那些原本隐藏在黑暗中的万物在透明的光线的照射下开始显露尊容。

突然，她警觉地站起身来，在悬崖上下仔细查看。

她像动物一样时刻警惕着，尽量不弄出一点声响。但尤罗密还是被惊醒了，他拿起斧头一声不响地来到尤典娜身边。

世界笼罩在微弱的晨辉中，仿佛披着深灰色的外衣。天空中半颗寒星若隐若现。他们所在的悬崖岩架向外倾斜，大约六英尺宽，二十英尺长，上面长满了青草。悬崖边长着一丛圣约翰草。悬崖下面河边浓密的榛子丛中，有一块从大概五十英尺高的陡峭的斜坡上滚落下来的质地疏松的白色的石头。河的下游，斜坡从植被稀疏的草坡一直连接到悬崖顶端。他头顶上四五十英尺处的白垩悬崖巨石突兀；在崖架的尽头，褪色的石头在悬崖上堆积形成了一道陡峭的沟壑，里面长满了低矮的树丛，尤典娜和尤罗密便从那里攀上爬下。

他们像受惊的小鹿一样纹丝不动，保持高度警觉。刚开始，他们什么也没听到，不久便听到了沟谷中沙石滚动的微弱声响和树枝摇动时发出的嘎吱嘎吱的声音。

突兀的悬崖挡住了尤罗密的视线，他握紧斧头，走到悬崖边，向峡谷上方望去。眼前的情境顿时让他惊慌失色：安都用爪子扒着岩石和灌木丛，身体紧紧贴着崖壁，屁股朝向尤罗密，正从悬崖顶上小心翼翼地往下退。他尾巴粗短，鼻子湿漉漉的，亮闪闪的，像一只狮子，有两个半人那么高。他张大嘴巴，吐着舌头回头张望——为支撑起庞大的身体他已竭尽全力。

安都找到了下脚处，慢慢向下挪移，离尤罗密和尤典娜又近了一点。

“是熊。”尤罗密环顾四周后说。他脸色煞白。

然而，尤典娜却惊恐地指着悬崖下方。

尤罗密吓得目瞪口呆。另有一只巨大的灰色的母熊，将她巨大的前掌扒在悬崖下方的岩石上。虽然个头没有安都大，但在尤罗密和尤典娜眼里已是庞然大物了。

突然，尤罗密在悬崖边上抓起一把蕨类叶子，大吼一声，扔进铺着白灰的火堆中，大喊：“火兄！火兄！”尤典娜也立刻跟着喊了起来：“火兄！救救我们！火兄！快救救我们！”

火兄的火心本来还是红色的，但被他们弄散后变暗了。“火兄！”他们大声呼喊，但火兄还是消失了，只剩下一堆灰烬。尤罗密气得暴跳如雷，用拳头捶打着灰烬。尤典娜开始敲击打火石。两人一边急切地呼唤着火兄一边不时地向安都爬向的沟谷望去。

突然，那只臀部长满毛的大熊出现在他们的视线中，就在起初挡住尤罗密视线的白垩石崖下。他还在小心翼翼地从几乎垂直的悬崖继续往下走。他的头被遮挡住了，但尤罗密和尤典娜能听到他在自言自语：“猪和猴子，应该是好的东西。”

尤典娜敲出了一点火星，然后吹气。火星明亮起来，却又熄灭了。她茫然地盯着前方，随手把打火石扔了下去。然后，她起身向悬崖上爬了一码左右。她是如何爬上去的，很难解释，因为山体几乎垂直，就算猴子也无从下手。不过，几秒钟后她又滑到了开始的位置，两手鲜血淋淋。

尤罗密呢，正沿着岩架狂奔，一会儿奔到悬崖边上，一会儿又奔到峡谷。他不知道该怎么办，也根本无暇思考。母熊看起来比她的配偶小多了。如果他和尤典娜一起对付母熊，其中一个人还是可能活命的。“尤……？”安都喊，尤罗密转身看见他那双小眼睛在山体突出的地方直盯着自己。

尤典娜在岩架的尽头蜷缩着，开始像一只被紧紧逮住的兔子似的尖叫。

慌乱之际，尤罗密过来了。他大喊一声，抓起斧头朝安都跑去。安都大吃一惊，沉沉地咆哮着。尤罗密一会儿跑到安都身下的一丛灌木丛里，一会儿抓住安都下颌下的毛发悬吊在安都的身上。安都被这突如其来的袭击吓呆了，只有被动应战。然后，那斧头便向安都劈头盖脸地砍去。

安都晃着脑袋，左右躲闪，发出愤怒的吼叫。斧头砍在离安都左眼不到一英寸的地方，鲜血直流，瞬间模糊了左眼的视线。安都气得咬牙切齿，在离尤罗密的脸只有六英寸的地方咆哮着。尤罗密举起斧头重重地砍向安都的下巴。

这一斧砍瞎了安都的右眼，安都痛苦地号叫着，巨大平坦的熊掌在岩石上不停地滑动。突然，安都笨重地倒向一旁——由于正好在悬崖边上——尤罗密和安都都摔了下去，重重地落在榛子丛里，随后便是一阵痛苦的呻吟和怒吼。

尤典娜尖叫着跑到悬崖边上，瞪眼往下看。尤罗密和安都滚在一起。尤罗密明显占上风。他跳起来，再次爬上峡谷，留下两只熊在榛子丛里挣扎。但是，他的斧子落在了下面，大腿上淌着血。尤罗密大喊：“快上去！”尤典娜和尤罗密立即一前一后地向悬崖顶部爬去。

一会儿，他们就爬到了顶部，心里扑通乱跳。安都和他的伴侣在远离他们的地方，尤罗密和尤典娜暂时是安全的。安都蹲坐着，两只前掌不停地在模糊的双眼前扫动着，母熊站在一旁，发出怒吼。尤罗密躺在草坪上，气喘吁吁，双手捂着血糊糊的脸。

尤典娜盯着那两只熊看了一会儿，然后来到尤罗密身边，看着他……

现在，她伸出手温柔地抚慰着尤罗密，含糊地呼唤着他的名字。他转过身，用手臂撑起了身体。他脸色煞白，看上去心里异常恐惧。他专注地看了她一会儿，然后突然放声大笑，欣喜若狂地喊着：“哇哦！”

“哇哦！”尤典娜跟着喊——那是最直截了当的交流。

然后，尤罗密跪到她身边，双手撑地，仔细察看对面的峡谷。现在，他呼吸变均匀了，尽管腿上被母熊抓挠的伤口很宽，但血已经止了。他蹲下来，凝视了一会儿安都爬下峡谷时留下的掌印——那掌印有尤罗密头那么宽，两个头那么长。然后，他跳起身，走到悬崖边坐下，思考着。尤典娜看着他，发现那些熊已经离开了。

终于，仿佛已经考虑成熟，尤罗密站起身来，尤典娜紧跟着他，回到峡谷里。尤罗密小心翼翼地走到悬崖底部，找到了他的斧头。然后，他们迈着轻快的步伐，悄无声息地回到悬崖上。由于不速之客的造访，岩架已经不能待了。尤罗密拿起斧头，尤典娜拿起打火石——旧石器时代的迁徙就这么简单。

他们逆流而上，尽管可能正好通向穴居熊的老巢，但是他们没有其他选择。下游是他们的部落，但尤罗密已经杀了尤亚和瓦，而且，为了保证饮水，他们必须沿河居住。

于是，他们穿过山毛榉林。峡谷越来越深，翻着白沫的河流在他们脚下500英尺的地方奔流。在世界上所有的变化中，只有深谷里的河道最不易变化。这条河就是我们如今所知的韦河。他们还路过了今天的小吉尔福德和戈德尔明。他们成了最早到达这片土地的人。一只灰猩猩唧唧地叫着，转眼又不见了踪影，抬头望去，在开阔平坦的悬崖边上，穴居熊的足迹清晰可辨。

接着，尤罗密注意到，那熊掌印顺着悬崖向下延伸，这说明穴居熊从左面下了悬崖。他们迅速来到悬崖边上，向下看去，发现由于悬崖断裂，那里形成了一个巨大的半圆形空地。悬崖断裂处正好位于峡谷，河水在此急速回旋，形成一个水潭。悬崖应该是很久前就断裂了。茵茵绿草长满半圆形空地，悬崖的正面看上去颜色新鲜，是白色的，就像岩石刚刚断裂一样。在悬崖脚下光秃黑暗的地方有几个洞口。他们站在那里，看着那块空地，但不想沿着它走，因为他们觉得熊穴就在左边的某个地方，不过他们非经过那个地方不可。突然，他们发现了一只熊，接着又有一只爬上右边长满绿草的斜坡，穿过犹如露天剧场的圆形空地，走向洞穴。安都走在最前面，他前脚微跛，神情沮丧；母熊缓慢地跟在他身后。

尤典娜和尤罗密从悬崖上退了几步，直到刚刚可以从悬崖边缘看到那些熊为止。尤罗密停了下来。尤典娜拉了拉他的胳膊，而他转身示意她不要动，接着尤典娜便松开了手。尤罗密站在那里观察那些熊，手里握着石斧，直到那些熊进了洞穴。他轻声咕哝着，朝母熊的身后挥舞着斧头。让尤典娜害怕的是，尤罗密没有和她一起爬开，而是卧下身来，向前爬去，直到刚好看到熊穴。那可是一群熊，而尤罗密却像看着一窝兔子般镇定。

他继续卧着，像一根剥了皮的木头，树影在他身上投下斑驳的光圈。他正在思考。尤典娜甚至还是个小女孩的时候，就已经知道每当尤罗密开始像那样安静下来，用拳头抵着下巴的时候，就立即会有新鲜事发生。

尤罗密想了一个小时。当这两个原始人知道如何爬上位于熊穴上方的悬崖时，已经是中午了。整个漫长的下午，他们费了九牛二虎之力，才将一块白垩巨石慢慢地滚到悬崖边上。那块巨石原本悬在峡谷里，像一颗松动的牙齿，有两码见方，齐尤典娜腰那么高，外形圆钝，表面杂乱地布满了打火石。当太阳落山的时候，巨石总算被安置在了离悬崖边三英寸的地方，正好在熊穴的正上方。

那天下午，熊穴里显得分外冷清。母熊在角落里生闷气，因为她还是喜欢猪和猴子的。安都忙着舔舐他的熊掌，用唾液涂抹他灼热的脸和发炎的伤口。然后，安都走出去坐在洞口处，眨着那只完好的眼睛，看着午后的太阳，想着心事。

最后，他说：“我从未如此吃惊过，他们是袭击过我的最凶猛的动物。”

母熊在暗处说：“我不喜欢他们。”

“我从未见过如此瘦弱的动物。我不知道这世界究竟怎么了。四肢如此瘦弱……我在想他们冬天是怎么保暖的。”

母熊回答说：“他们很可能不用保暖。”

“我觉得他们是一种生了病的猴子。”

母熊说：“猴子的变种。”

然后又陷入了沉默。

接着，安都说：“他占上风只是偶然的。这种事偶尔才发生。”

母熊说：“我不明白你为什么放走他们。”

这个问题早就讨论过了，已经有了结论。作为一只深谙夫妻吵架之道的公熊，安都沉默了片刻，然后，他开始转移话题：“他有一只特别的爪子，一会儿在左边，一会儿在右边，太奇怪了。还有那个发亮的东西，跳跃时就像白天的太阳光一样炫目，刮风的时候又像长在地上的草一样，真是值得一看。”

母熊问：“那东西咬人吗？如果咬人的话就不是植物。”

安都说：“不会吧——我也不知道，但不管怎么说，那东西很奇怪。”

母熊说：“我在想，他们好吃吗？”

安都说：“他们只是看着我。”安都食欲大增，因为穴居熊就像北极熊一样是食肉动物，草根和蜂蜜满足不了他们。

两只熊陷入了沉思。不久，安都又开始集中注意力了——他定睛看着那绿草茵茵的斜坡上西斜的阳光。洞穴里的温度逐渐降低，直到太阳变成了一块暗红的琥珀。

安都说：“白天真奇妙，那是我思考最多的东西。白天真不适合觅食，阳光让我觉得眩晕。我的嗅觉在白天几乎不管用。”

母熊没有回答。黑暗中发出一连串嘎吱的声响。她找到了一块骨头。安都打了个哈欠说：“好了。”他慢慢地朝洞口走去，站在那里伸出脑袋，观察圆形空地。他发现，他必须将头完全转向右边才能看到右手边的东西。他的眼伤估计要明天才能好。

安都又打了个哈欠。这时，头顶上“啪”地响了一声，一块巨大的圆石头从悬崖上滚了下来，掉在他鼻子前大约一码的地方，摔碎了一地。安都惊呆了。

稍微回过神来之后，安都走过去嗅了嗅这个坠落物的碎片。碎片带有悬崖边那两个黄毛动物的气味，有些特别。他坐下来，用爪子扒着一块比较大的石头，围着石头转了几圈，企图从那块石头周围找出个人来……

黑夜来临，安都沿河谷向下走去，看是否能制服盘踞在岩架上的两个人。岩架上什么也没有，甚至连一丝红色的迹象也没有。他饿了，没工夫闲逛。还不赖，他发现了一头小鹿，便把黄毛动物抛在了脑后。但旁边的雌鹿冒死保护着自己的幼崽，安都只能放弃。但雌鹿来劲了，反而坚持要攻击安都，最终，安都一掌打在雌鹿的鼻尖上，把她制服了。雌鹿比小鹿肉多，但吃起来口感粗糙一些，母熊跟了过来，享用了她的那一份。奇怪的是，第二天中午，又一块白色石头落下来，在先前落下的那块石头附近摔得粉碎。

然而，当天晚上的第三块石头才落得恰到好处。这块石头正好落在安都的头上，破碎的声音在峡谷上空回荡，白色碎石四处飞溅。母熊来到安都身边，好奇地嗅着他，发现他奇怪地躺在地上，头上湿漉漉的，面目全非。不过，母熊太年轻了，没有经验，以为安都只是心情不好。于是，母熊在安都身边嗅了一会儿，轻轻地舔了舔他，然后决定暂时离开，独自去觅食。

母熊找到了两天前猎杀的红色雌鹿。但是，由于安都没有在身边，所以她黎明前就决定返回洞里。天空灰暗，阴云密布，峡谷中黝黑的树木，令人感到陌生。在一只熊看来，这是不祥之兆。她提高嗓门，大声呼喊着安都的名字。她的声音在峡谷中回荡。

当母熊回到洞穴时，在暗淡的光线下，她隐约看见几只胡狼匆匆地跑开了。接着，一只土狼号叫着，跟在十几只土狼后面缓慢地爬上山坡，然后停下来幸灾乐祸地叫喊："还山洞之王呢——呀哈！"那声音随风慢慢消失。一种不祥的感觉在母熊心中骤然变得强烈起来。她迟缓地穿过圆形空地。

土狼的呼喊声此起彼伏："呀哈！呀哈！"

安都躺在那里，姿势与平常大不相同。土狼已经忙活过了。安都的一处肋骨已经发白。在安都周围是一片草地，上面散落着三块大碎石片。空气中弥漫着死亡的味道。

母熊站在原地一动不动。她至今都不敢相信伟大强壮的安都就这么死了。不久，她听到头顶传来奇怪的声音，有点像土狼的号叫声，但声调更加圆润低沉。她鼻翼翕张，抬头向上望去，但她那双小眼睛在昏暗的黎明时刻看不见多少东西。在母熊正上方的悬崖边上，在明亮的粉红色的霞光中，有两个小黑影（尤罗密和尤典娜）正兴奋地盯着母熊。尽管母熊看不清楚，但她听得到。她隐约开始明白，陌生的恐惧已经来临。

母熊仔细查看安都身旁的碎石，静静地站了一会儿，看了看四周，发出一连串低沉的呻吟声。然后，她走向安都，最后一次用力地推了推安都，因为她不相信安都就这么死了。

第三节　第一个骑马的人

在尤罗密和尤典娜到来之前，马和人类之间少有瓜葛。他们互不干扰，人类居住在河边、湿地和灌木丛里，马群则游走在栗子树林和松林之间宽阔的绿茵茵的草地上。有时，一匹小马驹会偶尔走失，闯入灌木丛蹭点人类用石头剥出的食物。有时，部落里的人会发现被狮子捕杀的马。艳阳高照，在驱散了胡狼之后，人类便可悠然自得地吃东西了。远古时代的马四腿笨拙，毛色暗褐，尾粗头大。每到春天，南燕北飞后，马群开始向西北迁徙至开阔的空地，因为那里的草地绵延广阔。那时，马总是以小群出现，每一个马群，差不多只有一匹种马，两三匹母马和一匹小马驹。马群有自己的活动范围。等到栗子树变黄，狼群来到威尔顿山下时，马群还会回来。

马群习惯在开阔的空地吃草，只有在炎热的天气才会躲到树荫下。他们会避开大片的荆棘丛和山毛榉林，喜欢孤零零的树丛，以免受到伏击，所以很难接近他们。马群从不打架，他们的蹄子和牙齿是用来彼此爱抚的。然而，在广阔的平地，一旦他们被惹恼了，就不会让其他动物靠近，尽管大象需要时可能会接近他们。在那个年代，人类仿佛没有什么攻击性。没有谁告诉马群，那些手拿皮鞭和缰绳，渴求食物，经营废马和屠宰场的野蛮生物即将到来。不然的话，那将意味着草原物种的更替及其自由自在的生活的结束。

在韦河的下游，尤罗密和尤典娜观察过马。他们从未离马群这么近。现在，他们每天都可以看到马群，因为他们要从峡谷边的洞穴里出来打猎。杀了安都之后，他们又回到悬崖的岩架上。他们并不惧怕那只母熊，相反，母熊出去时总是绕开他们。他们形影不离，因为自从离开部落以后，尤典娜便不仅仅是尤罗密的配偶了。她努力学习如何捕猎。有时尤罗密会趴在地上，长达几个小时地死盯着猎物，或思索如何捕杀猎物。尤典娜便待在他身边，用明亮的眼神看着尤罗密，从未流露出任何不耐烦或焦急。她就像男人一样耐性十足。真是一个好女人啊！

悬崖顶部，是一片开阔的草地和山毛榉林。穿过山毛榉林，便可以到达一大片草地的边缘，从那里可以看见马群。在树林和灌木丛的边缘是兔子的洞穴，尤罗密和尤典娜总是躺在蕨草丛里，手拿石头，等着那群小东西从洞穴里出来在夕阳下吃东西。尤典娜一动不动地坐着，仔细观察着兔子窝，尤罗密则穿过草坪，看着那些正在吃草的陌生的物种。

尤罗密默默地欣赏着马群优雅的体态和灵活的举动。傍晚，夕阳西下，气温渐凉，马群欢跃，互相追逐，忽而向前，忽而急转，嘶鸣躲闪，鬃毛抖擞。草坪上重重的马蹄声犹如疾雷般响亮。这一切看起来颇有趣味，尤罗密恨不得加入其中。但马儿有时四蹄朝天，在地打滚，看起来有点恐怖，就没那么好玩了。

尤罗密一边看一边想——两只兔子因此多活了一段时间。睡觉时，他神志越发清醒，想法也愈加大胆，这就是那个时期人类思维的进化过程。他梦见自己靠近马群，用打火石击打马蹄。突然，这些马变成了人，至少变成了马头人身的东西，然后尤罗密便惊醒了，吓出一身冷汗。

第二天早上，马群正在吃草的时候，一匹母马轻声嘶鸣，因为她看见尤罗密过来了。马群停止吃草，抬头看着他。尤罗密没有靠近他们，眼神故意避开马群，从旁边大步绕过开阔的草地。他在头上插了三根蕨叶，这使他显得特别醒目。他慢慢地踱着步子。马群里有能力却没有经验的领头马问："发生了什么事？"

那匹母马说："他看起来像一只动物的上半身，有前腿，没有后身。"

另一匹年长的母马说："那不过是粉毛猴子一类的动物罢了。他们生活在河边，这在草原上太常见了。"

尤罗密继续漫不经心地向前走去。随着尤罗密慢慢靠近，年长的母马看他没有威胁，便不再关注他了。

她迅速总结性地说："笨蛋！"然后继续进食。领头马和二号母马跟着也吃起草来。

一匹长着条纹的小马驹说："看哪！他越来越近了。"

一只更小的马驹不安地走动了几下。尤罗密蹲下来，一动不动地盯着马群。马群不想跑开，也没有丝毫敌意，这让尤罗密很放心。他开始思考下一步计划。尤罗密并不急于猎杀马群，但他随手拿着斧头，准备随时行动。人类怎么可能杀死这种生灵呢？他们是如此美丽！

尤典娜蹲在蕨草丛里，看着尤罗密向前爬行，既崇拜又担心。

然而，和四足动物相比，马觉得他更像两足动物。领头马抬起头，发出嘶鸣，命令大家离开。尤罗密想，它们肯定要跑很远。但马群奔跑了没一会儿，绕了一个大圈就回来了，像一面高耸的墙，挡在尤罗密面前，领头马在前，错落排列，呈曲线向尤罗密逼近。

尤罗密和马群都不知道接下来会发生什么。但在此时，尤罗密好像害怕了。他知道，如果继续向前潜行的话，可能会导致马鹿或水牛似的攻击。尤典娜看见尤罗密跳起来，手里拿着蕨叶朝她走来。

她站起来，尤罗密朝她一笑，这太有意思了。他所做的一切都是计划好的。这个小插曲就这样结束了，但尤罗密一整天都在思考。

第二天，这个长着和狮子一样的鬃毛、傻笨邋遢的家伙没去打猎——他所擅长的活动——而是又一次悄悄地靠近了马群。年长的母马轻蔑地说："我猜他是想向我们学点什么。就让他学去吧。"第三天，他照旧来到马群附近。领头马已经放心了，认为他没有任何威胁。但事实上，尤罗密，人类史上第一个发现马的魅力——这种魅力至今仍吸引着人们——的人，想做的可不仅仅只是靠近他们。他非常喜欢马，我想他对自己将要做的一切胸有成竹。他想离这些美丽的动物更近一些，然后猎杀的念头隐隐发作。要是马群愿意让他走得更近就好了。但尤罗密发现，马群总是跟自己保持着五十码的距离——要是他靠近一点，马群会体面地往后退。我想，他是想起了弄瞎安都的过程，然后便产生了跳到马背上的念头。随后，尤典娜也来到这片空地上，他们小心地向前爬行了一段距离，可惜还是无果而终。

一天，尤罗密有了一个值得纪念的新发现。马只能俯视和平视，不能仰视，没有什么动物会仰视——这是常识。只有人类这一神奇的动物，才会仰头思考，浪费才智。尤罗密虽然不会逻辑推理，但他却发现了这一点。所以当尤典娜在树下悄悄爬行时，他在一片开阔的空地上的一棵山毛榉树上待了一天，感到有些劳累。通常，马群在下午的时候会到树荫下乘凉，但那天是阴天，马群没有去，这让尤典娜感到很焦虑。

就在尤罗密发现马不会仰视的第三天，天气燥热，蚊蝇成群，四处飞舞。马群在正午之前就吃饱了，来到尤罗密身下的树荫乘凉。他们一对一对地首尾相接，尾巴不停地拍打着飞舞的蚊蝇。

领头马来到离这棵树最近的位置。突然，树上一阵骚动，随着树枝断裂的声音，什么东西“砰”地从树上掉落下来……一块被削得锋利的打火石掉在了他的脸颊上。领头马惊呆了，一只前脚腾空，开始风一样地奔跑。空中回响着“哒哒”的马蹄声和警告的鼻息声。尤罗密的一只脚滑落下来，他努力调整，可刚上去又滑了下来。他的胃猛烈地抖动，不过幸好他的双膝紧紧地夹着马的身体。他发现自己用膝盖、脚和手紧紧附在领头马背上，疯狂地向前冲。但坐在马背上非常颠簸，他的斧头也不知道掉在哪儿了。“抓紧！”尤罗密本能地告诫自己。

他感觉自己的脸上披着很多粗糙的毛发，有的还夹在他的牙缝里。一片片绿荫从他的视线两侧掠过。他发现领头马肩膀宽大，毛发油亮，皮肤底下的肌肉灵活地运动着。他双臂环抱领头马的脖子，第一次感受到这种奔跑的节奏。

不一会儿，领头马跑到一片树林里，周围是蕨草丛，外面是开阔的草地；然后，穿过一条小溪，马蹄踏过的地方，卵石飞溅。尤罗密害怕了，感到一阵头晕恶心。他觉得很不舒服，却不能马上摆脱。

他不敢有丝毫放松，但他试着让自己更舒适一些。他松开环抱领头马脖子的双臂，抓紧马的鬃毛，努力将双膝向前滑动了一下，整个人向后移到马背较宽的部位，直起腰来。这几个动作做起来颇有难度，但是他成功了。最后，他稳稳地跨坐在了马背上。由于心里没底，他不敢呼吸，直到听着自己怦怦的心跳声逐渐缓和下来。

尤罗密慢慢回过神来。马儿奔跑的节奏让他感到有些害怕，但一种欣喜开始驱逐他内心的恐惧。风从身边呼啸而过，香甜美妙。马蹄声的节奏变换着，一会儿打破刚才的节拍，一会儿又回到原来的节拍。尤罗密骑着马又来到一片草地上，那是一大片林间空地——两旁一百码开外，是一片片山毛榉林，绿油油的草丛中点缀有粉色的花朵，几处溪水泛着点点银光，从草地中间蜿蜒而下。远处是一条蓝色的河谷。他的喜悦之情溢于言表，那可是人类第一次感受到马的步伐。

然后，尤罗密又骑马跑到一大片空地上，那里到处是悠闲的梅花鹿，还有几只胡狼。他们误以为尤罗密是一头狮子，急忙跑过来跟在他后面。不久，他们发现那不是一头狮子，但是好奇心驱使他们继续跟着。领头马继续狂奔，脑子里只有一个念头——逃跑。身后是那几只胡狼，他们竖着耳朵，焦急地叫喊。“是谁杀了谁啊？”最前面那只问。“是那匹马被杀了吧。”紧随其后的那只回答。他们号叫着发出追赶的信号。领头马就像受到鞭笞一样立即做出了反应。

领头马继续向前奔跑。突然刮起了一阵小龙卷风。这风惊动了鸟儿，吹乱了花丛，卷起了大量的粪蝇；杂物在空中乱飞，树林如波涛一般起伏。突然，一只兔子从领头马蹄下的草丛中窜了出来，狼也即刻跑远了。现在，领头马又跑到了一片开阔的平地，那是一片绿草掩映的小山脚下，是如今埃普瑟姆北方的一大片草地。

这是领头马生平第一次狂奔。他渐渐地慢了下来，然后信步小跑。尤罗密的身上尽管严重擦伤，也不知道接下来会发生什么，但他心情愉快，尽情地享受。现在，好像出了一点新情况，领头马的步调又乱了，他在原地急躁地打了几个圈，突然停了下来……

尤罗密警觉起来，心想要是现在有一块打火石那该多好啊，但开始揣在怀里的那块打火石连同他的斧头如今早已不知道去向了。领头马扭转头，半边脸朝着尤罗密。尤罗密扭动腿部，调整姿势，以确保安全，然后用拳头打了一下马的脸颊。马使劲地把头往下埋——尤罗密看不见马头了——马背弯成了一张弓。尤罗密的头快触到草坪上了，他本能地夹紧双脚，手紧紧地攥住颤抖着的鬃毛——粗糙的鬃毛救了他。接下来，马突然向后仰起，尤罗密发出一声惊叫。尤罗密距原始人比现代人近几千代，但在这种情况下猴子也绝对不会比他做得好。狮子世世代代都在对付马晃动屁股的战术，而尤罗密轻松地就将其驯服并骑在了马背上。在马背上这五分钟，简直度日如年。他确定，如果从马背上坠落下来，必死无疑。

然后，领头马耍起了自己的老伎俩——突然狂奔起来，左奔右突，冲下陡峭的斜坡。不一会儿工夫，峡谷便被身后的橡树和山楂树林湮没。他们绕开前面突然出现的一片空地——中间有一汪泉水，水边长满了茂密的杂草和银色的灌木丛。地面变得柔软起来，草也茂盛了许多。在这五月春光里，灌木涨势旺盛，其中还零星地点缀着些春天的花朵。尤罗密骑着马穿过这片浓密的灌木丛，身上被剐蹭得血迹斑斑。他的眼前再次豁然开朗。

接下来是一段奇妙的冒险。灌木丛里突然传来莫名其妙的愤怒的尖叫声，那是一种非常委屈的叫声。随后，一只体形庞大的蓝灰色的家伙出现了，那是一头名叫雅阿的巨角犀牛。他一边怒号一边埋着头斜着身子向前猛冲。他在吃东西的时候受到了惊吓，因此，应该有谁——到底是谁并不重要——受到剥皮或被踩死的惩罚。他从左边向尤罗密和领头马猛冲过来，邪恶的小眼睛瞪得通红，巨角朝下，尾巴像桅杆一样竖在身后。尤罗密本想溜走躲起来，但断断续续的马蹄声逐渐变得轻快起来，用四条短腿急促地奔跑的笨重的犀牛从尤罗密眼角的余光中溜到了后面。他们加速飞奔，不到两分钟就穿过了那片五月的灌木丛，来到开阔的平地上。有那么一会儿，他仍然能听到身后笨重缓慢的追逐声，但没多久便恢复了平静，就像雅阿没有发过脾气，甚至没有出现过一样。

领头马保持着速度继续向前跑。

尤罗密高兴极了，那个年代值得高兴的事就是去凌辱别的动物。他扭转头伸着脖子冲远处一个追逐的小黑点叫道：“呀哈！大鼻子！”最后，他疯狂地责备自己：“你为什么不带着你的打火石呢？”

乐极生悲。因为他说话时贴着领头马的耳朵，不料马儿受到了惊吓，发疯似的狂奔起来。尤罗密突然觉得特别不舒服，他现在只是一只手臂和一条腿扒在马背上，身子悬在空中。

最后一段在马上的时光是尤罗密引以为豪的，但又是不舒服的。

他浑身难受，蓝天在眼前晃动。最后，他被长满荆棘的灌木丛刮了下来，马儿跑了。

他从马上摔了下来，脸和肩膀着地，快速地翻滚了几下，磕到了脊柱。他睁开眼，两眼直冒金星，感觉地面不断地起伏，好像还骑在马背上一样。过了一会儿，他才回过神来，发现自己坐在草地上，六码开外就是灌木丛。前面是开阔的草地，越往远处草的颜色越绿。远处有几个人。那匹领头马持续狂奔了一阵之后向右跑了。

河对岸的人——有几个人还在河里——都拼命跑开了。他们从未见过这种可以分体的怪兽。尤罗密惊奇地看着眼前这一切。拐弯处的河流、芦苇丛，以及王紫萁掩映的小山丘上，升腾着缕缕青烟。尤罗密十分熟悉这个场景，那是尤亚的子孙栖息的地方。那个他和尤典娜曾经逃离的尤亚，那个他曾躲在坚果林里伏击并用人类历史上第一把斧头杀死了的尤亚。

他站起来，坠马让他还是有点晕。这时，四处逃散的人们转过身来看着他，有的指着远去的马儿窃窃私语。尤罗密慢慢地走向他们，远远地注视着对岸的人群。他已经把那匹马抛到了脑后，也忘了身上的疼痛，对偶遇的这些人产生了兴趣。他发现部落里的人少了——他猜想其他人肯定躲起来了——供夜里燃烧的蕨草堆变小了。那堆打火石旁边应该坐着瓦——但尤罗密马上意识到瓦已经被他杀死了。他突然回到了熟悉的环境，峡谷、灰熊和尤典娜仿佛离自己很遥远，像是在梦境里一样。

他走到岸边，停了下来朝部落望去。他的数学能力还很渣，但他能确定现在的人数比以前少了。男人可能离开了，老人和小孩儿也比从前少了。他高呼一声，那是回家的呼喊。他与尤亚和瓦之间有瓜葛，但不牵涉其他人。他大声喊：“尤亚的孩子们！”人们呼叫着尤罗密的名字回应他，对他以这种方式回来有些害怕。

他们交谈了一会儿，然后一个老女人用尖锐刺耳的声音说：“我们的首领是一头狮子。”

尤罗密不明白她在说什么。他们又一起重复了一遍：“尤亚又回来了，他现在是一头狮子。我们的首领是一头狮子。他晚上会到部落来，任意残杀我们。其他动物都杀不了我们，尤罗密，没有什么其他动物能够杀死我们。”

尤罗密还是没弄明白。

“我们的首领是一头狮子，他不再跟人说话。”

尤罗密站在那里看着他们。他曾经梦见，他虽然已经杀死了尤亚，但尤亚依然存在。现在他们告诉他尤亚变成了一头狮子。

那个满脸皱纹、照看篝火的老女人突然转过身来，轻声跟身旁的人说了几句什么。她是尤亚的第一任妻子。年迈的尤亚让她活到了超过一个女人应该活到的年纪。她早已变得圆滑世故，知道只要取悦尤亚就会得到食物。她现在可谓一个十足的点子精，不知又小声嘀咕着什么。尤罗密看着河对岸那个干瘪的老女人，心里突然产生了一种莫名的厌恶。“尤罗密，快到我们这里来。”她朝尤罗密大喊。

一个女孩也突然提高了嗓门，大声喊道：“尤罗密，过来啊！”然后人们一起喊着：“尤罗密，快过来！”

尤罗密很奇怪，为什么老女人喊过之后，所有人的态度都变了。

他依然站在原地，看着他们。被族人呼唤的感觉是愉悦的，第一个叫他的女孩也很漂亮。她让他想起了尤典娜。

他们继续呼喊:“快过来啊，尤罗密！”呼声最高的是那个干巴巴的老女人。听到她的声音，尤罗密再次犹豫起来。

他站在河边，经过一番思索，慢慢拿定了主意。人们一个个停下来看他究竟想干什么，看他是决定离开还是决定回来。突然，畏惧和谨慎占了上风，尤罗密没有回应族人，就像他来时一样，转身走向远处的荆棘丛。整个部落的人们又开始急切地呼唤他。他犹豫着一步一回头，纠结地看着呼唤他的族人。他停下来往后退了几步，但最终恐惧阻止了他后退的脚步，他摇了摇头，消失在了山楂树林里。

所有的妇女和小孩齐声高呼，做最后一次徒劳的努力。

河流下游，芦苇丛在微风中轻轻地颤动。为方便捕食，那头已经习惯吃人的年迈的狮子在那里筑了一个巢。

老女人将脸朝向下游，指着山楂树林喊道:“尤亚，那里有你的敌人！你的敌人在那里，尤亚！你为什么每晚都来吃我们？我们已经尽力追捕他了！尤亚，你的敌人来了！”

但是，猎食部落人类的那头狮子正在睡午觉，根本听不到老女人的叫喊声。那天，他吃了一个白白胖胖的小女孩，心情舒爽。他压根儿不知道自己是什么尤亚，也不知道尤罗密是他的敌人。

也就是说，尤罗密骑了马，第一次听说尤亚变成了一头狮子，取代了尤亚部落首领的地位，差不多吃光了部落里的人。当尤罗密急匆匆地赶回峡谷时，脑子里已经不再只装着马，而是琢磨着尤亚还活着，不杀了他就得被他杀死。尤罗密眼前反复闪现出佝偻的老女人和小孩大喊着“尤亚变成狮子”的场景。尤亚变成狮子了！

这时，尤罗密担心天要黑了，就加快了步伐。

第四节　狮子尤亚

这头年迈的狮子很幸运，因为部落里的人们十分尊崇他们的统治者。狮子是在尤罗密杀了智人尤亚的那天晚上出现的，所以人们就叫他尤亚——那个照看火种的老女人首先这么叫的。一场阵雨把火浇灭了，剩下微弱的火星，夜更黑了。他们一边交谈一边在夜色中凝视着其他人，一想到尤亚会在他们熟睡时干些什么，人们就会不寒而栗。现在尤亚死了，但狮子的咆哮声近在咫尺。然后，万籁俱寂。

人们屏住呼吸，只听得到“嘀嗒”的雨声和雨水掉进火灰里发出的“嘶嘶”声。一段漫长的时间之后，突然传来“嘎吱”的声响，紧随着的是一声咆哮。人们惊恐地尖叫起来，拔腿四处逃窜。不一会儿，火灭了，一个人被拖着穿过蕨草丛。他是伊尔克，瓦的弟弟。

狮子就这样来了。

第二天夜里，被雨水打湿的蕨草叶依然潮湿。狮子来了，带走了红头发的克利克，这足够狮子吃两天了。借着月光，狮子连续来了三个晚上，人类的火种对他没有任何威胁。他是一头年迈的狮子，沉默而冷静。他以前见过火，也不是第一次吃人。第三天夜里，狮子来到火堆之间，躲过了打火石的攻击，扑倒了伊尔克的儿子伊尔姆——他可是有望成为首领的人选。那是一个恐怖的夜晚，人们点燃了熊熊大火，一边奔跑一边呼叫。狮子开始没有将伊尔姆按稳，借着火光，人们看到伊尔姆挣脱了，朝他们跑来，可狮子一跃又将他扑倒了。那是人们最后看到伊尔姆的情景。

恐惧袭来，令人愉悦的春光已与部落里的人们毫不相干了。已经有五个人被吃了，四个晚上之后，又少了三个人。人们在捕食时无精打采，没有人知道下一个被吃的会是谁。从早到晚，女人们卖力地干活，连最受宠的两个女人也在帮忙收集杂物，捡拾树枝，用来晚上生火。猎手们捕不到猎物，在这温暖的春季，人们却像在冬季一样感到饥饿。如果部落有首领的话，他们可能早就迁徙了。但他们没有首领，也没有人知道迁去哪里才会摆脱狮子的追捕。因此，幸亏有这群好心的人，这头年迈的狮子才养得如此肥壮。新月初上，已经有两个孩子和一个年轻人被狮子残杀了。那个满脸皱纹的老女人第一次在梦到尤罗密和尤典娜时想到了自己，想到了尤亚是如何被杀死的。她生来畏惧尤亚，现在她畏惧那头狮子。尤罗密已经杀死尤亚了么？尤罗密是她看着长大的。那是不可能的，尤亚还在寻找他的敌人。

尤罗密不可思议地回来了——他们看到一个奇特的动物在河对岸飞奔。突然，那个动物变成了一匹马和一个人。想到这些预兆，又想到尤罗密在河对岸的犹豫和徘徊……没错，她想到这些就明白了。尤亚在惩罚他们，因为他们没有抓到尤罗密和尤典娜。

太阳还没有落山，男人们就拖着疲惫的步子回来了，等待晚上的命运。老女人给他们讲了尤罗密的事，还带他们到河对岸看了尤罗密徘徊时留下的足迹。追踪者西斯认出了尤罗密的脚印。老女人在河湾的左岸手舞足蹈，大声呼喊：“尤亚要的是尤罗密！”她的身影在夕阳的映照下呈耀眼的古铜色。她的叫喊声很奇怪，既像语言，又不像语言。总之，这声音要表达的意思是："那头狮子想要的是尤典娜。他每天晚上来寻找的是尤典娜和尤罗密。当他没有找到他们时，便恼羞成怒，大开杀戒。要活捉尤典娜和尤罗密。尤亚喜欢尤典娜，对尤罗密下了死亡令！活捉尤典娜和尤罗密！"

她面向远处的芦苇地，就像她在尤亚活着的时候那样大声呼喊："难道不是这样么，我尊敬的首领？"这时，高高的芦苇在微风的吹拂下弯腰颔首，仿佛在回答这个老女人的问题。

夜深了，部落里传来砍东西的声音。那是男人们在为第二天的追捕打磨他们灰白的矛枪。月亮出来之前，狮子又出现了，并且带走了追踪者西斯的女儿。

第二天，太阳还没出来，追踪者西斯、小伙子瓦好——代替瓦削打火石的家伙——独眼人、波、食蜗牛者、两个红头发的男人，还有猫皮人和蛇人，所有活着的尤亚的男性后代，带着长矛和打火石，向尤罗密消失的山楂树林挺进。在那儿犀牛雅阿和同伴正在进食，光秃的平地一直延伸到山毛榉林。

那天晚上，篝火烧得又高又旺，就像当空的上弦月。狮子没有出现，女人和孩子们蜷缩着安宁地度过了一夜。

第二天正午时分，所有的追捕者都回来了，除了独眼人——他摔死在悬崖下，粉身碎骨。（尤罗密偷偷靠近马群的当天，在回来的途中就发现秃鹰在忙着啄食独眼人的尸首。）不过追捕者把遍体鳞伤的尤典娜活着带了回来。这是那个老女人下的命令，要活捉尤典娜——"她不能死在我们手上，要死在狮子尤亚手上。"尤典娜像男人一样，双手被皮条捆住。她精疲力竭，四肢无力，粘着血迹的蓬乱的头发遮挡住了她的眼睛。人们走上前来。食蜗牛者——那还是尤典娜起的名字，一遍遍地嘲笑尤典娜，还用他白色的长矛抽打她。打完后，他回头看看其他人，仿佛自己做了非常勇敢的事。其他人也不时回头看，所有人都急不可耐，除了尤典娜。当老女人看到他们过来时，高兴地大叫起来。

尽管水流湍急，他们还是捆绑着尤典娜双手过了河。看到她滑倒时，老女人尖叫起来，起初是兴奋，后来又担心尤典娜被淹死。当尤典娜被拖上岸时，不论人们怎样抽打，她都站不起来。他们索性让尤典娜双脚浸在水里坐在地上。不管人们对她做什么，说什么，尤典娜始终双眼呆滞，面无表情。所有人都来到栖息地，甚至小卷毛哈哈也来了——他刚会走路，眼睛盯着尤典娜和老女人，就像我们盯着某个奇怪的受伤的野兽或捕猎者一样。

老女人一把撕下尤典娜脖子上尤亚做的项链，给自己戴上——她是部落里第一个佩戴这条项链的女人。然后，她扯着尤典娜的头发，从西斯那里拿过长矛，拼命地抽打尤典娜。当她泄尽怒火之后，便仔细地端详着尤典娜的脸。尤典娜紧闭双眼，表情呆滞，躺在地上一动不动。有那么一瞬间，老女人担心她是不是死了。这时，尤典娜的鼻孔微微翕张了几下。老女人见状狠狠地扇了尤典娜几巴掌，一边大笑一边随手把长矛递给了西斯，往旁边走开了几步，然后开始以她特有的方式嘲笑尤典娜。

老女人在部落里称得上能说会道，而且说起话来很难听。她不时地尖叫，语无伦次地抱怨，有时从喉咙里发出叫声——表达她虚幻的想法。她不停地对尤典娜嚷嚷，大部分是关于那头狮子和她将要受到的种种折磨。“哈哈，还有尤罗密！尤罗密已经死了吗？”

突然，尤典娜睁开双眼，坐了起来，与老女人对视着。“不，我没看见我的尤罗密死了。我没看见我的尤罗密死了。”她缓慢地若有所思地说。

老女人咆哮着说：“告诉她！告诉她尤罗密已经死了，告诉她尤罗密是怎么死的！”

她抬头看着周围的人，从妇女到孩子，目光从一个男人的脸上移到下一个男人的脸上。

人们面带愧色，沉默不语。

老女人继续说：“告诉她啊！”但男人们还是面面相觑，没有吱声。

尤典娜的脸上突然恢复了神采。

老女人大声喊叫：“告诉她，能干的男人们！告诉她尤罗密是怎么死的！”

老女人站起来狠狠地抽了尤典娜一巴掌。

追踪者西斯吞吞吐吐地说：“我们没有找到尤罗密，他掳走了我们两个人，但没有伤害谁。”

尤典娜按捺住内心的喜悦，依然保持着不屈的表情。老女人尖刻地看着尤典娜，眼里充满了杀气。

老女人转身说，是男人们害怕了才不敢去找尤罗密。她现在谁都不怕，因为尤亚已经死了。老女人像责备小孩子一样挨个呵斥男人们。他们怒视着她。突然，追逐者西斯用命令的口吻让她安静。

当太阳下山的时候，他们沿着狮子在芦苇丛里踏出的小路把尤典娜带了出去。他们虽然心情沉重，却不得不这样做。所有的男人都去了。他们迅速将尤典娜捆在一片赤杨林里，方便狮子夜晚出来时发现她。扔下尤典娜之后，他们马上赶回部落。西斯第一个停下来，回头看了看那片赤杨林。他们甚至能在部落里看到尤典娜的头。在大树枝干的衬托下，尤典娜的头只是个小黑点。

所有的妇女和孩子都站在土堆顶上观看。老女人大声尖叫，让狮子把它想要的人带走，尽情地折磨她。

尤典娜被折磨得精疲力竭；她头晕目眩，周身疼痛不堪，但对即将发生的事的恐惧感胜过了这一切。硕大的、血红的太阳挂在远处的坚果林上空，西边的天空像着了火一样通红。晚风渐息，温暖安逸。一群蚊虫在空中飞舞，鱼在水中偶尔跳出水面，一两只金龟子不时嗡嗡地飞过。尤典娜从眼缝里看到几个人正站在栖息地小山丘的一角盯着她。然后，她听到微弱但很清晰的响声。她知道，那是摩擦打火石的声音。在她的旁边是周围长满芦苇的灌木丛——黝黑而寂静，狮子的巢穴就在里面。

现在，她听不到打火石的声音了。她寻找太阳，发现太阳已经完全下山了。上弦月已经升起，越来越亮。她朝芦苇丛里狮子的巢穴看去，试图看个大概。突然，她开始使劲扭动，一边哭一边呼喊尤罗密。

但尤罗密离她远着呢。当人们在山丘上看到尤典娜扭动全身，晃动脑袋时，他们便一起大喊起来。尤典娜又安静下来。几只蝙蝠飞来，那颗像尤罗密一样的星星悄悄地从西边蓝色的隐秘处爬出来。

她对那颗星星轻声地呼唤，因为她怕惊动狮子。黑夜来临，但灌木丛依然没有什么动静。

夜幕慢慢地将尤典娜笼罩起来，月光逐渐变亮，傍晚时消失在山坡上的形形色色的影子又出来了——又小又黑。芦苇丛中和赤杨林里，狮子巢穴的黑色轮廓依稀可见。那里发出一阵轻微的颤动，但黑暗里什么东西也没出现。

她向部落栖息地望去，火堆冒着烟，发出红光，男男女女奔来走去。另一边，河的对面升腾起一团白雾。远处传来小狐狸的呜咽声和土狼的号叫声。

等待是漫长而痛苦的。很长一段时间之后，有动物涉水而过，像是要渡河到对面的浅滩上，远离狮子的巢穴，尤典娜看不清楚那究竟是什么动物。她只能听见远处的饮水池传来水花溅起的声音和大象的声音——夜太静了。

此刻，蓝色的天空下，大地一片苍茫。坚果树林如同金银饰品点缀着洒在地上的银色的月光表面，东面黑暗的小山上方的天空中，星星多了起来。山丘上越烧越红的火堆前站着一些黑影，他们在等待尖叫的声音……没错，那一刻很快就会到来。

夜色下突然一阵骚动，尤典娜屏住呼吸。有什么东西过去了——一只，两只，三只——那影子也悄悄地溜过……是胡狼。

然后又是一段长时间的等待。

在尤典娜确定那些声音是真实的而不是她想象的之后，灌木丛里又是一阵颤动，伴随着“噼啪”声的是一阵剧烈的骚动。芦苇弄得一团糟，一次，两次，三次，什么东西在空中“嗖嗖”飞过，接着就再也没有了动静。不久，在低沉的咆哮声之后一切又恢复了平静——漫长的平静。会这样一直静下去么？尤典娜不敢喘息，咬紧双唇不让自己喊出声来。接着，有什么东西从地面上小跑过去。她不禁大叫起来，根本听不到土丘上传来的欢呼声。

不一会儿，芦苇丛像睡醒了一样骚动了一会儿。尤典娜借着月光，看见草儿轻轻地舞动，赤杨林也在微微地摇摆。她拼命地挣扎——那是她最后的挣扎。但是没有什么东西靠近她。仿佛十几头野兽在那一小块地方猛折腾了一阵子，然后又恢复了寂静。月亮已经沉到远处的坚果林里，夜色幽深。

尤典娜听到一种奇怪的声音，仿佛有人在抽泣，时强时弱。一阵沉寂之后，隐隐约约传来动物低沉的咆哮声。

一切又恢复了平静。远处，一只向东游荡的大象鸣叫着，从树林里传来的嗥叫声渐渐停息。

在这个长长的间歇里，月亮又从山脊的树林里冒了出来，在芦苇丛里射下两道银光。伴随着一阵平稳的沙沙声，芦苇丛被扒开，摇晃不止，缝隙越来越宽。最后，芦苇丛被从根部到顶部完全扒开……一切将会明了。

尤典娜努力辨别从芦苇丛里出来的东西。一瞬间，她觉得特别像尤罗密的头和下巴，但一会儿又变暗，看不清楚了。那个东西又黑又矮，一声不响，但她确定那不是狮子。那家伙一动不动，一切都没了声响。尤典娜瞪着眼睛看着，两条前腿和倾斜的身体让她觉得那像是一只巨大的青蛙，青蛙的头在黑暗里四处搜寻着什么……

又是一阵骚动，那家伙笨拙地向前爬行，又像在跳动。在他行进的时候，还发出微弱的呻吟声。

突然，兴奋的血液涌遍了尤典娜的身体。她轻声喊：“尤罗密！”

那家伙停下来，朝赤杨林看了看，嗓子眼儿里艰难地冒出一声“尤典娜。”

他爬出黑暗的芦苇丛，来到月光下，全身脏兮兮的，拖着双腿，一只手紧握着他的斧头——人类史上第一把斧头。他变换着姿势，四肢着地，朝她爬来。“狮子，”尤罗密说道，那声音既喜悦又痛苦，“我已经把它杀了，亲手杀的，就像杀那只大熊一样。”他一边爬一边说，突然痛苦地叫了一声便停下了，躺在那里待了一会儿。

尤典娜轻声说：“快帮我解开。”

他没说话，靠着一棵赤杨树干爬起来，用锋利的斧头砍断了捆绑尤典娜的绳索。她听见尤罗密每砍一次，就发出一声抽泣。他切断尤典娜胸前和手臂上的绳索，然后放下手臂，让尤典娜靠在臂弯里，自己顺势安静地躺在她身边。

剩下的绳索就很好解了。她迅速解开其他束缚。她感觉脑子还在眩晕，于是从树下向前挪了一步，有意识地向尤罗密靠近。不久，她就失去了知觉，晕倒在地上，手在尤罗密又湿又软的大腿上压出一个印来。尤罗密大叫了一声，扭动了一下，然后又一动不动了。

此刻，一只像狗一样的动物轻轻地穿过芦苇丛，停下来用鼻子嗅了嗅，犹豫了一会儿之后，掉头钻进了黑暗里。

他们很长时间都没有动，月辉从西边洒在他们身上，芦苇的影子又冒了上来。现在，他们的腿笼罩在黑暗中，尤罗密像一座半身银制雕塑。影子慢慢爬上他的脖子，他的脸，最终，他们全身都淹没在黑暗里。

影子一如既往地摇曳着，伴随着轻快的脚步声，又像微弱的呻吟——那是风吹的声音。

那一晚，部落里的女人和孩子都没怎么睡觉，直到他们听到尤典娜的尖叫声。但男人们已经精疲力竭，坐着就睡着了。当听到尤典娜的尖叫声后，人们觉得这下安全了，于是挪到火堆旁。老女人嘲笑尤典娜，听到尤典娜的小伙伴——西——悲伤的抽泣声，她笑得更开心了。黎明来临，人们都警觉起来，朝赤杨林望去，发现尤典娜已经被带走了。人们兴奋不已，他们觉得现在尤亚该满足了。但尤罗密却在人们心中挥之不去。他们知道报复即将来临——报复在这个世界上由来已久——但他们没有逃离。突然，一只土狼从灌木丛里跑出来，从芦苇丛中飞奔而过，他的口鼻和爪子黑乎乎的。看到土狼之后，男人们高声尖叫着，向他扔打火石，驱逐这只土狼。因为土狼在白天是最胆小的动物。人们恨土狼，因为他们吃小孩子，还会在部落周边趁人们睡觉的时候伤人。技术精湛的猫皮人从旁边击中了土狼的肚子。整个部落的人都欢呼起来。

三只秃鹰从狮子的巢穴附近起飞，他们慢慢攀升，盘旋了几周之后，落在一棵赤杨树枝上一边休息，一边俯瞰狮子的巢穴。老女人指着狮子巢穴的方向说："我们的首领已经走远。秃鹰正在分食尤典娜。"几只秃鹰在树上蹲了一会儿，便一只接一只地飞回了灌木林。

东边树林的上空，一轮朝阳冉冉升起，倾洒万丈光芒，沐浴着大地万物。欢呼声此起彼伏。孩子们看到太阳，手舞足蹈地欢呼着，竞相跑向河边。只有小西落在后面，不时疑惑地朝赤杨林望去，昨晚她还在那里看到过尤典娜的头。

但是，老狮子尤亚没有走远，他静静地侧卧在离巢穴不远的一处被踩踏过的草地上。他的一只眼睛被斧子砍伤了，身下的地面被血染红，肚子上有一个被尤罗密用尖锐的长矛所刺的窟窿。几只秃鹰占据在他旁边和脖子上，宣告这是他们的果实。尤罗密已经把狮子杀了，他躺在那里，爪子摊在身下，胸膛偶尔起伏几下。尤罗密拼尽全力与之搏斗，最终将长矛插进了狮子的心脏。首领尤亚的化身——狮子的统治结束了。

人们在山丘上忙乱地准备长矛和石头。没有人敢说尤罗密的名字，害怕他会应声出来。连续几天，男人们紧紧地聚在一起，以防尤罗密来报复。

但尤罗密仍安静地躺在狮子的巢穴边；尤典娜蹲在他身旁，手里紧紧地握着沾满狮子鲜血的长矛。

第五节 狮子林里的决斗

尤罗密背靠一棵赤杨树静静地躺着。他的大腿血肉模糊，不堪入目；若是一个文明时代的人受了如此重的伤，肯定是挺不过来的。尤典娜用刺为尤罗密缝合了伤口。她日夜守候在他身边，白天，用芦苇编成的蒲扇为尤罗密驱赶蚊蝇；夜里，用人类历史上第一把斧头吓走土狼。尤罗密的伤口很快开始愈合。开初，尤罗密的伤口还未愈合的那两天，他们几乎没有吃的。在他们隐藏的低洼地，没有草根，也没有小动物，蜗牛和鱼只有在一百码以外的开阔的河里才能找到。白天，尤典娜不敢走远，因为她害怕部落里那些昔日曾是她兄弟姐妹的人；晚上又怕野兽，这既是为尤罗密，也是为尤典娜自己。所以，他们不得不与秃鹫分食那只狮子。不过，在他们身边有淙淙的溪流，尤典娜用手捧了些水喂给尤罗密喝。

尤罗密所躺的地方周围长满了宽叶香蒲和高高的芦苇，一片赤杨林挡住了部落人群的视线。那只被尤罗密杀死的狮子就躺在离他的巢穴五十码开外的地方，那里的芦苇已经被踏平了。透过芦苇秆的间隙，只见秃鹫正在争食已经到嘴的狮子肉，这减轻了孤独对尤罗密的煎熬。顷刻间，一群看起来像蜜蜂一样的苍蝇萦绕上来，尤罗密甚至能听到阵阵的嗡嗡声。当尤罗密的腿伤痊愈时（其实也没几天），那头狮子只剩下几根散落在地上的发白的骨头。

白天大多数时候，尤罗密坐着一动不动，漠视着前方。有时，他嘴里嘟哝着马群、熊和狮子什么的；有时，他会用斧头在地面上乱砍，念叨着部落里的人的名字，往往一说就是几个小时，似乎并不担心这样会把部落里的人引过来。但他也很能睡，只是很少做梦，因为失血过多，食物也不足。在短短的夏夜，尤罗密和尤典娜几乎都是醒着的。黑夜弥漫，周围有什么东西在动，那是他们白天没有见过的东西。土狼已经好几个晚上没有出现了。有一个晚上，月亮没有出来，十几只土狼来争夺那只狮子的残骨剩肉。这一夜，狼嚎掀起阵阵骚乱，尤罗密和尤典娜可以听到狼牙咬断骨头的声音。但他们知道土狼不敢攻击醒着的动物，所以也不怎么害怕。

一天白天，尤典娜沿着一条狭窄的小路——那是那只年迈的狮子曾经在芦苇地里踩出的一条路——走过拐弯处，然后小心翼翼地溜进灌木丛，在那里观察部落里的人在做什么。她紧紧地靠着一棵赤杨树——部落里的人曾把她绑在那里，企图把她献给那只狮子。从那里，她看到山丘上的人们围在火堆周围，人影虽小但极清楚。但她没有告诉尤罗密，因为她害怕说出他们的名字时会把他们引过来。那个时候的人们相信，名字会召唤人。

在尤罗密杀死那只狮子的第二天早上，她就看见部落里的男人们在准备长矛和投掷用的石头。他们把女人和孩子们留在山丘上，出去搜寻尤罗密。当他们在追踪者西斯的带领下排成一排向山地出发的时候，他们根本不知道其实尤罗密就近在咫尺。她还看见，在男人们走后，女人和孩子们收集蕨叶和小树枝为夜火做准备，一些孩子在追逐嬉戏。但那个老女人还是让尤典娜觉得害怕。到了正午，大多数人都沿河而下到了拐弯的地方，那个老女人却站在土丘的一侧，一边咆哮一边扭动她那棕褐色的身躯，手舞足蹈，以致尤典娜以为自己被发现了。尤典娜像只兔子一样安静地躺在原地，两眼紧盯着远处弯下腰来的老巫婆。最后她隐约明白，那个老女人是在祭拜那只狮子——被尤罗密杀死的狮子。

第二天，寻找尤罗密的人带着一头小鹿精疲力竭地回来了，尤典娜见到这等美食，十分羡慕。随后发生了一件奇怪的事情。她看见并且清楚地听见，那个老女人朝她所在的方向大声尖叫，并且手舞足蹈地比画着。尤典娜害怕极了，像蛇一样悄悄地挪出了老女人视线可能所及的区域。但这时尤典娜在好奇心的驱使下又重新回到窥探的地方。当她仔细看时，她的心跳几乎要停止了，因为所有的男人，手拿他们的武器，正从土丘处朝她的方向走来。

尤典娜一动不动，生怕自己被发现。她紧紧地贴着地面。太阳悬在低空中，男人们的脸上映着金色的光辉。她看见他们提着一块新鲜的肥肉，中间插着一根梣木棍子。这时，他们停了下来，老女人大喊一声：“继续走！”猫皮人低声嘟哝着，他们继续往前走，在耀眼的日光下搜索着灌木丛。突然西斯大喊一声：“在这里！”于是男人们就把肉放在灌木丛上，再把棍子插进地里。西斯大声说：“尤亚！这是你的那一份，拿去吧！我们已经杀死了尤罗密，不骗你。就在今天，我们杀死了尤罗密，明天我们就把他的尸首带给你。”其他的人也跟着这么说。

他们面面相觑，环顾身后，然后慢慢转身开始往回走。起初，他们侧身朝着灌木丛走，然后就完全面向土丘，越走越快，不时回头张望，最后干脆跑了起来，就像在进行一场比赛，直到快到土丘了才停下来。跑在最后的西斯最先放慢了脚步。

太阳下山了，夜幕降临，通红的火光映照着远处坚果树林上灰蓝色的天空，土丘上传来人们愉悦的声音。尤典娜还是不敢动，她看看土丘，又看看那块肉，再看看土丘。她饿了，但她不敢去拿。最后，她悄悄地爬回尤罗密身边。

听到尤典娜爬行时发出的“窸窣”声，尤罗密转过头来——他的脸被树荫遮住了——问：“你找到吃的了么？”

尤典娜说她什么都没找到，但她可以再走远一点，沿着狮子踏出的小路一直走到可以看到土丘的地方，但她不敢自己去取那块肉。动物的本能告诉她，那有可能是个陷阱。她觉得特别难熬。

最后，她悄悄爬回尤罗密身边，听见他还在辗转反侧，不断呻吟。尤典娜又一次返回土丘，她看见黑暗中有什么东西在那根棍子周围游荡，定睛一看，原来是一只胡狼。霎时，尤典娜愤怒了，不知哪来的勇气，她跳了起来，呼叫着奔向那“供物”，可一不留神被绊倒了，但胡狼却号叫着走开了。

当她站起来时，只剩那根梣木棍子横在地上，肉已经没有了。尤典娜只能悻悻地回去，和尤罗密一起饿着肚子熬过这一晚。一点食物也没弄到，尤罗密对她有点生气。尤典娜没有告诉尤罗密刚才发生的事情。

又过了两天，他们快饿死了。部落里的人猎杀了一匹马，举行了相同的祭祀仪式，只是今天那根梣木棍子上插的是马的腰腿肉。这一次，尤典娜没有犹豫。

尤典娜一边说一边比画，给尤罗密讲述这些肉的来历。在尤罗密明白之前，他已经吃了一大半。在慢慢明白尤典娜的意思之后，尤罗密对这顿美食非常满意。他说：“我就是尤亚，我就是狮子，我就是伟大的穴居熊，我就是智人瓦，我就是独一无二的尤罗密。他们就该为我效劳，因为现在我要把他们杀光。”

尤典娜放心了，和尤罗密一起开心地大笑起来；然后，她高高兴兴地把尤罗密吃剩下的马肉都吃了。

吃饱后，尤罗密做了一个梦。第二天，他让尤典娜找来那头狮子的牙齿和爪子——其实她也只能找到这些了，又帮他砍了一捆赤杨木。他巧妙地将牙齿和爪子嵌进木头里——齿尖和爪尖向外，这件事花了尤罗密很长时间。在把它们嵌进木头的过程中，有两颗牙齿被敲断了，他非常生气，把东西扔在了一边。但随后，他拖着受伤的腿又来到刚才扔下东西的地方，捡起来把它做完了——那是一种带有牙齿的新武器。那一天，部落的人给狮子带来了更多的祭品。

在尤罗密做好那个新式武器之后的一天——估计是五天之后，那时候的人还没记录超过五天时间的本领——尤罗密正在睡觉，尤典娜趴在灌木丛里观察部落的情况。已经三天没有送肉来了。那个老女人在用她独特的方式进行祭拜。就在她祭拜的时候，尤典娜的小玩伴西和另一个小孩——西斯喜爱的第一个女人的孩子，跑过山丘，站在那里看着这个骨瘦如柴的身影嘲笑。尤典娜觉得这太有意思了，但突然这个老女人迅速地转过身来，发现了她们。一瞬间，老女人和这两个小孩儿都愣在那里，然后老女人咆哮起来，她朝这两个小孩跑去，一会儿这三个身影就消失在山丘另一面了。

突然，这两个孩子又出现在山腰的蕨丛里。小西跑在前面，因为她特别活泼，另一个孩子尖声叫着，因为老女人差点就要抓到她了。山丘的另一边，西斯手里拿着一块骨头，波和猫皮人听话地站在他身后，每人拿着一块食物。见老女人如此气愤，他们乐得哈哈大笑。老女人抓到她们，开始打她们，孩子们大声哭喊。这对部落里的人来说，可是饭后的一大乐子。小西继续跑了一小段路，她又好奇又害怕，于是停了下来。

突然，孩子的母亲跑过来。她披头散发，气喘吁吁，手里拿着一块石头。见状，那个老女人像野猫一样转过身。虽然年老色衰，但她仍然可与部落里其他女人相匹敌，而且还是火堆看护总管。可她还没来得及做什么，西斯就冲她大喊大叫，喧闹声也跟着大了起来。又出现了几个头发蓬乱的人，整个部落的人好像都在家参加盛宴。老女人不敢再在西斯宠爱的这个孩子身上泄愤了。

每个人都在狂呼乱叫名字，甚至连小西也不例外。突然，这个老女人放开抓住的小孩，迅速转向西，因为西没有朋友庇护她；当老女人快要抓到她的时候，小西才意识到自己处境危险，于是拔腿就跑。她惊恐地叫喊着，慌不择路，根本没注意到自己正在跑向狮子的巢穴。她拐弯跑进了芦苇丛，这才意识到自己在往哪里跑。

但是这个老女人非同寻常，不但心狠手辣，而且动作敏捷，在离尤典娜不到三十码的地方，她抓住了小西散在脑后的头发。这时整个部落的人都跑到山丘脚下，有的起哄，有的大笑着，准备看一场好戏。

尤典娜心里悸动了一下，她从未有过这样的感觉。此时，她满脑子只是小西，顾不上害怕，她从埋伏的地方跳出来，向前飞奔。那个老女人没有发现她，因为她正集中精力用拳头打小西的脸。突然，一个又硬又重的东西狠狠地打在老女人的脸颊上。她踉跄了几步，看见尤典娜怒目而视，满面通红地站在她和小西中间。老女人吓得一声尖叫，而小西却被弄得一头雾水，拔腿向部落的方向跑去。她们离得很近，尤典娜的出现让她们忘记了对狮子仅剩的一点恐惧。

这时，尤典娜不再理会那个胆小的老女人，快步追上小西，大喊道:“西！西！”她把小西拉住抱在怀里，和她头挨头脸贴脸，朝她的藏身地——狮子的巢穴跑去。那个老女人站在齐膝高的芦苇丛里，尖叫不已，嘴里含混不清地表达着自己的愤怒，却不敢拦住尤典娜。到了路的拐弯处，尤典娜一回头，看见部落里所有的男人都在大声惊呼，西斯正朝狮子的巢穴这边跑来。

她带着小西径直穿过芦苇丛里的小道来到尤罗密疗伤的阴凉处。此时的尤罗密已经被叫喊声吵醒，他揉揉惺忪的眼睛。尤典娜抱着小西来到他身边，那样子像个真正的女人。她心都快跳到嗓子眼了，大叫道："尤罗密！尤罗密！部落里的人来了！"

尤罗密傻傻地愣在那里，吃惊地看着她和西。

她一只手抱着小西，一只手指了指部落的方向。尤典娜正想从她贫乏的词汇库里找出新词来解释，这时她听见了男人们的喊叫声。显然，他们在外围。她放下西，把带有狮子牙齿的新武器交到尤罗密的手里，然后跑到三码远的地方拿起人类史上的第一把斧头。

尤罗密突然反应过来大叫一声："啊！"然后，挥舞着新武器，在地上翻滚了几下，试着艰难地站起来。

他颤颤巍巍地站了起来，受伤的那只脚脚趾触地，一只手扶着一棵树，另一只手拿着新武器，低头看了看正在愈合的伤口。突然，芦苇丛里断断续续地传来一阵飒飒声。西斯小心翼翼地沿着小路摸来，他猫着腰，手里紧握用火烧过的长矛。突然他与尤罗密对视，停了下来。

尤罗密忘记了腿伤。他双脚稳稳地站立，感觉到腿上有什么东西往下流淌；低头一看，正在愈合的伤口边缘溢出一小股鲜血。他搓了搓手，握紧武器，直视着西斯。

尤罗密向前一跳，大叫道："哈！"西斯仍然弓腰注视着，迅速投出他的长矛，只是动作不太雅观。长矛擦破了尤罗密挡上前来的胳膊，接着尤罗密那带有狮子牙齿的武器击打下来——西斯永远都弄不明白——西斯倒在了尤罗密的脚边，像一头公牛跪倒在斧头下一样。

这可能是波见过的最不可思议的事。他的位置很安全，两边有高高的芦苇，前面是坚固的堡垒——西斯，后面是食蜗牛者。他排在进攻的第二位，要么西斯获胜，要么西斯阵亡他接着上。他看见西斯投出的长矛；突然，一下重击后肩宽体阔的西斯在他前面倒下了，越过西斯——他的崇拜者，他与尤罗密碰面了。波陷入绝望之中。他一手拿着石头，一手拿着长矛。还没等波决定要用哪一样武器，他已经一命呜呼了。

食蜗牛者准备得充分一些。见波和西斯都倒下了——波不是像西斯那样向前倒下，而是在被带虎牙的棒击中头部后膝部和臀部着地向后仰倒在地上。食蜗牛者猛地将长矛刺向尤罗密，刺中了他的肩膀，然后伴随着一声大叫，另一只手狠狠地朝尤罗密扔来一块打火石。尤罗密在芦苇丛中“嗖嗖”地挥舞着棍子，却没有击中波。尤典娜看见尤罗密从小路上踉跄着回到空地。他被西斯的尸体绊倒，榉木棍子的一端刺穿了他的手臂。当食蜗牛者——这名字还是尤典娜给起的——喜形于色地从芦苇丛里出来的时候，他遭到了来自尤典娜的最后一击。尤典娜高高地抡起斧头迅速一击，正中他的太阳穴，然后他倒在西斯身上，趴在尤罗密的脚边。

还没等尤罗密站起来，两个红发人从芦苇丛里爬出来，手里拿着长矛和打火石，准备攻击；蛇人僵硬地站在他们身后。尤典娜打中了其中一人的脖子，但没有打倒，他向一旁踉跄了几步，正巧阻挡了他的同伴对尤罗密头部的攻击。有一会儿，尤罗密的武器掉了，他拦腰抱住攻击者，狠狠地扔向一旁，在地上摔了几个滚儿。尤罗密重新抓起他的武器。在踉跄地躲闪尤典娜的重拳之际，那个人用长矛刺中了她，尤典娜无可奈何地倒在地上避开他。他在尤罗密和尤典娜之间不知攻击哪一个好，他侧身看见尤罗密突然逼近了自己，不由得发出一声叫喊。尤罗密掐住他的脖子，并用他的长棍结束了第三个人的生命。当这个人倒下的时候，尤罗密大声喊叫起来——没有任何语言，只是狂喜。

另一个红头发的男人背朝着尤典娜，离她只有6英尺，头上画着暗红色的条纹。他挣扎着想站起来。尤典娜疯狂地阻止他，把斧头扔了过去，结果没打中。他突然转向小西那边，穿过芦苇丛跑了，尤典娜只看到他的半边脸。她瞥见蛇人站在路口处，侧对着她，然后转身跑了。她看见尤罗密的长棍在空中乱舞，再看头发蓬乱的尤罗密，血顺着他的头发滴到肩上，消失在芦苇丛里。然后她听见蛇人像女人一样尖叫起来。

她跑过西斯的尸体，来到斧子面前——斧子的把从蕨丛里伸出来。尤典娜急促地喘着气，转过身，发现自己孤身一人在三具一动不动的尸体旁边。有一会儿，尤典娜感到头晕恶心，但当她想到尤罗密在芦苇丛中的小路上有生命危险时，不由得叫了一声，跳过波的尸体，匆忙地向尤罗密赶去。蛇人的双脚横在小路中央，头在芦苇丛里。尤典娜沿着小路继续跑，直到来到拐弯处长满赤杨木的空地上，只见部落里剩下的人就像狂风后散落在地面上的枯叶，然后尤典娜越过土丘逃回去了。尤罗密正在和猫皮人殊死搏斗。

最后，猫皮人跑掉了，当尤罗密转身去和瓦好较量的时候，年轻的瓦好也跑了。尤罗密追着瓦好一直越过土丘才停下来。他非常愤怒，被木棍刺伤的肩膀隐隐作痛。当尤典娜看到尤罗密已经脱离了危险后，她才停下来，气喘吁吁地看着远处的人影一个个消失在山丘的另一面。一切都发生得太快了，一转眼，又是她自己一个人了。在栖息地，火兄升起缕缕青烟，就像十分钟以前老女人站在远处祭拜那只狮子时的情景一样。

过了很久，当尤罗密再次出现在山丘上时，他们兴高采烈，喘着粗气。他来到尤典娜身边。尤典娜站在部落里的人把她作为贡品祭献给狮子的地方，头发遮眼，脸颊通红，手里提着沾满鲜血的斧头。尤罗密见到她后大叫道："哇哦！"他的脸上洋溢着胜利的喜悦，挥舞着他沾着血和毛发的新武器。看到他泛红的脸，尤典娜紧张的神经一下放松了，她站在那里喜极而泣。

见尤典娜哭了，尤罗密心中泛起一阵奇怪的痛苦，他挥舞着斧子，不停地大声喊叫："哇哦！"他勇敢地呼唤尤典娜跟他回去。他挥舞着长棍，大步向部落走去，就像他从来没有离开过一样。尤典娜擦干眼泪，像一个女人该做的那样快步跟了上来。

尤罗密和尤典娜回来了，很久之前他们是从尤亚眼皮底下逃走的。部落里还剩下一只吃了一半的鹿，就像尤罗密和尤典娜走前的那只一样，而如今，尤罗密已经长成一个真正的男人，尤典娜也成了一个真正的女人。尤罗密坐下来开始吃，尤典娜也像个男人一样坐在他身边。部落里的人躲在安全的地方望着他们。过了一段时间，一个年龄稍大的女孩怯怯地抱着小西回来了，尤典娜叫着她们的名字，给她们食物吃。但那个女孩子很害怕，不敢上前，尽管小西挣扎着要去找尤典娜。尤罗密吃完后，坐在那里打盹儿，最后他睡着了。躲在附近的人们开始慢慢走出来靠近他们。当尤罗密醒来时，他发现除了男人们都不见了以外，其他都和以前一样。

现在，真实的情况令人诧异：在搏杀中，尤罗密忘记了自己的腿伤，而且不再跛了。但在休息之后，看，他又跛了，直到死都是跛足的。

猫皮人和第二个红发人以及瓦好——那个像他父亲一样灵巧地磨着打火石的小伙子，他们三个从尤罗密眼皮底下逃跑了，无人知晓他们藏到了哪里。但两天之后，他们回来了，躲在离部落很远的坚果林下的灌木丛里观察。尤罗密的怒气已消，他想去把他们赶走，但没有这样做。黄昏时分，他们走了。也就在那一天，他们在蕨叶丛里发现了那个老女人。尤罗密在追瓦好的时候偶然发现了她。老女人死了，死相丑陋，但尸首完整，连胡狼和秃鹫都不想喝她的血——她的确是一个不简单的女人。

第二天，那三个男人又回来了，这次躲的地方离部落更近了。瓦好逮了两只兔子，红发人打了一只林鸽，尤罗密站在女人前面嘲笑他们。

第三天，他们坐得更近了，手里不再有石头或棍子，他们又带来了猎物，猫皮人捕到一条鲑鱼。在那个时代，很少能捕到鱼，但猫皮人能连续几个小时站在水里一动不动，用手抓鱼。第四天，尤罗密心平气和地接受了这三个人回归部落，当然，也接受了他们的猎物。尤罗密享用了猫皮人捕到的鲑鱼。从那以后，尤罗密成了部落的首领，平静地统治着部落。后来，在命定的某个时刻，他也像尤亚一样被杀死，并被吃掉了。

一个发生在未来的故事

第一节 医治爱情

莫里斯先生生活在维多利亚时代。作为一位成功而明智之人，他系出名门，欣逢盛世，习惯阅读《泰晤士报》，去教堂做礼拜。步入中年，他怡然自得，对不如他的人总是流露出轻蔑表情。他还是这样一个人——所做的每件事情都那么恰当而得体，尤为符合既定常规。他总是着装体面，既不过于讲究，也不会衣衫褴褛，把握着良好的尺度。他经常向正规的慈善机构捐款，既不炫耀，也不吝啬，而是两者之间恰当的折中。他的头发总会被修剪至恰到好处的长度，非常合体。

一个处于他这样地位的人该有的体面的一切东西，他都拥有；而一切与他的地位不符合的东西，他一样都不沾染。

在其他体面的财产中，这位莫里斯先生还拥有一位妻子和几个孩子。当然，他们是那种正统的妻子和有良好教养的孩子，而且孩子的数量也刚刚好；依莫里斯先生之见，他们既不浮夸，也不轻浮；

他们穿着打扮既不时髦，也不挑剔，是那么的端庄朴素。他们住在舒适宜人却朴实无华的房子里，这是一座仿安妮女王风格的建筑，建于维多利亚时代晚期，墙体使用红褐色刷漆石膏的仿露木构造，用沃尔顿油毡纸仿橡木板，房屋前赤褐色的阳台仿造石头的样子而砌，前门采用教堂式半透明的拼花玻璃。他的儿子们被送去值得信赖的名校上学，然后被安排从事令人尊敬的职业；而他的女儿们，尽管强烈反对，还是被迫嫁给了门当户对的大龄青年，他们收入稳定，而且有着良好的发展前景。在事业、家庭一帆风顺之际，莫里斯先生去世了。他的陵墓是用大理石建造的，没有任何荒诞的赞美的铭文，威严而壮观——这正是他所生活时代的潮流。

在以下这些事情中，按合乎常规的习俗而论，他经历了各种各样的变化，在这个故事开始之前很久，他的骨头实际上已经化为尘土，连他的儿子们、孙子们、重孙们以及玄孙们也都已归于尘土，溃散四方。他从未幻想过，有一天就连他的玄孙们都会在风中化为乌有。要是有人向他提起这件事情，他会非常憎恶。他也是那些对人类的未来丝毫不感兴趣的可敬人物之一。事实上，他严重怀疑，人死后是否还有未来可言。

想象他去世后将发生的事情，似乎完全不可能，也很无聊。然而，事实却是这样的：他的玄孙去世、腐烂、被人遗忘，仿露木结构房屋的装饰灰飞烟灭。《泰晤士报》已不再出版，高顶礼帽变成荒唐可笑的老古董。莫里斯先生曾视之为神圣的、威严壮观的石头早已被煅烧成石灰制造研钵；莫里斯先生曾发现的所有真实而重要的东西已经枯萎消亡。但世界依然在继续，人类依然在生存，就像曾经的莫里斯先生那样，对未来，或者，事实上，对任何事情（除了自我与财产）都那么漠不关心，毫无耐心。

然而，说也奇怪，尽管莫里斯先生可能会对向他预言这一切的人怒目相向，但在这个世界上却有许许多多活生生的人，在他们的身体里流淌着莫里斯先生的血液。这点也适用于这则故事的读者诸君，你们的生命有朝一日也可能分散至世界各处，与成千的外族人杂居共存，难寻其迹。

在莫里斯先生的众多后代中，有一位几乎和他的祖先一样，思维敏锐，头脑清醒。他与19世纪的古人有着同样的矮胖体型。他的名字——莫里斯（因为语言的演变，在那个时代他会把自己的名字写为莫维斯）也是由他们得来的；他脸上有着同样轻蔑的表情。他也是一名成功人士，随着时间的流逝，他和他过去的祖先莫里斯一样，对“新兴”事物非常反感，而开始关注未来，关注下层阶级。但他不读《泰晤士报》，事实上，他并不知道曾有过《泰晤士报》——这家出版机构只在过去某个时间短暂存在；但是在他习惯性地早上盥洗时与他对话的留声机，也许是转世而来的布罗维兹处理世界事务时声音的那台。这部留声机的尺寸和形状与荷兰时钟大体相同，它正下方有一个电动气压指示器，一个电子时钟和日历，以及自动预约提醒——相当于时钟上的喇叭口。如果有信息的话，喇叭就会像火鸡一样“咯咯”叫，接着粗声粗气地讲出信息内容，这么说吧，那刺耳的声音简直就像嘶叫的喇叭。莫维斯一边穿衣打扮，一边听留声机用它饱满低沉而十足洪亮的声音向他汇报整夜发生的新闻，例如：通宵飞行的飞行器（这玩意儿现在全世界都是）出了事故，最近去西藏度假胜地的时髦人物，所有大垄断公司前一天召开的会议，等等。要是莫维斯对它讲的事情不感兴趣，只要按一下按钮，留声机便会稍作停顿，继而谈论别的话题。

当然，莫维斯的盥洗间也与他祖先的截然不同；他们的衣服也不同，如果让他们穿对方的衣服，很难说他们之间到底谁会更吃惊或者痛苦。莫维斯绝对宁愿赤身裸体，也不愿戴着高顶礼帽，穿着双排扣长礼服、灰裤子，挂着表链——过去这些曾让莫里斯保持着庄重与自尊。莫维斯根本不需要刮胡子，因为很久以前一位技艺娴熟的医师已经帮他把脸上所有的胡须连根清除掉了。他的双腿包裹在舒适的外衣里，这件外衣由粉色和琥珀色的密封材料制成，使用者只需通过设计精巧的小打气筒充气就能让它整个儿膨胀起来，穿上后它看起来就像健壮的肌肉。他常在这件衣服外面套着风衣，里面穿着琥珀色丝绸上衣，这样就算在忽冷忽热的恶劣天气里，他也能凭借这层空气有效地避免气温变化带来的伤害。他还要披一件绯红色的斗篷，斗篷的边缘奇妙地卷曲着。头上被巧妙地修剪得一丝不留，他量身定做了一顶鲜红色的舒适小帽，里面充满氢气，被吸力牢牢扣在脑袋上，就像一个古怪的鸡冠。他头脑清醒，穿着得体，一切准备就绪，准备好用平静的眼神来面对他的人类同胞了。

这位莫维斯——称人“先生”以示尊敬这一古老习俗早已过时——是风向标和瀑布托拉斯集团的一名官员。这是一家拥有世界上所有的风轮和瀑布的大型公司，它汲取一切水源，供给未来人类所需要的全部电能。莫维斯住在一个舒适的大公寓里，在伦敦第七大道旁一家豪华宾馆的第十七层。家务和家庭生活随着礼仪的不断发展和完善，在很久以前已经不需要了；实际上，房屋租金和土地价格的稳步增长，家庭奴仆的消失，烹饪技术的逐步精巧，使得维多利亚时代独立的永久性居住地变得不再可能，即使有人渴望有那样一块荒凉的蛰居之处。经过一番穿着打扮，他走向公寓两扇门中的一扇——这两扇门在相反的方向，每扇门上都标有一个超大的箭头，一个指向这边，一个指向那边——按动按钮打开门，眼前是一条宽阔的走廊，走廊的中央摆放着椅子，他以平稳的步调走向左边。他看到其中一些椅子上坐着衣着华丽的男男女女，向一位熟人点头致意——早餐前交谈并不符合当时的礼节——然后自己也在其间的一张椅子上就座。没一会，他就被带到一个电梯口，下至气势磅礴的华丽殿堂，这里会为他自动供应早餐。

这里的早餐与维多利亚时期的早餐大为不同。在维多利亚时代，粗糙的大块面包需要切片，然后涂抹动物油才美味可口；早餐的肉类只能说是动物碎片，仿佛还能看出刚宰杀了不久就被恐怖地肢解、烧焦；鸡蛋是从反抗的母鸡体内无情地夺出来的——虽然所有这些东西是维多利亚时代的家常便饭，但它却令当今这些思想高尚的人们感到恐怖与恶心。取而代之的是糊剂与口感极佳、各式各样的蛋糕，无论是在颜色上还是在形式上都看不出任何可怜的动物的痕迹，即使他们的食物与饮料是从动物身上提取的。这些饮食被盛放在小碟子里，从桌子一侧的小盒子中沿着轨道滑出来。对于一个19世纪的人而言，餐桌表面应该铺着一层质地精良的白色锦缎，但这里，通过手感与观察可以判断，桌子的表面其实是一种氧化金属，能在用餐后立即清理干净。大厅里有上百张这种小餐桌，其中很多旁边都坐着现代公民，或独自一人，或成群结伴。正当莫维斯就座，准备享用面前讲究的饮食时，刚才还在幕间休息的隐形管弦乐队开始了演奏，美妙的音乐回荡在空气中。

但是，莫维斯并没有表现出对早餐或是对音乐的极大兴趣；只是目光在大厅里来回游离，像是在期盼一位迟到的客人。最后，只见他急切地站起身来，挥舞着手臂，与此同时，大厅对面出现了一个高大的黑影，穿着黄色与橄榄绿色的衣服。这个人以缓慢而均匀的步调在桌子中间穿行，随着他的靠近，他那苍白严肃的脸和异常专注的眼睛便显现出来。莫维斯回到自己的座位上，指着身边的一张椅子，示意他入座。

“我还担心你不会来了呢。”他说。尽管中间经历了许多年代，但将来的英国语言几乎与当前的毫无二致。在将来，书籍逐步被留声机之类的新发明取代了，这不仅预防了人类视力的衰退，而且还遏止了我们现在看来无法避免的口音变化进程（因为有统一的语音标准）。

“我被一件很有趣的事情给耽搁了，”这位穿着黄绿色衣服的人说，“一位杰出的政治家——呃哼（清清嗓子）！——操劳过度。”他扫视一眼早餐，随即坐下。“我已经连续 40 个小时没有合眼了。”

“哦，天哪！”莫维斯说，“真想不到！你们这些催眠师可真忙。”

催眠师为自己取了一些诱人的琥珀色果冻。“我只是恰巧特别受欢迎而已。”他谦逊地说。

“真不知道没你们的话，我们该怎么办呀。”

“哦！我们并没你说的那么重要，”催眠师品味着果冻的滋味说道，“过去数千年来没有我们世界不也好好的吗？200年前甚至连一个催眠师都没有！实际上，就是这样的。成千的内科医生，当然——多半是极其粗鲁的拙劣之人，像羊群一样，一个跟着一个——但是精神医生，除了几个经验主义的糊涂人外，一个都没有。”

他全神贯注地细细体味他的果冻。

“但是如果人们都是神志健全的……”莫维斯开始问。

催眠师摇摇头：“在当时，如果他们有点愚蠢或挑剔都没有关系。那时的生活非常安逸，谈不上竞争——完全没有压力。要是有什么事的话，那个人肯定非常偏执。你知道，接着他们就会迅速把他关进疯人院。”

“我懂，”莫维斯说，“在这些大家都司空见惯的历史传奇中，他们总是拯救一位漂亮的女孩脱离疯人院之类的地方。不知道你是否也插手这种破事。”

“不得不承认，我确实也插手这种事，”催眠师说，“我听说19世纪时男人很强壮，女人很单纯，那是一个离奇有趣，充满冒险，而又半开化的时期；这些男男女女的生活总让我吃惊。我尤其喜欢神气活现的故事。他们生活的时代真让我觉得好奇，黑漆漆的铁路，喷着浓烟的钢铁老列车，古怪的小木屋和马拉车。我想你不读书吧？”

“天哪，怎么可能！”莫维斯回答说，“我是在一所现代学校接受的教育，我们以前根本没有这种老掉牙的鬼事。留声机对我来说就足够了。”

“当然，”催眠师接道，“当然！”他审视着餐桌，考虑下一个吃什么。“你知道，”他说着，选取了一份看起来不错的深蓝色的蜜饯，

“那时，简直没想过会有我们这种职业。我猜，要是有人告诉他们200年后会有一类专业人士可以通过催眠使事情铭记在心，或抹去不愉快的记忆，控制或克服不良的冲动，他们肯定不会相信。很少有人知道，在催眠状态下施加给人的命令——即使是一个让人遗忘或者是产生渴望的命令——都是为了使人在催眠结束后遵从这个命令。然而，那时却有人能够向他们预言即将降临的事情，就像……哦，就像金星凌日一样绝对准确。”

“他们当时就知道催眠术吗？”

“哦，天哪，是的！他们用催眠术来实施无痛牙科手术，或者做诸如此类的事儿！这蓝色的东西还真好吃，它叫什么？”

“我压根就不知道它叫什么，”莫维斯说，“但我承认它的确好吃，你多吃点。”

催眠师赞不绝口，还赏识地停了停。

“说起这些历史传奇，”莫维斯尽量以一种轻松而不拘小节的方式说道，“让我……呃……想起了一件事，当我询问你时，这件事已经在我脑海中……我表示希望能见你。”他停了下来，深深地吸了一口气。

催眠师转过头，用一种专注的眼神看看他，又继续吃了起来。

“事实上，”莫维斯说，“事实上……我有个……有个女儿。哦，你知道，我为她……呃……提供了非同寻常的教育机会。她的课程——我专门为她聘请了有才干的教师单独授课，教她礼仪、跳舞、行为举止、聊天的艺术、哲学和艺术批评。”他的一个手势，表明了他受天主教文化影响。“我本打算将她嫁给我的一位非常要好的朋友——照明委员会的宾登——一个坦率的小伙子。你知道，虽然他的一些行为举止让人有点不快，但他确实是个优秀的同伴——一个出色的人。”

“嗯，”催眠师说，“接着说。那么她多大年纪了？”

“18 岁。”

“一个让人不放心的年纪。嗯？”

“是啊，她似乎已经沉溺于这些历史浪漫传奇了——有点儿过度了，甚至疏忽了她的人生观。她对那些打仗的士兵充满了无以言表的荒唐想法——他们叫什么来着？——伊楚利亚人吗？”

“埃及人。”

“埃及人——很有可能。用剑和左轮手枪之类的东西到处杀戮——血流成河——太恐怖了！——在猎鱼雷舰上到处走动的暴躁小青年——我想，是西班牙人——之类的另类的冒险家。她脑海中为爱结婚的想法已根深蒂固了。可怜的小宾登——”

“我也遇到过类似的情况，”催眠师说，“那个她喜欢的年轻人是谁？”

莫维斯保持着一脸无可奈何的平静。“你有充分的理由可以询问，”他说，“他是——”他羞愧地降低了声音，“只是从巴黎起飞的飞行机器降落的驿台上的一名乘务员。就像爱情故事中传说的——他仪表堂堂，非常年轻，卓尔不群。他喜欢古董——能说会道！她也同样能说会道。他们并非像普通人那样打电话交流，而是互相寄信——寄的是什么？”

“是乐曲吗？”

“不，不是乐曲……呃——是诗歌。”

催眠师扬起他的眉毛：“他们怎么相识的？”

“她从在巴黎起航的飞行机器上下来时被绊了一下，正好跌入他怀里。命运的恶作剧就从这一刻上演了！”

“是吗？”

“嗯，就是这样的。这件事必须得阻止。这正是我想向你咨询的。我们必须得做点什么？能做些什么呢？当然，我不是催眠师，我的知识有限。但是你——”

“催眠不是魔法。”这个穿绿衣服的人双手放在餐桌上说道。

“哎哟，的确如此！但是……”

“未经当事者同意是不能被催眠的。既然她坚决反对嫁给宾登，她就会坚决反对被催眠。但是她一旦被催眠——即使是被别人催眠的——事情就办成了。”

“你可以——”

“嗯，那当然了！一旦她对我们言听计从，我们就能给她暗示，让她必须嫁给宾登——那就是她的造化了；要是那个年轻人令人反感的话，当她看到他时会头晕目眩，或出现其他诸如此类的反应。或者，要是我们能够进入她足够深层的催眠状态的话，就能暗示她完完全全忘掉那个乘务员——”

“一点也不错。”

“但是问题的关键是怎么才能把她催眠。当然了，她肯定不会听你的建议，因为很可能她在这件事上已经不信任你了。”

催眠师手托着下巴思索着。

“劝说不动自己的女儿，真的很辛苦啊。”莫维斯无可奈何地说了句。

“你必须告诉我你女儿的姓名和住址，”催眠师说，“以及所有与这事相关的信息。而且，我得顺便问问你，这件事情有没有涉及钱？”

莫维斯犹豫不决。

“她母亲将一大笔钱——事实上，相当可观的一笔钱——投资于专利道路公司。这正是使事情变得令人烦恼的原因。”

“正是。”催眠师说。接着他继续询问莫维斯整件事情。

这是一次漫长的面谈。

而这期间，“伊丽莎贝·莫维斯”（她这样写自己的名字），或者“伊丽莎白·莫里斯”（作为一个19世纪的人应该这样书写），正坐在巨大的驿台下一个安静的等待区内，这个驿台是从巴黎起飞的飞行机器降落的地方。她旁边坐着她那高挑而英俊的爱人，他正在给她读那天早上在驿台值班时写的诗。他读完后，他们静静地坐了一会；接着，当天早上从美国起飞的巨大飞行机器飞过天空，猛地从天而降，像是专门为他们提供的消遣。

起初，它只是远处朵朵白云间的一个小小的淡蓝色椭圆；继而，迅速变得又大又白，越来越大，越来越白，直到他们看清数百英尺宽、支撑着机体的一层层机翼，最后，连摇摆的星罗棋布排列的乘客座位都能看得清清楚楚。虽然它是在降落，但看起来像是冲向天空，穿越过它身影下的城市建筑，向他们飞跃过来。他们听到汽笛声在周围的空气中回荡，它鸣响尖锐刺耳的警报声，通知陆台上的乘务员，它要着陆了。随后它远去，鸣笛声骤然下降了几个八度。

天空又呈现出一派空旷与明净，她又一次转过妩媚的眼睛，痴痴地望着身边的登顿。

沉默被打破；登顿用英语支离破碎地说了几句，他们认为这是他们的私有财产，尽管这几句话在创世之初就被恋人们使用。登顿告诉她说，有一天他们会克服各种艰难险阻跳向空中，飞到他所熟知的那个幸福的、阳光普照的国度——日本，那里几乎是世界的另一端。

尽管她热爱这个梦想，但是她却害怕那一跃；她敷衍登顿道："终会有这么一天的，亲爱的，总会有的。"他请求道，这也许会很快的。最后传来了一声尖锐的汽笛声，他该回到驿台，回到自己角色的时间到了。他们分开了——尽管这是几千年来恋人们都不愿面对的一个现实。她沿着走廊走进一个电梯，由此来到了现代伦敦的一条街道，所有露天的地方都装着玻璃，城市的各个地方都连续有移动的站台。通过其中的一个站台，她回到了自己的公寓，这是一家女性酒店。这个公寓可以和世界上所有顶级演讲家都进行电话通信。然而，飞行驿台的光芒还是在她的心头挥之不去，而与此相比，那些所有世界顶级演讲师的智慧看上去都是那么的荒唐与讽刺。

中午，她一般会在健身房，并且会和其他两位女士以及她们的监护人一起用餐。生活在社会中上层，没有母亲的女孩都会有一个监护人，这是习俗。那天，有位男士过来看望这个监护人。他穿着黄绿色的衣服，长着一张白皙的脸庞，一双眼睛炯炯有神，说起话来让我们很惊讶。此外，他还开始赞美一部新的历史性浪漫传奇，而这是当时其中一名最佳故事演讲家刚刚讲到的。故事发生在维多利亚女王那个遥远的年代，和其他令人愉悦的新奇故事相似的是，作者在创作故事的每一部分时都做了内容提要，试图模仿老式的章节标题形式。比如说，“皮姆利科的出租马车的车夫如何能对抗维多利亚公共马车的车夫，那就是在宫殿的庭院中进行一场伟大的决斗”，还有“皮卡迪利大街的警察怎么会在执勤中被杀”。这个穿黄绿色衣服的人欣赏这种创新的手法。他说：“这些精练的句子是值得钦佩的，乍一看，它们似乎展示出这个轻率混乱的年代，人和动物都拥挤在这些肮脏的街道，死亡可能随时会到来。当时的生活就是这样！当时的世界看起来是多么壮观多么精彩！但是这仍是绝对未开化世界的一部分。现在，我们没有幻想，过着平淡的，井井有条的生活。耐力和信念等所有的高尚品质似乎和人们渐行渐远。”

如此等等，他带着那位女士的想法，直到过上他们的那种生活，即生活在22世纪繁杂的大城市——伦敦，偶尔匆匆忙忙去世界各地短暂旅行。和以往丰富多彩的生活相比，这是多么枯燥乏味。

刚开始时，伊丽莎白还没说话，但是没过一会儿，由于话题很吸引人，她也偶尔羞涩地插上几句。但是他只顾着自己说话，似乎没有注意到伊丽莎白。他接着聊那能够为别人提供消遣的新方法。她们听得很着迷，一些提议被精巧地提出，使得她们有一种生活在古代的感觉，在那时她们如现实般栩栩如生地演绎着一些浪漫戏。最后，她们醒来时，还记得所有经历的事，恍若真的发生过一般。

“这正是我们年复一年所追求的，”催眠师道，“实际上，这只是人造的梦境。最终也是被我们所了解的。想一想它向我们展示的全部——我们丰富的经历，再次冒险及我们肮脏充满竞争的生活中的庇护所！想想吧！”

“你可以这么做！”女监护人急切地说道。

“最终这件事还是有可能的，”催眠师说道，“你可以按照自己的意愿选择一个梦境。”

女监护人是第一个被催眠的，她说在她再次进入梦境的时候，简直太美妙了。

受到女监护人的鼓舞，另外那两位女士也将自己交到了催眠师的手中，回到了浪漫的过去。没有人建议伊丽莎白去尝试这种新颖的娱乐项目；最终是在她自己的请求下才被带进自己的梦境，那里没有丝毫的自由和意愿可言……

接下来悲剧发生了。

一天，登顿来到飞行驿台下方僻静的座位上，发现伊丽莎白并没有出现在她平时坐的地方。他非常失望，还有点生气。第二天，伊丽莎白还是没来，第三天亦是如此。这时登顿有点担心了。为了掩饰他内心的恐惧，登顿在伊丽莎白本该再次出现的时候开始专门为她创作十四行诗……

他这样持续了三天用写诗来分散自己的注意力，对抗心中的恐惧，而现实却如此清楚而冷漠地摆在他的面前，想逃都逃不掉。也许，她是生病了，也许，她是去世了；但是，他却不愿相信伊丽莎白背叛了他。他又这样痛苦地过了一个星期。后来，他发现伊丽莎白是他在世上唯一值得拥有的东西，无论希望多么的渺茫，他都必须去寻找伊丽莎白，直到再次找到她。

他有点私人积蓄，因此他放弃了在飞行驿台上的职位，全身心投入到寻找这个女孩上，这个对他来说最终就是整个世界的女孩——他不知道她住在哪里，甚至连她生活的处境也一无所知。而这正是伊丽莎白少女时代浪漫欢乐的一部分，即他对她一无所知，且对他们身份的差异也一无所知。在他面前，城市的道路是东西南北纵横交错的。即使在维多利亚时代，伦敦也是一个迷宫，那时小小的伦敦仅有微不足道的400万人口；但是此次他探索的伦敦，一个22世纪的伦敦，是一个足足有3000万人口的大都市。刚开始，他精力充沛，轻快，废寝忘食。他连续找了好几周甚至是好几个月，几乎体验了一切可以想象的怠倦与绝望，喜悦与愤怒。过了许久，希望渐渐地破灭了。他仅凭着渴望的惯性继续来来回回地寻找着，凝视着一张张的脸，不断变换着方式看过来看过去。无论是电梯还是走道上，人们熙熙攘攘、络绎不绝。

最终，幸运女神终于眷顾了他，他终于遇见了伊丽莎白。

那天正是某个节日，他饿了。他付费后来到这座城市一所豪华的晚宴场所；他挤到了餐桌边，出于习惯，仔细地打量着所经过的每一个人。

他静静地站着，没有一丁点力气动弹，他张着嘴，眼睛睁得大大的。伊丽莎白在离他只有区区20码的地方坐着，直直地盯着他。伊丽莎白的眼神是那么冷酷无情，那么呆板，又是那么陌生，仿佛一尊雕塑。

伊丽莎白盯着他看了一会儿，然后又将目光挪开了。

如果仅凭伊丽莎白的眼光来判断的话，他怀疑这到底是不是伊丽莎白，但是他熟悉她的手势，熟悉她转头时浓密微曲的头发掠过耳鬓时的优雅姿态。此时有人找伊丽莎白说话，她微笑着轻轻扭过头，面向她身边的男士。这是个穿着傻气的矮个子男士，衣服鼓胀，向外戳着，就像在某种爬行动物的头上安了一个充气兽角——他就是宾登——伊丽莎白父亲的选择。

登顿呆呆地站着，怒目而视；然后他感觉有点出奇地虚弱，他坐在一张小桌旁边，背对着伊丽莎白，有那么一会他竟然不敢再多看伊丽莎白一眼。最后，就在他鼓足勇气看她时，伊丽莎白却和宾登还有其他两个人起身准备离去。另外两位一位是伊丽莎白的父亲，一位是她的女监护人。

登顿呆坐在那里，无能为力，直到那四个人越走越远，最后消失。他突然萌生了一个念头——追。由于过了一段时间，他担心追不上，可是就在穿过城市中的移动站台的一条街道时，登顿再次遇上了伊丽莎白和她的女监护人。此时宾登和莫维斯已经不在了。

登顿再也耐不下性子。他觉得他必须直接说出来，否则宁愿去死。他走上前去来到她们坐的地方坐下。他白皙的脸上不时地抽搐着，洋溢着异常兴奋的表情。

登顿把手搭在伊丽莎白的手腕上。深情地说："伊丽莎白？"

伊丽莎白着实吃了一惊，被眼前突然出现的男子吓了一跳。

"伊丽莎白，"他喊道，发出的声音自己都觉得陌生，"亲爱的——你还认识我吗？"

伊丽莎白的脸上写满了惊慌与困惑，把登顿甩到了身后。那个头发有点银灰色的女监护人灵活地移动着，前倾着插在了两个人之间。她用坚定明亮的眼神打量着登顿。"你在说什么？"她问道。

“这位女士，”登顿说，“她认识我。”

“亲爱的，你认识他吗？”

“不，”伊丽莎白用一种陌生的声音说道，此时她把手搭在前额上，像在背课文似的说道，“不，我不认识他。我知道——我不认识他。”

“可是——可是……你说你不认识我！是我啊——登顿！登顿啊！你曾经常常和我聊天。难道你不记得飞行驿台了吗？在户外的一个窄窄的座位上？那些诗——”

女监护人敏锐的目光在他们之间来回晃动。“看见了吗？”她略带一丝笑意道，“她不认识你。”

“我不认识你，”伊丽莎白说，“这点我很确定。”

“可是，亲爱的——那歌曲——那小诗——”

“她不认识你，”女监护人说道，“你一定……你一定是搞错了。你不能再去找她说话了。你不能在大庭广众之下骚扰我们。”

“但是——”登顿乞求道。片刻间，他那悲伤憔悴的面庞写满了对命运的不满。

“你不能再执拗了，年轻人！”监护人抗议道。

“伊丽莎白！”他哀求道。

伊丽莎白的脸上满是经受折磨后的痛苦表情。“我真的不认识你，”她双手捂着脸哭诉道，“哦……我真的不认识你！”

登顿目瞪口呆地坐了一会儿，然后他站了起来，大声地呻吟起来。

登顿朝着远处大马路边的玻璃屋顶做了一个怪异的祈求姿势，

接着转身漫无目标地扎进了一个个移动的站台，消失在站台上来来往往的人群中。那个女监护人眼睛一直盯着他，然后才回过来看看她眼前的这张充满好奇的脸。

“亲爱的，”伊丽莎白紧紧地抓着她的手问道，她刚才只顾走路没有留意，“那个男的是谁？那个男的到底是谁？”

女监护人皱了皱眉头，用清晰的声音说道：“是某个智障人士，以前从没遇到过。”

“真的从来没有吗？”

“从没有，亲爱的。别为这事自寻烦恼了。”

此后，这位身着黄绿色衣服的著名催眠师又迎来了另一位顾客。一位年轻的男士走进他的咨询室，脸色苍白，思绪混乱。“我想要忘记，”他说道，“我必须要忘记。”

催眠师平静地看着他，仔细审视着这个人的面容、衣着和举止，“要忘记任何事情——快乐的或是痛苦的——也就是让自己尽可能去不在意。不管怎样，你知道你应该考虑什么。我的收费可是很高的。”

“只要我能够忘记——”

“这对你来说太简单了。因为你希望那样。但是最近，我做了些更为艰难的事情。我很不想去这么做：所做的事情违背了被催眠者的意愿。和你一样，也是一件关于爱情的事情。一个女孩。那么，过来坐好吧。”

这个青年男士走过来坐在催眠师旁边。他故作镇定，行为举止中流露出一种强制的冷静，盯着催眠师的眼睛。“我会告诉你。当然你也想知道是怎么回事。有一个女孩，她的名字叫作伊丽莎白·莫维斯。呃……”

他停了下来，因为他看见催眠师脸上闪现的诧异。就在那一瞬间他明白了，于是站起来紧紧地抓住身穿黄绿色衣服的这个人的肩膀。一时间，竟然说不出话来了。

“把她还给我！”最终他终于说出口了，“把她还给我！”

“什么意思？”催眠师气喘吁吁地问道。

“把她还给我。”

“把谁？”

“伊丽莎白·莫维斯——那个姑娘——”

催眠师努力挣脱，站了起来。登顿抓得更紧了。

“我们走！”催眠师一边喊叫，一边用胳膊去戳登顿的胸膛。

那会儿，这两个人笨拙地扭在了一块。他们丝毫没有接受过训练——除了展览或是为赌博提供机会，竞技运动早就在人间消失了——但是登顿不但比他更年轻而且更强壮。他们摇摇摆摆地穿过了房间，接着那个催眠师被他的对手摁在了地上。然后他们一起摔倒了……

登顿迅速站了起来，为自己的狂暴感到惊愕，但是那个催眠师静静地躺在那里，突然，在他的前额碰到凳子留下白色印记的地方，快速地出现了一道红红的血痕。一时间，登顿站到他旁边，六神无主，战栗发抖。

对后果的恐惧渐渐袭上他的心头。登顿转向门口。“不！”他大吼道，然后又回到房子的中间，努力克服那种本能上的抵触情绪，而他此前从未在自己的生活中见到过这样的暴力行为。他跪在他的对手旁边，摸了摸对手的心跳。然后他凝视着伤口，静静地站了起来仔细观察，他开始更深入地明白是怎么回事了。

不久，催眠师渐渐恢复了知觉。他头疼得厉害，背靠在登顿的膝盖上，登顿正在擦拭着他的脸。

催眠师沉默不语。但是不久，一个姿势暗示他，在他看来已经擦拭够了。“让我起来吧！”催眠师说道。

“不着急。”登顿答道。

“你袭击了我，你这个恶棍！”

“只有我们两个人，”登顿说，“门是安全的。”

催眠师开始思考，其间谁也没有说话。

“要不是我帮你擦拭，”登顿说，“你的前额将出现大块的瘀肿。”

“那你接着擦吧。”催眠师闷闷不乐地说道。

又停顿了片刻。

“我们有可能处在石器时代，”催眠师接着说道，“暴力！冲突！”

“要是在石器时代，没人敢去触碰男人和女人之间的事情。”登顿道。

催眠师又再次陷入思考。

“你准备怎么做？”他问道。

“当你昏迷的时候，我从你的便笺上发现了那个女孩的地址。我之前一点都不知道。我打过电话了，她一会儿就到。然后——”

“她会和她的女监护人一起过来。”

“那没关系。”

“但是什么——我不明白。你打算做什么？”

“我也在四处找寻一件武器。当今的武器真是少得令人吃惊。若你想象一下在石器时代，男人们什么也没有，只有武器。最后，我突然想到这盏灯。我拧下电线及其他东西，就这样抓着它。”他把这东西伸过催眠师的肩膀说，“用这东西，我可以轻而易举地敲碎你的头颅。我会这样做——除非你按照我说的去做。”

“暴力解决不了问题。”催眠师说，这句话引自《现代人的道德准则》一书。

“这是讨厌的顽疾。”登顿答道。

“是吗？”

“你去告诉那位女监护人，你会让那女孩嫁给那个红发貂眼、满脸疙瘩的矮个子禽兽。明白了吗？”

“的确——明白了。”

“你得假装那么做，但是事实上你是在唤起她对我的记忆。”

“这也太异想天开了吧。”

“听着！如果我不能得到那个女孩我宁愿去死。别打你的如意算盘和我耍花招了。如果有丝毫差错，你活不过五分钟。虽说这只是一个粗陋的武器，但会让你死得很痛苦。我一定会杀了你的。这很不正常——我知道，当今世界做不出这样的事情——主要是因为生活中几乎没有值得用暴力去解决的事情。”

“女监护一来就会看到你的——”

“我会待在隐蔽处，就在你身后。”

催眠师想了想。“你真是个坚定不渝的年轻人，”他说道，“只是有点粗鲁。我已经对我的客户尽职尽责了，但是在这个事情上你看起来想用自己的方法解决……”

“你必须老实对待这件事。”

“我才不愿为这种小事冒着被敲碎脑袋的风险呢。”

“那么接下来呢？”

“没有什么比诽谤更令催眠师或是医生厌恶的了。至少我不野蛮。我最厌恶……但是大概在这一天内我还是没有恶意的……”

“谢谢，既然我们都相互理解了，就没有必要让你继续坐在地板上了。”

第二节　空旷的国度

有人说，19 世纪这 100 年间世界发生的变化要远比此前 500 年发生的变化大得多。19 世纪是人类历史上一个新纪元的开端——是大城市兴起，旧乡村生活结束的时代。

在 19 世纪初，大多数人依旧居住在乡下，他们的生活方式代代相传。后来他们渐渐生活在世界各地的小城镇和村庄，要么直接从事农业生产，要么在农学家指导下劳作。他们居住在离工作近的地方，很少出门旅游，因为那时候快捷的交通工具尚未发明。只有少数人外出旅游，他们要么是徒步旅行，要么是乘坐速度极慢的帆船，要么就是骑马，而顶多一天只能出行 6 英里。仔细想想！——一天才 6 英里。在那个慵懒落后的年代，世界各地，只要这个城镇是个港口或是政府的行政中心，那么它的规模都会比与它相邻的城镇规模要大一点；但是在当时所有的城镇中，居民人口超过 10 万的也屈指可数。19 世纪初的社会生活大致如此。等到了 19 世纪末，随着火车、电报、轮船、综合农业机械的发明，一切都变了，改变之大远远超出了人们的预期。较大城镇之中的大型百货商场，各种娱乐消遣项目以及数不清的便利设施突然出现。这样一来，形成了与乡村自给资源的竞争。人们都纷纷受到城市生活不可抵挡的诱惑。随着机械设备的不断增多，对劳动力的需求下降了。当地的市场被整个取代了，开阔田野被毁坏，一些大型的购物中心雨后春笋般迅猛增长。

在维多利亚时代，人口开始向城镇流动，这一社会现象成了作家们关注的永恒焦点。在大不列颠和新英格兰，在印度和中国，也同样谈论着这样的事情：几乎每个地方，小城镇不断膨胀，很快就取代了那些旧秩序。这就是旅行和交通方式得到改善后所带来的不可避免的结果。鉴于运输方式如此灵活快捷，那些改善和提高一定会很快实现；而最不成熟的计划就是克服城市中心的神秘吸引力，让人们生活在乡村里。

然而 19 世纪的发展仅仅是新秩序的开端。新时代的第一批大城市糟糕极了，生活异常不便，烟雾弥漫，肮脏又嘈杂；但是新型建筑方法和供热方式的出现，改变了这所有的一切。在 1900 年到 2000 年间，改变的进程仍在加速进行，而在 2000 年到 2100 年间，不断加速的人类发明已经使美好的维多利亚时代成为一幅几乎让人难以置信的山水田园般的宁静安详的生活景象。

铁路的发明虽然只是那些迁移方式发展历程中的第一步，但后来却彻底改变了人们的生活。到 2000 年，铁路和公路都已经消失了。

铁路线上的钢轨都被盗走了，剩下的路基杂草丛生，从高处看去就像印在地表上的道道齿纹。那些陈旧的公路，由燧石和土壤拼凑出的怪异的原始道路，是由人工捶打出来的或是由粗糙的压路机轧出来的，路面满是污秽，铁蹄或是轮毂在路面上压出的凹槽，混杂着泥浆有好几英寸深。有种专利轨道，是由一种叫作伊德罕米特的物质构成，它取代了原有的铁路和公路。这个伊德罕米特是根据专利获得人命名的，这项专利和印刷术还有蒸汽机技术并列于世界史上具有跨时代意义的人类发明之一。

发现这一物质之初，伊德罕姆可能只把它当作印度橡胶的廉价替代品，花几先令就能造一吨。但是你绝对想不到这个发明会有什么作用。这是一个叫作瓦明的人的天才创意，他最先认识到这种物质不仅能够用来做轮胎，也可以做铺路的材料。他组织修建了许多条公路网，并迅速蔓延到整个世界。

这些公路都纵向分布，外环道的两边是脚踏车道，并规定交通工具经过时以低于每小时 25 英里的速度行驶；在中环道上，机动车可以提速到 100 英里每小时；内环道，瓦明（在众人揶揄之下）将其保留给机动车辆，其速度需在 100 英里每小时或者是更快。

连续 10 年来，他所设计的内环道都是空闲的。但是在他去世之前，这些内环道则是最拥挤的，许多拥有直径 20 到 30 英尺轮子的大型轻结构车辆年复一年地稳定提速，直至提到 200 英里每小时。到那时，这项革新已经完成了，一场与之并行的革命改变了不断发展的城市。实用科学发展之前，维多利亚时代的烟雾与污物就已经消失了。电力供热代替了火力供热（2013 年，用火力照明绝不仅仅产生废气，同时也是会招致控告的一件令人厌恶的事），现在所有的城市道路、公共广场或场合，都覆盖着一种最新发明的玻璃似的物质用来照明。伦敦上空的屋顶着实浑然一体地连在一起。某些眼光短浅、愚蠢的反对高层建筑的立法被废止了。伦敦——这座原来到处散布着矮小房屋的城市——设计极为脆弱陈旧——稳稳地矗立在那里，直指苍穹。市政府的职责除了对水、照明、下水道设施负责，还应该另外对通风设施负责。

然而，对未来生活的描述——说说这200年所带来的人类便利设施方面的所有变化，谈谈长期以来人们预测的飞行的创意，讲述人们的家庭生活是如何一步一步稳稳地为无止境的宾馆式生活所取代，最终就连那些始终重视务农的人们他们是如何来到城镇并每天来回奔波于家和工作地之间的，阐述一下整个英国最后怎么就只剩下四个人口过千万的大城市，以及人们是如何离开乡村只留下无人定居的屋子——可能读者诸君会觉得所有这些描述与我们刚刚讲述的爱情故事没有太多关联。那好吧，我们言归正传。他们分开了，但是又重聚了，但是他们没能结婚。登顿——都是他的错——没钱。而伊丽莎白在21岁之前也没有钱，因为只有等到21岁她才可以继承她妈妈的所有财产，这是当时的习俗，而她现在只有18岁。她并不知道她可以通过这种方式得到财富，而登顿实在是一个太软弱的恋人，根本没提议过这么做。因此他们深深地陷入了绝境。伊丽莎白说她很不开心，只有登顿可以理解她，如果离开登顿的话，她就会觉得凄凉悲惨；而登顿也说他的心整日整夜都牵挂着伊丽莎白。他们尽可能多地见面，这样可以相互安慰，分担忧愁。

一天，他们在飞行驿台处狭小的座位上见面了。此次见面的地点恰恰就是维多利亚时代从温布尔登出来的那条路。然而，他们却在500英尺高的上方。他们的座位看起来在离伦敦很远的上空。想要对19世纪的读者传达整个意思可能会很难。得告诉他们联想一下水晶宫，或是那些新建的“猛犸”酒店——正如那些小东西的名字——想想他们那个时代较大的火车站，想象这些建筑物按照巨大的比例被扩大，并且一起连绵不断地覆盖在整个大都市上空。如果当时他能够得知这些连绵不断的屋檐似的空间下林立着一大片旋转风轮群，他可能就不会那么欣赏对于那些年轻人来说司空见惯的事情。

在他们看来，这有点像监狱。就像之前聊了无数次那样，他们正在谈论如何才能逃脱出去，最终快乐地在一起。他们约定在三年之内从这里逃出去。要等上三年这个想法，他们也都认为不仅不可能，而且几近邪恶。“在那之前，”登顿说——嗓音的音节从伟岸的胸膛中迸出，“我们可能都已经死了！”

他们充满活力的年轻的手相互握着，然后一个较为辛酸的念头袭上伊丽莎白的心头，眼泪不禁从她那空明澄澈的眼睛中流出，划过圆润的面庞滴落下来。“我们中的一个人，”她说，“我们中的一个人可能会——”

她哽咽着，说不出来那个词——这对于年轻和幸福而言是多么的可怕。

然而，在那时候的城市中，结婚并一直过穷日子——对于任何一个曾有过幸福快乐生活的人来说——是一件非常可怕的事情。在18世纪就结束了的远古农耕时代，流行着一句漂亮的谚语：在小木屋里的爱情也可以很甜蜜。确实，在那个年代，乡村的那些穷人们居住在鲜花满地，有菱形玻璃窗的茅草和石膏修葺的屋舍中，周围散发着香甜的气息和泥土味，杂乱的树篱围绕着房屋，四处回荡着鸟儿的歌声，天空在头顶上不断翻腾变化着。但是这一切都发生了变化（这早在19世纪就已经开始了），而一种崭新的生活迎面扑向穷人们——那些生活在城市底层的居民们。

19世纪，底层的居民生活依旧，只是他们生活的土地要么是黏土或其他的不适宜耕种的土地，要么就容易发洪水或是暴露于从富裕地区飘过来的浓烟之中，要么水源不足，流行着上流阶层传播的传染性疾病，危害他们的健康。然而，在22世纪，城市楼层迅猛发展，建筑物云集，形成了截然不同的城市布局。富人们居住在城市建筑高层豪华的大酒店中，工人们则居住在较低的楼层或者是地下室。

那些生活在较低阶层人的生活得到改善，文明程度得到提升，与他们的祖先——维多利亚女王时代的东区人几乎没有什么不同；然而他们形成了自己独特的方言。在此过程中，他们生存、死亡，很少能够提升到上层生活，除非有体面的工作让他们高升。由于他们大多数人从一出生就生活在这样的境地中，因此很少会对此感到沮丧；但是对于像登顿和伊丽莎白这样的人，陷入这样的处境比死亡更加可怕。

“那么还有别的什么办法吗？”伊丽莎白问。

登顿假称不知道。除了自己内心微妙的情感，登顿并不确定伊丽莎白是否愿意借力于他人，来过上她幻想中的生活。

甚至从伦敦到巴黎的通道，伊丽莎白说，并不是他们的出路。

就像在世界其他任何城市一样，在巴黎，生活也会像在伦敦一样花费昂贵且可能性不大。

“好吧，”登顿大声扯着嗓子道，“我的挚爱，如果我们能够生活在那个年代就好了！如果我们能够生活在过去多好！”因为在他们看来，即使是19世纪的白教堂血案也会流露出一丝浪漫。

“真的没有别的办法了吗？”伊丽莎白喊叫道，突然又泣不成声，“我们必须得等上这漫长的三年时间吗？幻想三年——36个月啊！”人类耐心度是有限的，不会随着年龄而增长的。

忽然间，登顿把话题转移到一些早就在他大脑中闪过的想法。这一建议对他而言似乎太疯狂了，他知道自己不能完全当真。但是此时，这个想法似乎比以前任何时候都真实，完全有可能实现。于是，他决心说出来。

“假如，”他说，“我们去乡下会如何？”

伊丽莎白盯着他，看他是否是很严肃地提出这一冒险计划。

“乡下？”

“是的——在很远的地方。越过山冈。”

“我们该如何生存？”她问道，“我们居住在哪里？”

“这不是不可能的，”登顿回答，“人们过去都是生活在乡下的。”

“但是当时有房子。”

“那里现在只剩下乡镇的废墟了。当然，那些黏土地上的房子都已经不在了。但是牧场的房子依然留着，因为没有人会花钱让食品公司拆除这些房子。这一点我很清楚——很确定。另外，你知道的，有人从飞行机器上能看到它们。哦，说不定我们可以在其中的一个屋子里住下来，自己进行修葺。你知道吗，事情并不像看起来那么疯狂。那些每天外出务农和放牧的人们，或许只要我们付钱，他们就愿意为我们带来食物……”

伊丽莎白站在他的面前。“如果一个人真的能够……那是多么奇怪啊。”

“为什么不能？”

“但是没有人敢这么做。”

“没有理由啊。”

“那将会是——哦！会是多么浪漫与怪异。如果那可能的话。”

“为什么不可能？”

“有太多的东西。想一想我们所有的东西，还有那些我们会怀念的事情。”

“我们应当怀念它们吗？毕竟，我们的生活是很不现实的——很矫揉造作的。”他开始扩充自己的观点，越说越有激情，但这一提议最初具有的梦幻特质也越来越少。

她思考着说：“但是我听说过小偷——逃犯。”

他点了点头，疑虑了一会儿，满脸涨得通红，因为他觉得自己的回答有点孩子气。“我可以从我认识的人那里弄一把剑。”

伊丽莎白热情洋溢地看着他。她曾听说过剑，还在博物馆里见过一把；她脑海中想起在那远古的时代，男人都佩戴着这样一件东西，这是习以为常的事情。登顿的提议对她来说像是一个不可能实现的梦。很可能是出于这个原因她才想知道更多的细节。他继续设想大量的事情，告诉她，他们如何像古代的人们那样生活在乡村。

每谈到一个细节，都会让她更加感兴趣，因为伊丽莎白也是众多对浪漫和冒险充满幻想的女孩之一。

在我看来，在当天，他的提议对伊丽莎白来说似乎是一个不可能的梦，但是第二天，他们接着又聊起这个话题时，奇怪的是，伊丽莎白显得那并非不可能。

“首先我们需要食物，”登顿说，“我们能够随身带足 10 到 12 天的食物。”这是个浓缩人工食物的年代，这么荒诞的食物储存方式在 19 世纪是绝对不会有的。

“但是——直到有了我们的家，”她问道，“在一切准备就绪之前，我们应该睡在哪里呢？”

“现在是夏天。”

“可是……你是什么意思呢？”

“曾经有段时间，世界上没有房屋，所有人都是睡在户外的。”

“可现在是我们！荒郊野外，没有墙壁——没有天花板！”

“亲爱的，”他说道，“在伦敦，你有很多漂亮的天花板。艺术家们在上面绘画，还装饰有很多灯。但是我见过一个天花板，比伦敦任何一个都漂亮……”

“可是在哪里？”

“那是我俩单独相处时的天花板……”

“你是说……”

“亲爱的，”登顿说，“那是个被世界遗忘的角落，它就是苍穹上的点点繁星。”

他们每谈一次，似乎事情就变得越有可能，也让他们更加渴望。

大约一周，事情似乎已经很可能了。再过一周，这件事似乎明显成了他们必须去做的一件事了。对乡村生活极大的热情已经紧紧抓住了他们，占据了他们的思想。他们说，肮脏骚乱的城镇生活，已经使他们不知所措了。他们惊叹道，以前从未想到过这种能够帮他们解脱的简单方法。

几近仲夏的一天早晨，飞行驿台上来了一位新上任的小官员，他不知道登顿曾在他的岗位上工作过。

我们这两位年轻的主人公悄悄地结婚了，并毅然决然地准备走出这座城市，这座他们以及他们的祖祖辈辈世代生活过的城市。伊丽莎白穿着一条崭新的白色复古式连衣裙，而登顿则在背上横绑着一大包事先预备的食物，手上他拿着——真的相当丢脸，藏在他那紫色的风衣下——一件样式古老的工具，一种钢质的交叉剑柄的器具。

想象接下来会发生什么吧！在他们那个年代，不断延伸的维多利亚时代的郊区花园，肮脏的道路、简陋的房屋、种植着灌木和天竺葵的滑稽可笑的小花园，以及他们自命不凡的隐私却消失了，新时代的摩天大厦、机械方法、电力及自来水总管道一并消失了，就像一堵墙，一个高 400 英尺的悬崖一样，是那么突兀。城市周围到处都是食品公司的胡萝卜、甘蓝以及芜菁菜地，作为一千多种食物原料，野草和缠绕在一起的灌木篱笆都彻底地连根拔掉了。在那个狭隘、奢靡而野蛮的旧农耕时代，除草的成本一直在年复一年地上升。食品公司通过一场斩草除根活动大大地缩减了成本。到处都有一排排整齐的、修直挺立的野蔷薇和枝丫被刷白的苹果树，交织分割着田地。在有些地方，一片片巨大的刺果树上生长着他们钟爱的尖刺。到处都是大型的农业机械，罩在防雨布下面。来自韦河、莫尔河以及旺德尔河的水流交织在一起形成一个矩形河道；无论地面哪里稍微突起都会被净化的污水在那里形成一泓清泉滋润着大地，并在阳光下形成一道彩虹。

穿过磅礴的城墙上那雄伟的拱形门，便是通向朴次茅斯的伊德罕米特路。晨曦之中，载着食品公司身着蓝色服装的劳动者们去工作的车辆在这条路上川流不息。而登顿和伊丽莎白就像这车水马龙的街道旁两个缓慢移动的小圆点。隆隆作响的过时的小轿车沿着外环道缓慢行驶，在城市中大约 20 英里处还有人在执勤；内环道上是众多的机械装置——承载着 20 人的敏捷的独轮车；因负荷重而松垂的柔软而细长的多轮车、四轮车；日落之前将会返回来再次被装满的巨大生产车。这所有的一切都伴随着震动的发动机，无噪声的车轮以及喇叭与锣鼓那永无休止的狂热旋律。

沿着最外环道的边缘，我们的年轻人静静地走着，刚刚步入婚姻殿堂作为彼此的伴侣，不免有点古怪的羞涩感。当他们迈着沉重的步伐沿街走下去时，有许多人惊奇地对他们大呼小叫，因为 2100 年英国马路上的一位步行者就像 1800 年的一辆汽车似的，会让人们感觉很奇怪、很陌生。但是他们依然前进，用坚定的眼神望着乡村，毫不理会这种尖叫。

唐斯（英格兰南部和西南部的有草丘陵地）渐渐从南方出现在他们眼前，起初是蓝色的，随着他们靠近，渐变为绿色，顶部是一排巨大的风轮，用来增补城市上空空间的风轮，它们旋转的叶片在晨光中拉着长长的影子，打破了清晨的安宁。中午时分，他们已经能够看清到处都点缀着苍白的小点——那是食品公司鲜肉部门的羊群。接下来的一个小时里，他们经过黏土质的农作物田地。一排栅栏将他们围了起来，禁止非法侵入的禁令已经不可行了：平坦的小道连接着一条车辆拥挤的狭窄通道，由此他们能够离开栅栏，走过草坪，爬上开阔的山腰。

生活在未来的孩子们从来没有结伴去过这样一个偏僻的地方。

两人饥肠辘辘，腿脚酸疼——因为徒步对于他们来说是一种罕见的活动——随即，他们坐在毫无杂草的短茬草地上。第一次，他们回首望那座他们走来的城市，它在泰晤士河谷的蓝色雾霭中熠熠生辉。伊丽莎白有点害怕远处斜坡上那些没有圈养起来的羊群——她以前从来没有接近过无人看管的大型动物——但登顿向她保证，让她放心。头顶上，一只鸟摇曳着白色的翅膀盘旋在蓝天下。

之前他们的谈话并不多，吃完东西后，他们谈论起来。他谈及他们现在拥有的快乐，谈及他们愚蠢到没能早点儿逃离当下生活的巨大牢笼，谈及旧时一去不复返的浪漫日子。接着，他自吹自擂起来，顺手拿起旁边地上的剑，她从他手中拿过来，胆战心惊地用颤抖的手指顺着剑锋摸了摸。

“你会，”她说，“你——会举起剑来对付人吗？”

“为什么不会呢？如果有必要的话肯定会的。”

“但是，”她说，“这看起来很恐怖。用力的话……就可能会——”她的声音低沉下去，“流血。”

“在你读过的古老传奇故事中，经常会有……”

“哦，我知道，在那些——是的。但是这不一样。我们知道那不是血，只是一种红墨水而已……而你——杀戮！”

她疑惑地看着他，然后把剑还给他。

吃饱喝足休息好以后，他们起身继续向丘陵走去。他们经过一大群绵羊，距离它们很近。羊群盯着他们，冲这两个陌生人咩咩地叫。她以前从未见过羊，战战兢兢地想，这群温柔的小生灵终将被杀掉做食物。远处传来牧羊犬的吠声，接着，一位牧羊人从远处风轮的方向出现了，向他们走来。

当他靠近时，他大声呼喊，问他们要去哪里。

登顿犹豫了一下，简略地说他们要在唐斯寻找一些荒废的房子，并在那儿住下来。他尽量说得平淡不惊，就像是在做一件平常的事。那个男人却用怀疑的眼神盯着他们。

“你们是不是犯什么事了？”他问。

“没有，”登顿说，“只是我们再也不想生活在城市中了。为什么我们非得住在城里呢？”

牧羊人无比怀疑地盯着他们。“你们不能住在这儿。”他说。

“我们只是试试。”

牧羊人看看他，再看看她。“明天你们必须回去，”他说，“暖暖的阳光照得人真舒服……确定你们什么都没干吗？我们牧羊人和警察没关系。”

登顿坚定地看着他。“什么都没干，”他说，“不过我们太穷了，没办法在城市里生活，我们没办法忍受穿着蓝色帆布衣服做苦工。我们打算在这里简简单单地过日子，就像我们的先辈那样。”

牧羊人胡子拉碴的脸上露出沉思的表情，瞥了一眼美丽又虚弱的伊丽莎白。

“那时候的人思想很单纯。”他说。

“我们的思想也很单纯。”登顿说。

牧羊人笑了笑。

“沿着这里继续往前走，”他说，“顺着风轮下的山顶，你会在你的右手边看到一大堆坟冢和废墟。那里曾经是一座名叫埃普瑟姆的小镇。那里没有房子，房子都被拆来盖羊圈了。继续向前，草场对面有一个山丘，下面是莱瑟黑德市；然后是一座山，山脚有一条路，顺着这条路往前是一片山毛榉树林。继续沿着山顶走，你会来到一片相当僻静的地方。虽然杂草已经被除得干干净净，但那里还有地方会生长些蕨类、风信子以及其他一些毫无用处的植物。一路走过去，便会看到风轮下一条笔直的石砌小路，这是2000年前古罗马人修筑的道路。转向这条道的右边，下到山谷，顺着河岸直走，你随即就会来到一条满是房子的大街，许多房子的房顶还很结实。在那你可能会找到住的地方。”

他们向他致谢。

“不过那里特别寂静，天黑后没有灯光，我听人说还有盗贼。那地方很偏僻，从不会有什么事情发生。会讲故事的留声机、电影娱乐场所和新闻播报设备——那里一样都不会有。如果你饿了，那里不会有食物，如果你生病了，那里不会有医生……”他停了下来。

“我们会去试试。”登顿说着向前走去。接着他突然有个想法：与牧羊人达成协议，弄清楚在哪能够找到他，帮他们购买或带给他们出城后可能用到的一切东西。

傍晚时分，他们来到这座荒村，在他们看来，这里的房子又小又古怪：在落日的余晖下，村庄金光闪闪，但荒无人烟，一片死寂。他们从一所废弃的房子走到另一所，为它们的古雅与简约感到惊讶，争论着他们该选哪一所。最终，在一座没有外墙的房子里，一个阳光照射的角落，他们看到一朵野花，一朵被食品公司的除草机忽视掉的蓝色小花。

他们考虑后决定住在这里，但那晚他们并没有在那所房子里待太久，因为他们决定享受大自然的盛宴。另外，随着太阳的余晖渐渐退去，房子变得格外凄凉，格外昏暗。因此，稍作休息，他们再次爬上山顶，想要亲眼看见这寂静的星空，古代诗人总有很多关于星空的诗作。这是种极其美妙的景色，登顿说他喜欢繁星点点。最后当他们下山时，天空已泛着黎明的曙光。他们稍微睡了一会儿。当他们清晨醒来时，一只画眉正在树上高歌。

如此，这两位年轻人开始了他们的放逐生活。这天早上，他们忙于探索这座新房子里的生活用品，他们打算在这里住下来，过简单的小日子。他们搜寻得不快也不远，因为他们去哪儿都手拉着手；尽管如此，他们还是找到了一些制作粗糙的家具。村外有一些草料，本是食品公司供羊群越冬的储备，登顿拽了好些回去铺床；在几所房子中，他们还找到了一些老式桌椅——这些家具粗糙、原始又笨拙，看起来像是木质的，都已经发霉了。他们重复着头一天说过的许多东西，天将黑时，他们发现了另一朵小花，是一朵风信子。临近傍晚时分，一些食品公司的牧羊人骑着一辆四轮摩托车下了河谷；但是他们躲避着牧羊人，因为他们的出现，伊丽莎白说，似乎完全糟蹋了这地方古香古色的浪漫。

他们就这样生活了一个星期。白天万里无云，夜晚繁星闪耀，在一弯新月的映衬下，星星的光辉更加耀眼。

然而，他们初来时的豪迈热情在渐渐退去——不知不觉地一天又一天地退去；登顿的雄辩口才时有时无，不再有鼓舞人心的新鲜话题；他们四肢僵硬，显示出他们从伦敦启程长途跋涉的疲劳，同时，他们还忍受着轻微的寒冷。此外，登顿开始意识到，他有大把大把的空闲时间。在一个胡乱堆积着废弃木材的地方，他发现了一把生锈的铲子，他用这把铲子断断续续地整出了一块平整的花园——花园里杂草丛生，他也没什么可种的。劳作半小时后，他汗流满面地回到伊丽莎白身边。

“当时，这里有巨人族。”他说着，不知道干些什么才好。那天他们沿着丘陵徒步跋涉，走了很远，直到看到远处山下河谷中微微发亮的城市。“我很想知道那里的近况怎么样。”他说。

后来，天气变了。“你快出来，看天上的云！”她叫喊着。瞧！一片昏暗的紫色的云彩，在北部和东部地区那参差不齐的顶峰边缘，层层翻滚着。随着他们登上山丘，这些迅速攀升的飘带般的云流遮住了落日。突然一阵狂风吹来，山毛榉树林随风摇摆，沙沙作响，伊丽莎白不禁打了个寒战。接着，远处一道闪电划过，就像宝剑猛地出鞘般明晃晃的，轰雷在遥远的天空咆哮着，正当他们吃惊地站着的时候，急促有力的暴风雨劈头盖脸地打在他们身上。顷刻间，就连夕阳最后的一点余晖都被落下的冰雹帘幕遮掩了起来，又一道闪电划过，雷声更加肆无忌惮地怒吼，他们周围一片阴沉沉、黑压压，十分怪异。

这两个过惯城市生活的人在极度惶恐中，紧紧抓着对方的手，飞一般地奔向山下的家。眼看就要到家时，伊丽莎白惊恐地抽泣起来，周围是一片漆黑的土地，倾泻而至的冰雹闪现着白光，“噼噼啪啪”打在地上。

一个异常而可怕的夜晚降临了。这是他们——这些文明人——第一次待在伸手不见五指的黑暗中。他们浑身都湿透了，冷得直打哆嗦，只听见到处充斥着冰雹的嘶嘶声。这座废弃的屋子里一直以来被疏忽的天花板此时也渗漏了，聒噪的雨水滴落进来，在“咯吱咯吱”的地板上形成大大小小的水池。年久失修的老房子在暴风中瑟瑟战栗，发出“嘎吱嘎吱”的声响，墙上大片的石膏纷纷滑落，在地板上摔得粉碎。屋顶上松散的瓦片哗啦哗啦地跌碎在下面空旷的花房里。伊丽莎白瑟瑟发抖，默不作声；登顿将他在城市生活时的颜色艳丽、单薄易损的风衣包裹在她身上，他们就这样在黑暗中蜷缩着。雷鸣声如此之大，宛若在耳畔，闪电耀眼可怕，前所未有，都瞬间震撼了他们这间雨水交织，蒸汽腾腾的凄凉的藏身之所。

除了阳光明媚的时候，他们以前从未去过野外。他们把所有的时间都花费在未来城市中那些温暖而空气清新的道路上、会堂里以及房间中。对他们来说，夜晚就像另一个世界，是一种充满压力与骚动的混乱情景，他们几乎没有机会再看到城市的生活方式了。

最后他们在雷声的间歇睡着了。虽然暴风雨看起来似乎永不停息，但接着，它很快便停止了。在最后的雨水滴答声终于平息的时候，他们听到一种陌生的声音。

“这是什么声音？”伊丽莎白叫喊着。

那声音再次响起。原来是狗吠声。声音沿着废弃的小路传来，接着远去；透过窗户，一弯上弦月闪烁着光芒，他们面前被月光照亮的墙壁上投射着窗户框架的影子和一棵树的黑色轮廓……

正当破晓时分的鱼肚白寒光使周围的事物模糊可见时，一阵阵的犬吠声再次靠近，接着平静下来。他们留心听着动静。过了一会儿，他们听到一阵急促的脚步声，像是在房子周围搜寻什么东西，也有短促、低沉的犬吠声。之后，一切又沉浸在一片死寂中。

“嘘！”伊丽莎白低语道，指了指他们房间的门。

登顿朝房门走了几步，直起身子听着动静。他假装若无其事地走回来。“它们肯定是食品公司的牧羊犬，”他说，“它们是不会伤害我们的。”

他又重新在她身边坐下。“多么煎熬的一个夜晚啊！”他说着，不想暴露自己正在敏锐地听着动静。

“我不喜欢狗。”沉默很久后，伊丽莎白说。

“狗从不会伤害任何人，”登顿说，“从前——在19世纪——每个人有一只狗。”

“我曾听过一个故事，说有只狗咬死一个人。”

“这种狗不会的，”登顿确信地说，“有些故事——都太夸张了。”

突然楼梯上传来一阵犬吠声和轻快的脚步声，接着便是喘息声。登顿匆匆站起来，从他们身下潮湿的草堆中拔出那支剑。门口伫立着一只瘦削的狗，它身后另一只狗目不转睛地盯着登顿。一瞬之间，人和牲畜面面相觑，都在犹豫。

当时，登顿对这些狗一无所知，却敏捷地向前迈进一步。“出去！”他说，笨拙地挥舞着他的剑。

狗受到惊吓，开始咆哮。登顿一下顿住了。“真乖！”他说。

咆哮猛地变成号叫。

“真乖！”登顿说。后面那只狗大声吠叫起来。视野之外的第三只狗在楼梯下也跟着狂吠。外面的其他狗闻声而动——貌似数量不少。

“真恼人。”登顿说，眼睛死死盯着眼前的这些畜生，“显然牧羊人不会在接下来几小时内出城。自然，这些狗是不会对我们友善的。”

“我听不到！”伊丽莎白大声说。她站了起来，向他走来。

登顿又说了一遍，但他的声音还是淹没在一片狂吠之中。这种吠声对他情绪产生了奇特的影响，一种不平常的情绪开始骚动；他的脸色变了，叫喊着。他又试了一遍，犬吠声似乎是在嘲笑他。一只狗竖着毛发，怒气冲冲向前跳了一步。突然，他转过身，用航行中使用的行话说了点什么，这些话让伊丽莎白很费解，但对这些狗却很奏效，犬吠戛然而止。伊丽莎白看到这只咆哮着的领头狗，它龇着洁白的牙齿，耷拉着耳朵，盯着明晃晃的刺刀。只见这畜生一跃而起，猛地扑过来。

登顿厉声吼叫着驱赶挡在他面前的狗。迅雷不及掩耳之势，他以一种新的随意的姿态将剑在头上一挥，只见一道亮光闪过，他便消失不见，下了楼梯。她跟随他走了六级台阶，便看到楼梯下地面上的血迹。她停下脚步，只听见下面狗的嘶叫和登顿的呼喊声响彻整个屋子，回荡在窗户边。

九只豺狼似的牧羊犬分散开来，其中一只在门廊前打着滚；登顿高呼着奔跑穿过花园，回味着这战斗所带来的怪异兴奋，这场最文明的人类的浴血战斗。之后，她看到了登顿一时没看到的事情。这群狗来回绕着圈子，先后再次围了过来，把他逼往开阔的地方。

她顿时感觉不妙。她本该叫他的，但霎时之间她感到无比虚弱与绝望，而后，她猛地有股冲劲，拽起白色的裙子，跑下楼去。大厅里有一把生锈的铁铲。对，就是它！她一把抓起铁铲，冲了出去。

她来得正是时候。一只狗滚翻到他面前，几乎被劈成了两半；而第二只狗咬住了他的大腿，第三只狗从后面紧咬他的衣领，第四只狗用牙紧紧咬住剑锋，血从它的嘴里流下。他用左臂阻挡着向他扑来的第五只狗。

对她来说，这一切本该是发生在1世纪，而不是22世纪应该发生的事。18年来她在城市生活中养成的温柔，在这种原始需求面前消失殆尽。铁铲猛烈而坚定地重击过去，劈开一只狗的头骨；另一只正蹲着，准备跳起来攻击登顿，被伊丽莎白出其不意的进攻吓破了胆，惊声尖叫，撒腿就跑；而另两只则在撕咬伊丽莎白的裙边，浪费了宝贵的时机。

登顿一瘸一拐地走回来，风衣的衣领被撕扯得支离破碎；狗感到铁铲的威力，也不敢再与他纠缠不清。他把插在咬着他大腿的狗身上的剑收回鞘中。

“去墙边！”伊丽莎白叫道。打斗就此结束了，两个年轻人肩并肩站着，剩下五只耳朵和尾巴严重受伤的狗，羞耻地逃离了这块受挫之地。

他们总算松了口气，站在那里喘息着。突然，伊丽莎白丢下她的铁铲，瘫在地上，掩面痛哭起来。登顿环顾四周，一把将剑插在地上，确保其近在手边，弯下腰去安慰她。

最终，他们躁动的情绪渐渐稳定下来了，又开始了交谈。她依靠在墙上，他屁股紧贴着墙根坐着，密切提防着再次来袭的狗。但不管怎样，有两只已经上到山腰了，无休止地汪汪直叫，着实令人厌烦。

现在，虽然她眼泪汪汪，但是已经不那么凄惨了，因为这半个小时来，他都在重复她是多么的勇敢，竟然救了他的命。然而一种新的恐惧正在她心里慢慢滋生。

“它们是食品公司的牧羊犬，”她说，“我们要有麻烦了。”

“恐怕他们会告发我们非法侵入。”

停了一会。

“在过去，”他说，“这种事情每天都会发生。”

“昨晚！”她说，“我再也无法经受住那样一个夜晚了。”

他看着她。因为缺乏足够的睡眠，她脸色苍白，精神憔悴。他顿时做了个决定。“我们必须回去。”他说。

她看着那些死去的狗，直打哆嗦。“我们不能待在这儿。”她说。

“我们必须回去，”他重复道，他回头瞥了一眼，看看敌人是否和他们保持着距离，“我们曾有过一段快乐的时光……但是这个世界太文明了。我们属于城市的时代。再这样下去我们会没命的。”

“但是，我们该怎么办呢？我们在那里该怎样生存呢？”

登顿踌躇着，脚跟直抵着身后的墙根。“这件事我以前从未提过，”他说着咳嗽了几声，“但是……”

“怎么了？”

“你可以从你妈妈那里继承一笔财产。”他说。

“我行吗？”她急切地说。

“你当然行了。你真是个孩子！”

她站了起来，脸上容光焕发。“为什么你以前不告诉我呢？”她问，“我们在这里这么久你也没说过！”

他盯着她看了一会，嘴角露出了微笑，接着，这笑容便消失了。“我认为这应该由你来决定，”他说，“我不想向你要钱。另外——起初我认为这样挺好的。”

他停了停。

“一直都还不错，”他说，又回头看了一眼，“至少所有这一切开始前是这样。”

“是的，”她说，“最初的那些天。最开始的三天。”

他们若有所思地望着对方的脸，接着，登顿从墙上滑下来，握住她的手。

“每代人，”他说，“都得活在他们的时代。我现在可以清晰地认识到这一点。住在城里——就是我们与生俱来的生活方式。过其他时代的生活……来到这里只是一场梦，而现在——正是觉醒的时刻。”

“这是一个美妙的梦，”她说，“在最初的时候。”

两人沉默很久。

“如果我们想在牧羊人到来之前抵达城里，现在就必须出发，”

登顿说，“我们必须带着我们的食物上路，边走边吃。”

登顿再次环顾四周，然后他们避开死去的狗，穿过花园，一起走进房子。他们找到了装食物的袋子，然后从血迹斑斑的楼梯上下来。伊丽莎白在大厅里停了下来。“等一下，”她说，“还有点事。”

她走进房间，一朵蓝色的小花正在盛开。她俯下身子，用手触摸着它。

“我想要它，”她说，然后，“但我不能把它带走……”

她不由自主地俯身亲吻了它的花瓣。

然后静静地，他们并肩穿过空旷荒芜的花园，踏上旧公路，毅然决然地向遥远的城市走去——朝着那错综复杂的机械化的现代都市，那个吞噬全人类的都市走去。

第三节　凄惨的城市生活

在人类历史上改变世界的发明中，如果这一系列有关迁移方式的发明不是最重要的，至少也是出类拔萃的，它开始于铁路，结束于使用了一个世纪或更久的机动汽车和专利公路。这些发明，连同股份有限责任公司的装置和取代农业劳动者的能操作精巧机器的技术精良的技师们，必然会服务于城市中的人们，并全面变革人类生活，在此之后，显然会发生一件震惊的事情，但它又是无法准确预期的。然而，没有人会预料到这一变革可能带来灾难，似乎也没有谁就此提出过什么应对策略；此外，对于19世纪的人而言，他们很难想象一些曾一度盛行于农业国家的概念——比如道德禁令与制裁、特权与让步的理念，财产与责任、舒适与美丽之类的——会在新时代的激流中惨遭失败。一位日常生活中和蔼而公正的公民，成为股东后也会变得十恶不赦、贪得无厌；在古老的乡下，合理而体面的商业手段在极大的范围内应该是盛行的，也是脆弱的；古时的慈善在现代意味贫困，古时的雇佣在现代意味苦力；事实上，对人类权利和义务的修正与扩大已迫在眉睫；这事也是很不尽如人意的，因为它滋生于陈旧的教育体制下，在它所有思维习惯中是值得深思又是合法的。众所周知，城市人口过于集中就会招来瘟疫，这种威胁史无前例；尽管在将来的时代卫生条件得到有效改善，但是赌博成风，高利贷盛行，奢华风靡，暴政横行却成了席卷各地的精神瘟疫，其后果非19世纪的先民所能想象。因此，就好像无机化过程，基本上不受人类创造意志的阻碍，象征21世纪的一片片不幸福的城市自我实现增长。

新社会分为三个主要的阶层。处在最顶层的是财产所有者，这些人非常富有，他们全靠运气，而非通过自己的努力得到财产，可以说是哈姆雷特在世间最后的化身。最底层的是广大的工人阶级，受雇于垄断统治的大型公司。而处在这两个阶层中间的是日渐缩小的中产阶级，包括各种官员、领班、管理者，以及医学、法律、艺术和学者阶层，还包括少数富人，这个阶层的人们生活奢侈但不稳定，他们主要在代理巨头的商业活动中从事风险投机生意。

先前，我们已经讲述了一对中产阶级男女的爱情故事和他们的婚姻：他们是如何克服他们之间的障碍，如何在乡下尝试简单而又古老的生活方式，又如何迅速返回伦敦融入这座大都市。登顿没有分毫财产，所以伊丽莎白从她父亲莫维斯为她以信托形式持有的证券中借了些钱，这笔财富直到她 21 岁才能享有。

由于她所借记的证券具有不稳定性，理所当然，她得支付高额利息，尽管如此，情侣们的计算方式通常都不那么精细，因此他们对此也比较乐观。不管怎么说，回到伦敦以后，他们曾有过风光的时候。他们不打算去纸醉金迷的城市，也不打算在世界各地的奔波中荒废时光，因为尽管他们去乡下生活的幻想破灭了，但他们的品位还是那么守旧。他们用古雅的维多利亚老式家居装饰他们的小房间；他们在第七大道旁某一商厦的 42 层上发现了一家商店，那里依然可以买到纸质的古典书籍。阅读纸质书籍而不是听留声机是他们最喜爱的消遣。不久，他们生了一个甜美的小女孩，可能的话，这使他们两人结合得更紧密了。按照当时的习俗，他们该把她送去托儿所，但是伊丽莎白不愿意这样做，坚持要在家抚养。就单单因为这事，他们公寓的租金涨了，但他们并不介意，只意味着再多借一点钱而已。

很快，伊丽莎白就到了继承财产的年纪，登顿和她的父亲进行了一次不惬意的业务性会面。接下来是与他们的放贷者进行的极不愉快的会面，这让登顿回家时脸色苍白。回家后，伊丽莎白告诉登顿他们的女儿能够发出“咕”的声音了，这是多么不可思议，但是登顿却心不在焉。正当她形象地描述时，登顿打断了她：“现在所有的事情都安排妥当了，你认为我们还剩了多少钱？”

正在一边描述着，一边得意洋洋地摇晃着她的宝贝天才的伊丽莎白停了下来，瞪着他。

“你不会是说……”

“是的，”他回答，“非常正确。简直太不像话了，是利息之类的东西简直太高了。而且，你所持有的股票已经下跌了，你父亲根本不介意，他说自从你不遵从他的意愿起，这就与他无关了。他打算再婚……天哪——我们仅剩了几乎不到1000英镑！”

“就只有1000？”

“就只有1000！”

伊丽莎白一屁股坐了下去。霎时间她面色苍白，凝视着登顿，继而眼睛环顾着古雅的老式房间，里面摆设着维多利亚中期时的家具，挂着真正的石印油画。最终，她的目光落了下来，凝视着她怀里的小生灵。

登顿瞥了她一眼，垂头丧气地站着。接着他掉转脚跟猛一转身，继而在房间里来回地踱着快步。

“我必须找点事情做，”他突然冒出一句，“我简直是个游手好闲的混蛋。我早就该想到的。我真个自私自利的笨蛋。我只想着整天和你在一起……”

他停下了脚步，看着她煞白的脸。突然间，他走过来亲吻她，一张小脸紧紧依偎在她怀里。

“亲爱的，没关系，”他站在她面前说，“现在你不会再孤单了——现在妅丝就要开始和你说话了。你知道，我会很快找到工作的。很快……很容易……只是开始有点不适应而已。但是一切都会好起来的，肯定会好的。等休息一下，我就出去找找，看有什么事情可以做。暂时，什么都不去想了……”

“很难想象我们得离开这几间房间，”伊丽莎白说，“但是……”

“根本没必要这样做——相信我。”

“租金太昂贵了。”

登顿撇开话题。他开始谈论自己能做什么样的工作。他并不明确自己到底能干什么；但是他很确定肯定有工作能给他们舒适的生活，让他们作为中产阶级幸福地生活，中产阶级的生活是他们唯一了解的生活方式。

“伦敦有3300万人口，”他说，“肯定有人需要我。”

“肯定会有。”

“问题是……哦——宾登，就是你父亲想要你嫁过去的那个小黑老头儿。他现在成了要人……我不能再回到飞行驿台工作了，因为他现在是飞行驿台书记员的行政长官。”

“我不清楚。”伊丽莎白说。

“他就是前几周上任的……不然，事情就简单多了，因为他们很愿意我留在飞行驿台工作。不过，还有许多别的事情等着我呢——许多。别担心，亲爱的。等我稍微休息一下，吃完饭我就去找工作。我知道有很多人需要我——很多。”

于是他们稍作休息，便去公共餐厅用餐，之后他便开始四处奔走。然而，他们很快就意识到情况不容乐观，要想找一份跟以前差不多的工作谈何容易。要知道以前那份工作不仅舒适稳定，有钱又有闲，还不要求特殊技能，不用实施暴力，不用冒风险，更不用为了工作牺牲任何个人利益。他制订了许多出色的计划，为了寻找有权势的朋友，他花了好多天的时间，匆匆忙忙地跑了很多地方；这些朋友刚见到他都很高兴，而当提到当务之急，他们就不那么高兴了，态度谨慎，说话也含糊其词。他冷冷地离开他们，斟酌着他们的行为，愤愤地踏上回去的路，然后又停在某个电话亭前，掏钱挂个电话，激烈地与电话那头的人进行无益的争吵。日子一天一天过去了，他开始忧心忡忡，闷闷不乐，费了不少工夫才在伊丽莎白面前表现得体贴入微、无忧无虑——尽管她是位很善解人意的妻子，也能明显地察觉到这一点。

一天，绕了许多错综复杂的弯子之后，她帮他提出了一个沉痛的建议。他知道，当情况糟糕到谈及卖掉他们先前欣喜地买来的维多利亚时期的珍宝时，她肯定会绝望地失声痛哭：他们古雅的艺术品，椅罩，珠饰的垫子，棱纹平布的窗帘，虚饰的家具，金边的钢雕，素描画，百叶窗前的多花千金藤，鸟类标本，以及各种各样上等的古董。但这是她自己提出的建议，似乎这些牺牲让她很开心，搬到一个比现在低10或12层的公寓也同样让她很快乐。“只要女丝和我们在一起，就没有关系，”她说，“这都是经历，过眼云烟。”他吻了一下她，说她比与牧羊犬决斗的时候还要勇敢，称她为博阿迪西亚女王，小心翼翼地不愿让她想起他们不得不支付一笔更为昂贵的租金，因为女丝的小嗓门触动了城市无休止的喧嚣。

登顿之所以提出卖掉那些倾注他们感情的奇异家具，无非是想让伊丽莎白走出悲痛与伤感；而在真正变卖时，却是伊丽莎白在和买主讨价还价，登顿则容颜枯槁，极度痛苦地游走在川流不息的城市道路上，不知道他们还会遭遇什么可怕的事情。变卖所有家具后，他们在一座白粉色的公寓里租到了一个旅馆，虽说家具不多，却便宜不少。一搬进去，登顿就再也按捺不住自己的愤怒了，他几乎在家昏睡了一周，还时不时地生闷气。经过了那些天，伊丽莎白很快调整自己，就像星星般熠熠生辉，最终登顿的痛苦化为泪水发泄了出来。之后，他又一次走上城市街头——他完全没有想到的是——他竟然找到了工作。

他找工作的标准逐步下降，直到最后沦落到了独立劳动者的最底层。刚开始，他信心十足地想到一些大型航空公司或风向标公司或供水公司应聘高级管理人员，或去通用信息组织（这一机构的出现取代了纸制新闻媒体）任职，或进入一些精通业务的合伙企业，但是这些都只是他的美梦。经过一番挫败，他又开始做投机生意，用伊丽莎白仅有的1000英镑买入300份名为“狮子”的股票，一夜之间便在股票市场销声匿迹。得益于自己的英俊面容，他在苏珊娜帽业集团谋得了一份实习销售员的差事，这事儿还是让他高兴了一阵。他供职的苏珊娜帽业集团是一家辛迪加垄断组织，经营女士便帽、发饰，以及带帽檐的帽子——虽然未来城市被遮盖得严严实实，但是女士们还是喜欢在剧院和公共礼拜场所戴着一顶极其精美的漂亮帽子。

如果一个人能在丽晶街上遇到19世纪的店掌柜，随着他生意的发展，为登顿提供了工作岗位，那会是多么有趣。第19大道有时依然被称作丽晶街，但它现在宽800英尺，两旁还有移动站台。道路中间是固定不动的，通过楼梯可以下到地下通道，进入道路两边的房子。左右两边是逐级递增的连续的站台，每个站台比它里面的站台运行速度要快大概每小时5英尺，所以人们可以从一个站台迈向另一个站台，直到到达速度最快的外环路，便可以环游这座城市了。苏珊娜帽业集团大楼正对外环路，占地颇大。在大楼两端上空有一排白色的超大玻璃荧光屏，上面投射有巨大的卡通图片，是那些戴着饰有新颖精品帽子的众所周知的美丽女性的面容。静止不动的中央道路上总是人群密集，边走边观看旁边巨大的电影播放机，屏幕上正展示着不断变化的时尚装扮。苏珊娜帽业集团建筑物的整个正面，始终处于色彩变幻中，整个正面的下方——据测量有 400 英尺——以及整个拥有流动道路的街道对面，缤纷绚烂的光束变幻交织着，闪闪发光，用字母拼写出这样的标语——

欢迎来到苏珊娜！欢迎来到苏珊娜！

一台庞大留声机的侧面音响发出的声音淹没了流动道路上所有的交谈声，并向往来的过路人吆喝着："帽子！"从远处的街边往上走，其他一连串的留声机在诱导公众"走进苏珊娜，"并质问着："何不给那个女孩买顶帽子呢？"

考虑到碰上那些耳朵失聪的人——那时在伦敦失聪并不罕见——大大小小的标语从上空撒下来，落在移动站台上，落在某人的手上或者某人前面的秃头上，或者落在女士的肩膀上，或者落在某人脚前突然射出的光晕里，活动的手指以出人意料的激情写出字符"欢迎走进苏珊娜"或者只是简单地写着"欢迎"。尽管下了这么大的力气，但这个城市的生活节奏如此之快，人们的眼睛和耳朵是如此训练有素，能忽略掉各式各样的广告，所以，虽有许多市民无数次地经过这个地方，却依然没有意识到苏珊娜帽业集团的存在。

从中环路下了楼梯，走过一条公共通道，便能够进入这家帽业集团的商贸楼，在这条公共通道上有漂亮女孩在漫步，她们为了赚取小额收入愿意戴着贴有标签的帽子在通道上来回走动做广告。一进入口便是一间富丽堂皇的大厅，蜡质头像时髦地装饰着，在基座上优雅地旋转着，从大厅里穿过收银台便是一长排小房间，每个房间都有推销员、三四顶帽子和别针饰品、几面镜子、电影放映机、电话和连通中心仓库的帽子图片幻灯片，还有舒适的休息室和诱人的茶点。现在登顿就是这其中一个房间里的推销员。他的工作就是接待好人群中在他面前驻足的女士们，举止行为尽可能吸引人，为她们提供茶点，和她们谈论任何她们选择的话题，巧妙地将谈话内容引向帽子。有人建议他试戴各式各样的帽子，并用他自己的风格和举止向大家展示，这增强了销售效果，但却没有丝毫卑劣的阿谀奉承。他店里的几面镜子，通过施以各种微妙的弧度和色调，使其适合各种脸型和肤色；帽子的出售，很大程度上就依赖于这些镜子的恰当使用。

登顿凭借坚定的意志和充沛的精力履行这些古怪而不那么对味的工作职责，这要是在一年前本会使他感到吃惊的。单位的高级女经理曾打算与他约会，并通过种种微妙的暗示表明会特别照顾他。而猛然间，她的态度就变了，丝毫没有明确缘由就称他很愚蠢，并在他做推销员六周后将他解雇。于是登顿又开始了他难有成效的找工作的历程。

然而，这次他并没有找多久。为了让家里日渐缩水的积蓄撑久一点，他们断然决定与宝贝女儿妡丝分开，把这个小家伙送去城里众多的公共托儿所之一——当时，人们普遍都这样做。工业对妇女的解放，使她们忙于工作，没有时间料理家务，所谓的“家”变得杂乱寂静。因此，除了对那些非常富裕或者有特别思想的人而言，托儿所成了日常生活的必要组成部分；没有这样的组织，孩子们就不可能有健康的环境，不能接受良好的教育。托儿所分有各种级别，有奢华型的，也有隶属于劳动公司的。在劳动公司的托儿所里可以先赊账抚养孩子，随着他们渐渐长大，再通过劳动来偿还所欠的抚养费用。

就像我之前讲过的，登顿和伊丽莎白都是很奇怪的守旧型年轻人，尽是19世纪的观念，极其讨厌这种给人们提供方便的托儿所，但最后实在没有办法，才勉为其难地把小女儿送去了一家托儿所。一个穿着制服的慈母般的人接待了他们。当提到要与自己的女儿分开时，伊丽莎白潸然泪下，原本举止活泼而敏捷的接待人员被这种不寻常的情绪惊呆了，然后才忽然回过神来安慰她，让她放心。伊丽莎白很感激她。她领着他们走进一间有两年历史的大房间，几个看护看管着数百个两岁的小女孩，这些小女孩围绕在满地的玩具周围。两名看护走上前来，伊丽莎白嫉妒地看着她们对自己女儿的态度。她们很和蔼——很显然她们让人觉得很和蔼，然而……

很快，他们该走了。此时，玎丝已经被安排在一个角落里，高兴地坐在地板上怀里抱着玩具，事实上，她自己多半都被这突如其来的满屋子玩具给惊住了。当她父母远去时，她没有表露出丝毫的不舍。

接待人员不让他们和孩子道别，免得让孩子伤心。

走至门口，伊丽莎白最后一次回眸。看！玎丝丢下她的新玩具，满脸疑惑地站在那里。顿时伊丽莎白喘息起来，而那位慈母般的看护把她推了出去，关上了门。

“亲爱的，你很快就能来看孩子了。”她说，眼睛里流露着让人意想不到的柔和。良久，伊丽莎白脸上露出茫然的神色，目不转睛地凝视着她。“你很快就能再来了。”那个看护重复道。转眼间伊丽莎白已倒在她怀里痛哭流涕。如此这般情形，登顿也禁不住悲伤了起来。

三个星期以后，我们的年轻人确实身无分文了，眼下只有一条路可走，那就是去劳动公司。很快，他们的房租已经拖欠了一周，仅剩的少许家当也被抵押了，他们被恶狠狠地赶出了旅馆。痛苦不堪的伊丽莎白此时呆若木鸡，脑袋一片空白，她沿着通道走向阶梯，顺着这条阶梯可以走上固定不动的中环路。登顿则留在后面很不满地与旅馆门卫进行激烈的争吵，然后又赶忙去追伊丽莎白，此时他面红耳赤，脸上火辣辣的。赶上伊丽莎白以后，他放慢了脚步，两人一声不响地走上中环路。他们找到了两张空座位坐了上去。

“我们还不该去那儿吗？”伊丽莎白说。

“不——不到饥肠辘辘就不能去。”登顿说。

他们不再言语。

伊丽莎白的眼睛四处搜寻着，想找一个栖身之地，但是一无所获。右边是轰鸣的东去的路，左边是挤满熙熙攘攘人群的反方向的路。顺着空中的一条电缆来来回回忙碌的，是一排打着手语的人们，他们穿着打扮像小丑，每个人的后背和胸前都标有一个巨大的字母，合起来就是：

“普尔基涅助消化药片。”

这时，一个穿着蓝色粗帆布衣服的女人和一个小女孩走了过来。

女人脸色苍白，衣饰粗陋，她指着其中一个忙着做广告的人对女孩儿说:“瞧！那就是你爹。”

“哪一个？”小女孩问道。

“就是抹红鼻子的那个。”那女人说。

小女孩开始哭了，伊丽莎白也有想哭的冲动。

“瞧，他刚还在踢脚呢！”那女人用社会底层特有的语言变体说，想要让小女孩高兴起来，“瞧——现在！”

在右边的建筑物门面上，一个巨大的亮得晃眼的圆盘覆盖了很大面积，它的颜色十分怪诞，火焰般的字母组成了一句话——

“这使你感到眩晕吗？”

稍顿片刻，又出现了

“快服用普尔基涅助消化药片吧。”

接着响起了震耳欲聋的凄凉的声响:“如果你热爱时尚文学，那就打电话给布鲁格斯吧，史上最伟大的作家，史上最伟大的思想家。教导你，使你的道德品行无比高尚！他除了后脑勺像莎士比亚之外，和苏格拉底一模一样。他有6个脚趾，穿着红色衣服，从不去清洁牙齿。快来听听吧！”

在喧嚣的间歇里，传来登顿的声音。“我根本就不应该和你结婚，”他说着，“我耗尽了你的钱财，毁了你，让你痛不欲生。我就是个恶棍……哦，这个该死的世界！”

她想要说点什么，但是始终说不出来。她紧紧握着他的手。“不。”她终于说出话来了。

一个模糊的愿望猛然变成一种决心。她站了起来。“要一起去吗？”

他也起身。“我们还没必要去那儿。”

“不是那件事。而是我希望你能去飞行驿台——我们曾经相遇的地方。你知道吗？那小小的座位。”

他犹豫了。“你会？”他不确定地说。

“必须。”她回答。

他犹豫半天之后遵从她的意愿，向前走去。

此后他们自由自在地度过了最后半天在户外的日子，他们坐在飞行驿台下小小的座位上（这是他们五年前总习惯见面的地方）。在这里，她告诉他在喧闹的公共道路上没法说的话。她说即使到现在她都不后悔嫁给他——不管他们今后的生活会是多么艰苦、悲惨，她都感到很满足，因为她曾拥有过很多东西，就像美好的天气，太阳晒得暖暖的座位，在头顶上来来回回、闪闪发亮的飞行机器。

最终，夕阳西下，他们在这里的自由时光就要结束了，他们紧紧抓住对方的手，对彼此起誓，然后便起身，走向回城的道路。好一对衣衫褴褛、忧心忡忡、又累又饿的贫贱夫妻啊。没一会儿，他们便走到了一个有淡蓝色标志的劳动公司办事处。他们站在中环路上，久久地注视着这个标志，然后走下去，进入等候室。

劳动公司起初是个慈善机构。它的宗旨就是为所有前来的人提供食物、住处和工作。现在，劳动公司为所有那些丧失工作能力而选择接受救助的人提供食物、住处和医疗。作为交换，这些丧失工作能力的人要先支付劳动票据，等他们康复之后再偿还。他们签署这些劳动票据时要按指纹，并且要对这个指纹进行拍照和建立索引，这样全球性的劳动公司只要搜索一个小时，就能识别出它二三亿客户中的任意一个。公司规定一天的工作是在两个时间段里踩发电用的脚踏车，或者作为等效的工作，由法律强制执行。事实上，劳动公司发现，加上这些获取一天几便士的食物和住处的法定义务是很明智的，可以刺激他们发奋努力；该公司不仅全面消除了贫困，实际上还提供了几乎世界上最昂贵、最具责任心的劳动力。差不多世界上三分之一的人口，从他们出生到辞世，一辈子都是该公司的债务人。

用这种现实而无情的方式，失业问题在很大程度上就得到了克服与妥善的解决。公共道路上没有人食不果腹、衣不蔽体，但也没有比劳动公司那卫生而丑陋的蓝帆布服更不清洁、更不能令人满足的服装了，它刺痛全世界人们的眼睛。留声机里报纸的永恒主题就是：自 19 世纪以来世界取得了多少进步，什么时候起那些车祸中丧生和饥饿中死去的逝者们，成为他们所谓的所有较为繁忙的街道上的共同特征。

登顿和伊丽莎白分开坐在等候室中，终于轮到他们了。聚集在这里的大部分人都软弱无力，沉默寡言，但也有三四个穿着俗艳的年轻人，弥补周围人群的平淡。他们是公司的终身客户，出生在公司的摇篮里，也注定要在公司的医院里死去，他们花费大概几先令的额外报酬出去狂欢。他们大声说着后天习得的伦敦市区方言，很显然他们引以为豪。

伊丽莎白将目光从这些人的身上转移到那些不那么自信的人身上。他们每个人却格外可怜。那是一名 45 岁左右的妇女，染着金色的头发，泪水汇成的小溪，滚花了她的脸；清瘦的鼻子，饥渴的眼神，瘦削的双手，皮包骨头的双肩以及满是灰尘的破烂衣服，述说着她悲惨的生活经历。另一位胡须花白，身上穿着英国国教主教法袍——因为现在宗教也是一项工作，也有它的兴衰波折。他旁边是一名大概22岁，面色苍白，放荡不羁的青年，一脸愤世嫉俗的样子。

伊丽莎白先接受面试，接下来是登顿，面试他们的是一位女性职员——因为公司更青睐这样的女性——他们发现她精力旺盛，态度傲慢，嗓音让人听了极不愉快。他们接受了各种检查，其中包括一项证明他们不需要剪短发的检查。按了指纹之后，他们获得了相应的编号，换下破旧的中产阶级衣饰，穿上带编号的蓝色帆布工装；整理一番之后，他们来到一间朴实无华的大餐厅用餐，这是他们在这种新环境下的第一餐。这一切都结束之后，他们又来到女管理者面前，她向他们指示要做的工作。

换过衣服，伊丽莎白似乎看不出当初那个英俊潇洒的登顿了，但是登顿看着伊丽莎白，非常吃惊，他发现即使穿着蓝色帆布工装她依然那么美丽动人。接着，他们的汤和面包从一个小小的轨道上滑到他们面前的长桌上，猛的一下停了下来。此时，他开始了狼吞虎咽，要知道，他们已经三天没有好好吃过一顿饭了。

用餐过后，他们稍事休息。两人一言不发——没什么可说的；很快，他们便站起来走去找那个女职员了解工作内容。

女职员指着一块平板，用下层社会说的英文讲道：“你们不住这儿，在海布里沃德区，第97大道，2017号。最好记在你们的通行证上。你，000，类型7，64，b.c.d.，γ41，女；你去金属压缩公司，试用一天——如果合格的话，会有 4 便士的津贴。你，071，类型 4，709，g.f.b.，π590，男；你去第 81 大道的摄影公司，学一些东西——我不懂——3 便士。这是你们的通行证。就这么多。下一位！怎么？没记住吗？天哪！想要我再说一遍吗？！为什么不听我说！你们真是不上心，目光短浅！居然有人会以为我说的不重要。”

他们工作的地方不在一处，上班的时候倒是能同行一段。现在，他们可以说话了。说来也奇怪，虽然现在他们已经真正穿上了这套蓝色工装，但他们最沮丧的时期似乎结束了。登顿饶有兴趣地谈论他们即将开始的工作。“不管什么工作，”他说，“都不会像那个帽子店那么可恶。就算我们支付了奸丝的费用，我俩每天还足足剩下一便士呢。之后——我们会有起色的——能挣更多钱。”

伊丽莎白不太想说话。“我很想知道为什么工作看起来这么可恶。”她说。

“很奇怪，”登顿说，“我想，要是不被人差遣来差遣去，那工作也不会那么可恶的……我希望我们能遇到体面的主管。”

伊丽莎白没有接话，她并不这么想，她正在理清自己的思绪。

“当然，”她随即说道，“这个工作只能勉强维持生活。要想公平——”

她停了下来。太错综复杂了。

“我们至少能够支付生活的必需品。”登顿说，就在那时他自己并没有这么复杂的想法。

“我们什么也没做——却要为此还债。这个我真的不能理解。”

“可能我们是在还上辈子欠下的债。”伊丽莎白随即又说道——

对她而言，神学原理老套而又简单。

现在，他们该分开了，他们各自到指定的工作岗位就职。登顿是去照管一台液压机，那东西复杂无比，但看上去又似乎完全智能。在未来的伦敦，海水推动液压机工作，最终冲洗城市的下水道，因为长期以来，整个世界都很愚蠢地没有用可饮用水来冲洗污水渠道。这股水通过巨大的管道流到城市的最东端，然后再由大电压的抽水泵把它抽到海拔400英尺的人工水库。再从这里由通过数十亿条干渠输送到城市各个角落。接着，水倾流而下，洗涤各种运行着的机器，再通过多种多样的毛细血管般的渠道冲进大的下水道或是卫生间下水道。这样就能够把污水带到散布于伦敦各个地方的农业生产区。

这种液压机也用于摄影制作程序，但是登顿不负责这块儿，也就不用去了解其工作原理了。对一个外行而言，最显而易见的就是这台机器一定用了红宝石光，这样在他工作的屋子中就会有一个带颜色的地球仪形状的灯照亮，它发出血红色的令人感到痛苦的光芒照亮整个屋子。在最昏暗的一角装有液压机，还站着它的使用者登顿。现在，在他看来，这机器就是个黯淡却又亮晶晶的大物件，它那突出的遮光罩从远处看去很像是一个低垂着头、蹲踞在那儿的金属佛陀；这机器发着怪诞的光，照亮了自己的视野，在喜怒无常的登顿眼里，就像是鲜为人知的偶像，人类的某些异常行为已经献上了他的生命。他的工作总是那么千篇一律。接下来的工作项目似乎也将传达着围着这个液压机转的意思。只要运作正常，这个大件就会一直发出滴答声；但是如果从另一件屋子支线流过来糨糊状的东西时，就会被永久地压缩成薄薄片状，这时就会改变大件滴答声更替的节奏，登顿就得快去做点整修。对于糨糊状垃圾处理有丝毫耽搁都会扣掉他的日常的一便士或更多的工资。如果糨糊状垃圾减少的话，可能在准备时就得用一种特殊的手动程序，有时候工人们会出现惊厥状态，这会扰乱他们的产出品——登顿不得不避免让液压机运作失常。这么多的繁琐细节需要时刻保持警惕，这对他来说十分痛苦，因为他必须一直对他本性就不感兴趣的事物一直努力去做，现在登顿不得不在这里度过他三分之一的日子。除了那个和蔼但很怪异的满嘴脏话的总经理偶尔一次过来看看他，在工作时基本都是他独自熬过去的。

伊丽莎白的工作更有社会性。当时有钱人的潮流是用钣金铺在私人公寓的外壁上，这种钣金上有漂亮的重复图案的浮雕。然而，当时人们的品味要求这种图案的重复不能过于精确——不是机械化的重复，而是要求“自然美”——而恰恰那些不规则排列的最令人赏心悦目的图案，却只能出自这些从事精炼加工工作的女工之手，她们用小型压铸模具随意重击钣金，就制造出了这种浮雕图案。因此较之于大面积的金属板来说，经过伊丽莎白加工的只是最小的一部分，不管她超额完成了多大的面积，她都只能得到那么一丁点微薄的收入。就像大部分工作间一样，她们也由一个女管理者管理，因为公司早就发现男性管理人员会尽量照顾自己喜爱的女性职工，让她们少干些活儿。伊丽莎白那个工作间的女管理者并非是不近人情、沉默寡言的人；她虽然皮肤不白，但仍能看出年轻时是个美人。当然，其他的女工们都很讨厌她，故意诽谤她与某一金属车间主管有染。

伊丽莎白的同事中只有两三个从一生下来就必须在劳动公司工作来还债，这些女孩子相貌平平、性格孤僻，但要是在19世纪，她们大都称得上是“稀罕”的大家闺秀。但是大家闺秀的标准早已变了：冷漠、黯然、消极的德行，嗓音柔美和举动矜持的古典大家闺秀早已从地球上销声匿迹了。她大部分同事的头发都褪了色，肤色糟糕，总是在说她们那早已消逝的青春岁月曾是何等荣耀。所有这些车间女工都比伊丽莎白年长很多，其中两个很坦诚地表示了她们的惊讶：如此年轻而又招人喜欢的姑娘竟然到这里和她们一起受苦。但是出于旧时代的道德观念，伊丽莎白没有搭理她们。

公司许可，甚至鼓励她们互相交流。这一决策可谓明智，因为女工们情绪方面的变化能创造出更多令人喜爱的浮雕图案。而伊丽莎白几乎是在耐着性子听别人的生活遭遇，而自己的故事还是那么盘根错节：因为虚荣心在作怪，她们的故事都变得失真而扭曲，不过是完全可以理解的。不久，她开始意识到身边出现了牵扯到自身的些许的怨恨与拉帮结派、小误会。一个女人总是喋喋不休地描述自己有个多么优秀的儿子；另一个——拜这份工作所赐——说话愚蠢粗俗，可她却自以为是，觉得自己谈吐睿智独特，无人能及；还有一个整天都想着穿着打扮，她悄悄告诉伊丽莎白说她如何日复一日地攒钱，很快她就能获得自由，到时候她会穿着……接着便是一连几小时的描述；另外两个总是坐在一起，称呼着彼此的昵称，直到有一天因为一些琐事，她们不再黏在一起，对彼此视而不见，装聋作哑，漠不关心。她们周围永无止境地响着“砰，砰，砰，砰”的声音，女管理者总是听着节奏就能判断出有没有人偷懒。在“砰，砰，砰，砰”的声音中，她们的日子一天天过去，生命也必然在一天天消耗。伊丽莎白亲切而安静地坐在她们中间，郁郁寡欢，不禁对命运惊叹不已：“砰，砰，砰；砰，砰，砰；砰，砰，砰。”

就这样，登顿和伊丽莎白开始了长期的辛苦劳作。艰苦的日子已使登顿和伊丽莎白的双手结满老茧，岁月在他们憔悴黯然的额头留下了深深的皱纹，他们舒适美好的生活交织着一些新奇而更加令人生畏的东西。之前生活的种种愉快与便捷已经与他们渐行渐远；而他们也逐步了解了下层阶级的生活——情绪消沉，工作繁重，永无绝期，苦不堪言。在此期间发生了许多鸡毛蒜皮的事情，一些说出来读者可能会觉得悲痛又冗长的事，一些辛酸难耐的悲惨故事——侮辱尊严，暴政横行，这些事对城市贫民而言就像是面包上的调味剂；但是有件事情非同小可，对于他们来说就像天塌下来一般，那就是他们怀胎10月生出来的骨肉患病死去。鉴于这类情节十分古老，在一些故事中不断出现，讲述得也很动人，在此就没必要再讲一遍了。登顿夫妇所承受的强烈恐惧与长期焦虑、迟到但不可避免的打击，以及心如刀绞的无言悲痛，与其他遭逢丧子之痛的人别无二致。这一向如此，将来也如此，是一件注定了的事情。

经过了一段悲痛的日子，伊丽莎白首先开口说话了：事实上，她没有愚蠢地提及那个已经不复存在的名字，只是说她灵魂深处正酝酿着一丝不安。他们共同穿过喧闹而骚乱的城市道路：纵使讨价还价的吵闹声、宗教活动的叫嚷声、嘈杂的政治呼吁声震耳欲聋，这对可怜的夫妻却充耳不闻；纵使刺眼的聚光灯、让人眩晕的跃动的字符、眼花缭乱的广告四处照射，这对不幸的夫妻却视而不见。他们在餐厅里一个不受打扰的地方就餐。“想不想，”伊丽莎白呆板地说，“出去，去飞行驿台——去那个座位。这里，什么都不方便说……”

登顿看着她。“马上天就要黑了。”他说。

“我问过了——今晚天气不错。”她不再说话。

他能感觉得到，她无法用语言来表达自己。顿时他恍然大悟，原来她是想再次去看那片星空，那是他们五年前在荒野度蜜月时曾共同在开阔的丘陵上看过的星空。似乎什么东西梗在了他喉咙上，他说不出话来，目光从她身上转移开来。

“一会儿我们有足够的时间去。”他说道，没有流露自己的感情。

终于，他们来到了飞行驿台的小座位上，静静地坐了很久。虽然小座位处于阴影中，但是由于头顶上驿台的光辉，以及他们下面整个城市中从有模型的照明设备中照射出的方形、圆形和斑块状的灯光，苍穹呈现淡蓝色。稀疏的星星看似那么微弱而渺小：尽管它们距离古时的观察者是那么近，可现在距离他们却是那么遥远。然而，人们能够在眩光中一块块的阴暗处看到它们，尤其是在北方的天空，那古老的星座自始至终绕着北极旋转，没有一句怨言。

我们的两位年轻人就这样默默地坐着，坐了许久，最后，伊丽莎白叹了一口气。

“如果我懂得，”她说，“如果我能够理解，当一个人位于低谷时，城市似乎意味着一切——喧嚷、匆忙、言论——你都必须忍受，你都必须比拼。而在这里——只要一件事情过去了，就都不算什么，你依然可以安静地思考。”

“是的，”登顿说，“这一切都是多么脆弱！在此已经有一半以上的不幸被这夜晚吞没了……会过去的。”

“首先，我们必须振作起来。”伊丽莎白说。

“我懂，”登顿说，“如果生命不是那么短暂，那么整个历史看起来就会像是一天所发生的各种事情……是的——我们必须振作起来。城市会变得美好起来的，所有即将到来的事情都会好转的。那些人们，那些工头以及那些无法用语言来形容的奇观。然而……”

他顿了顿，又接着说：“我能理解你的感受。至少我能想象到……在城市里，一个人得考虑他的工作，他细微的烦恼与喜悦，他的饮食起居，他的安逸与痛苦。一个人出生，就意味着他必定会死亡。在城市里的每一天——我们的痛苦会一直延续，直到生命的终结。

“而在这里却截然不同。比如说，一个严重毁容、严重致残、严重蒙羞的人，如果是在城市里，那几乎不可能继续活下去。而在这里——在这些繁星点点的夜空下——那些根本就不是问题。他们不会介意……他们似乎只会看重美好的生活，那些不幸都只是生活中的插曲而已，算不上什么——在繁星下……”

他停了下来。他头脑中那模糊又晦涩，尚未转变成有形观点的混沌情感，在未找到合适的词语前便消失不见了。“这很难用语言来表达。”他牵强地说。

他们在沉寂中坐了很久。

“来到这里是对的，”最后他说，“我们需要停一停——我们的思想是非常有限的。毕竟，我们只是从野蛮状态进化而来的低级动物，我们都有大脑，一个最初级最原始的脑袋。我们是这么愚蠢，受到这么多的伤害。然而……”

“我懂，我懂——有一天我们会明白的。”

“所有这些可怕的压力，所有这些纷争，都会变得和谐融洽，我们会见到的。所有的失败——每一件小事都会促成和谐。我们会发现，每一件小事对促成和谐都很重要。我们会发现任何事情，甚至最糟糕、最琐碎的事情，也不例外。每一次你在黄铜上的敲击，在工作中的每个时刻，甚至是我的怠惰……亲爱的！我们小家伙的每一个动作……所有这一切，以及所有微弱而感知不到的事情都会永远继续下去的。我们，一起坐在这里。——一切……

“我们所拥有的热情，以及后来所拥有的，并不是现在所拥有的热情。它比其他任何事情都要悲伤。亲爱的……”

他再也说不下去了，再也没法跟上自己的思路。

伊丽莎白没有回应——她非常安静；只是此刻，她的手在摸索登顿的手，终于手心相扣。

第四节　社会下层生活

在星空下，不管遇上什么糟糕的事情，人们却站在比较高的高度来想问题并选择顺从。但是在一天紧张的工作后，我们会再次身心疲惫，产生厌恶、愤怒和烦躁的情绪。我们整个开阔的胸襟实际是多么狭小——是意外！还是一个阶段！从前，那些圣徒最初不得不逃离这个世界。而登顿和他的伊丽莎白却没能够逃脱他们的世界，因为不再有通向自由之地的康庄大道，在那里人们能够自由地生活——虽然艰辛——却能得到心灵的安宁。城市已经吞没了全人类。

很长一段时间以来，这两个劳奴都坚守在他们最初的工作岗位上，伊丽莎白敲击黄铜印花，登顿操作液压机；而后登顿的工作被做了调整，一种新鲜但更加艰苦的大城市底层的生活经历在等着他。他被调去伦敦瓷砖托拉斯的中央工厂管理一种更为精密的高级液压机。

在这种新的环境下，登顿要与许多人在一间长长的拱形房间里一起工作，他们中的大部分人自打出生就是劳奴。他不愿意走进这个圈子。他曾受过良好的教育，但是，厄运使他沦落到这种地步，他也再没有在生活中提起过这些，除了对身着蓝色帆布工装、脸色苍白的工人们发号施令或某些万不得已的情况。而现在，最终还是要与他们相互接触：在他们身边工作，和他们共用工具，一起吃饭。对于伊丽莎白和登顿自己来说，这简直是自降身价。

对于一个19世纪的人来说，他的品位似乎有点极端。但是，渐渐不可避免地，在几年间，他就意识到劳动工人与社会上层间的差别并非只是生活环境和生活习惯的差异，而是思维习惯——甚至是语言的差异。下层阶级和上层阶级都形成了各自的方言。对上层社会的人而言，他们的方言是一种思维的代码，一种“文明”的语言，他们往往通过这种文明语言与其他方言的鲜明区别来与下层人的“粗俗”划清界限。与此同时，整个国家不再有共同的信仰，已经没有什么思想能把整个不列颠民族团聚到一起了。19世纪末，最显著的特征就是大众宗教神秘颠覆下的发展比较迅速，对拿撒勒木匠广泛教义进行削减的虚饰与诠释——这教义是针对他们细腻而又严密生活制定的。尽管伊丽莎白和登顿较为喜欢旧时的生活风格，但是他们都还不至于原始到逃避他们的生活环境。在行为举止方面，他们遵循着他们这个阶级的共同行为方式，因此，这对他们来说，最终沦为劳奴，他们几乎像是沦落成为道德低下的下等牲畜似的；他们感觉就像是19世纪的公爵和公爵夫人被迫在贾戈的房间留宿，囚禁着不得外出。

他们的本能反应就是保持“距离”。但是登顿最初的想法，即高贵地与他的新环境隔绝开来，猛然间就被打消掉了。他曾想过自己沦落为劳奴就是他所得教训的结束，想到他们的女儿去世，他就跌入了生活的深渊；但是事实上，这些遭遇仅仅都只是开始而已。生活对我们所要求的总是比给予我们的要多。现在，他要在满屋子的机器操作工人中更广泛地学习经验，认识生活的另一面，它就像我们失去的很珍贵的东西一样，而这东西对我们是那么必不可少，这甚至比苦力还重要。

他不想和这些人交谈，每次别人和他说话他都默不作声。这在其他人看来就是对自己的蔑视——我想这种解读恐怕是非常正确的——就因为这，他招来了别人的攻击。迄今，让他骄傲的是他对粗俗的方言不屑一顾，而这在其他人眼里却另有深意。他觉得那些跟自己打招呼的人粗俗愚蠢而又故作亲切，因此常常只是冷淡地回答说“不懂”，或者随意地说“不，谢谢”。他并没有立即意识到他这种回应方式就像扇别人耳光，很伤人。那个跟他打招呼的人吃了一惊，皱起了眉头，然后转身离去。

第二个人，他俗气的话语照样不曾进入登顿的耳朵，费心地重复了一遍自己刚说过的话，登顿终于明白了，他是建议登顿使用油罐。登顿礼貌地表达了谢意，过后这个人便开始了一场精辟的谈话。他说，他想知道，登顿这样一个曾时髦过的人物怎么就沦落在这里穿上蓝色工装了呢。很显然，他期望登顿告诉他那些曾经荒淫奢侈的有趣经历，比如问他是否到过欢乐城。登顿很快就会发现那些让人欣喜的好地方是怎样渗透到下层社会那些不甘心却又绝望的工人们的思想，并玷污了他们的荣耀。

他那带有贵族气质的性格很憎恶这些问题。他简略回答："没有。"那个人死皮赖脸地询问了一个更加私人的问题，这次登顿转身离开了。

"岂有此理！"对方异常吃惊道。

很快，登顿感觉到一种咄咄逼人的气氛，他们之前那次不同寻常的谈话被一次又一次地以一种恼怒的口吻复述给一群更可能产生共鸣的听众，引起阵阵充满惊讶和讽刺的笑声。他们越发好奇地看着登顿。顿时他感到了少有的孤立。他试着专注于研究他的液压机以及它陌生的特性……

在开始的一段时间里，大家都围着液压机忙得不可开交，之后便会稍作休息。如此短暂的间歇，只是为了让大家精力得到恢复，他们根本就没有足够的时间去劳动公司的餐厅就餐。登顿跟着工友们走进一个短短的通道，里面堆满了一箱箱液压机制造的废料。

每人掏出一小包食物，但是登顿没有。这里的管理者，一个粗心大意的年轻人，凭着家族势力得到这个职位，忘了提醒登顿很有必要申请小包食物。他站在一边，肚子"咕噜咕噜"地叫。其他人聚拢成一团，不时地瞥他一眼，小声嘀咕着什么。他变得很不自在。他努力做出一副不在意的样子——认真琢磨新液压机的杠杆。

此时，一个比登顿矮但身宽体壮的人走到他面前来，登顿觉得这人就像是那群人派出的代表。登顿转向他，尽可能地表现得漫不经心。“拿着这个！”那人边说边把手伸过来，手里摊着一块方形的面包。他长着一张黝黑的脸，蒜头鼻，嘴巴歪向一边。

当时登顿很怀疑，他不确定这是出于礼貌还是侮辱。他第一个念头就是拒绝。“不用，谢谢。”他说，“我不饿。”接着，那个人变了脸色。

从后面的人群中传来一阵笑声。“和你说过会这样的，”那个曾想要借给他一个油罐的人说，“人家是上层阶级，人家可是上层阶级啊。怎么可能看上你这种人给的施舍呀。”

这张黝黑的脸变得越发阴沉。

“拿着，”他用更为低沉的声音说道，依然将面包伸向登顿，“你必须把这个吃掉。懂吗？”

登顿仔细观察着面前这张脸，上面写满了恐吓的表情，一种奇怪的能量如触电般流遍他的四肢和身体。

“我不想吃。”他边说边挤出一丝微笑，但愉快的笑容并不能完全掩饰住脸上的抽搐和内心的勉强。

那个矮胖的人抬起脸来，此时手上的面包俨然是一种对身体需求的诱惑。登顿把精力都集中到了对方所关注的那个问题上。

“吃掉它。”皮肤黝黑的男人说。

稍作停顿之后他们两人快速移动。这块面包在空中晃晃悠悠划出了一条曲线，本想拍在登顿脸上；然而登顿一拳挥在他抓着面包的手腕上，面包随即被抛向空中，由于打斗——面包碎屑乱飞，撒了一地。

他迅速后退，紧握着拳头，手臂有力地紧绷着。那张热血沸腾的黝黑面孔也向后退去，充满了警惕与敌意，想瞅准机会下手。登顿在这一瞬间自信满满，充满莫名的活力。他的心"怦怦"直跳，感觉自己的身体被激活了，浑身上下都热情洋溢，精力旺盛。

"上呀，伙计们！"有人呼喊着，接着那个黑家伙向前一跳，继而向后躲闪到一边，后又再次冲上前。登顿大打出手，挥拳猛击，击中了对手的眼睛。在他再次击中对手之前，一拳打到了他柔软的嘴唇，又一拳——朝着他的下巴打去。一场针尖对麦芒的激烈交锋开始了。他顿时觉得自己的脑袋被打开花了，接着他感觉到从后面有东西打到了他的头和背，这场打斗变得让人厌倦而索然无味。

在他的意识里，这次打斗很快就结束了，整个过程抽象又平淡无奇。他倒在地上，脑袋杵在一堆灰尘里，一些略带温度的湿乎乎的东西迅速流进他的脖子里。他迷迷糊糊，休克了一阵。他整个脑袋都在阵阵作痛，眼睛和下巴感觉一抽一跳的剧痛，嘴巴里满是血腥味。

"他没事，"有个声音在说，"他的眼睛睁开了。"

"快去帮帮他——说的没错。"又一个声音说。

他的工友们围着他站着。他使尽全身力气，坐起了身子。他用一只手摸了摸后脑勺，发现自己的头发被血浸透了，上面沾满灰渣。看着他的举动，一个人咯咯地笑了起来。他半眯着眼睛，清醒过来，想起刚刚发生的事。他原本打算为了个人荣誉拼死一搏，可现在这个希望瞬间破灭了。

“看样子还没回过神来。”有人说道。

“吃点吗？”有人模仿登顿文绉绉的腔调打趣道。

“不，谢谢。”

登顿觉得那个黑矮壮汉站在人群背后，脸上缠着一块血迹斑斑的手帕。

“刚才那块给他吃的面包去哪了？”一个貂脸矮货边说边用脚在附近的废料箱灰烬中拨来拨去。

登顿内心挣扎片刻。他知道，为了维护个人荣誉，一个男人一旦挑起一场争斗就必须拼到底，不管结果多惨；目前这点儿痛苦只不过是个开始而已。他决心再次起身，但感觉力不从心。他想——这种想法并没有那么强烈——或许他终归就是个懦夫。这会儿他心情非常沉重，如铅块般沉重。

“在这儿。”貂脸矮个说道，弯下身子捡起裹满煤渣的面包块。他看了看登顿，又看了看其他人。

登顿慢慢地、勉为其难地站了起来。

一个脸上脏兮兮的白化病患者向貂脸矮子摊开一只手。“把那东西给我。”他说。他咄咄逼人地凑到登顿面前，把面包伸向他。“你是不是还没吃饱啊，”他说，“嗯？”

此刻，终于要爆发了。“不，没有。”登顿气喘吁吁地说道，他决心在再次昏迷之前把这说话的畜生教训一番。他知道他会再次昏迷过去。令他吃惊的是，他竟能事先断定自己有多羸弱。他猛扑了几次，身形不稳，让人发笑；尽管如此，他还是准备再发动新的攻击。登顿看着白化病患者的眼睛，他正在自信地咧着嘴笑，就像是在搞一个令人愉悦的恶作剧。突然，登顿预感到一股侮辱之情袭上心头。

“你离他远点，吉姆，”黑矮壮汉突然说，因为他脸上正裹着手帕给伤口止血，这声音听上去似乎是从那块血迹斑斑的破布后面传过来的，“他又没招你惹你。”

白化病患者收起了脸上的笑容。他停了下来。他挨个看着他们。在登顿看来，黑矮壮汉说话的目的似乎要众人把登顿留给他亲手修理；白化病患者本可以把自己打得更惨。

“你离他远点，”黑矮壮汉说道，“看？是不是吃他的亏了？”

一阵铃声“叮当”作响，眼下的僵局暂时得到缓和。白化病患者犹豫半天。“算你走运。”他邪恶地补充一句，然后和其他人一块转身向液压机车间走去。“小子，等这一工作时段结束再找你算账。”白化病患者回过头来再补充了一句。黑矮壮汉等着让白化病患者走在自己前边。登顿意识到他有了喘息的机会。

等这群工人穿过敞开的大门，登顿才清醒过来，明白自己有职责在身，赶快跟上队列，走在队尾。在摆满液压机的拱形地道入口处，站着一位身着黄色制服的劳动公司内卫，他正在通行证上做标记。他没注意到黑矮壮汉身上的血迹。

“快点！”他对登顿说。

“等等！”他一看到登顿脸上伤痕累累便说，“谁揍你了？”

“那是我的事。”登顿说。

“如果这影响到你的工作的话那就不仅仅是你的事了，”穿黄色制服的内卫说，“你听清楚了。”

登顿没有做声。自己只是一个穿着蓝色帆布工装的粗野之人——一个劳工而已。他知道法律虽然会惩治斗殴和人身损害，但他这样的劳奴却不受法律保护。他走向他所操作的液压机。

登顿能感觉到自己眉头、下巴以及头上都受伤了。摸到这些伤处，他就能感觉到每一处突起的肿块在阵阵抽搐，隐隐作痛，整个神经组织变得麻木而迟钝。每次调节液压机的动作都使他感觉像举起重物般吃力。至于他的尊严——浑身酸疼、气喘吁吁的他已无力顾及。他是怎么站起来的？准确地说，在最后的10分钟内发生了什么？接下来将会发生什么？他知道有许多事情需要考虑，但是在时断时续的混乱中他没办法思索。

他的情绪有些惊讶也有些迟钝，所有的设想都破灭了。他认为自己对身体暴力的防护是与生俱来的，就像是基本的生命条件之一。因此，事实上，一旦他穿戴着中产阶级的装束，那中产阶级才有的风度就可以保护他。但是谁会介入这群劳动公司粗野之人的拳脚相搏呢？这段日子以来确实无人过问。在下层阶级中没有人与人之间契定的法律；这个国家的法律和机构对于他们来说是一种压迫，使他们与许多应得的财产和美好的生活无缘，情况就是这样的。野蛮人永远都生活在暴力的汪洋大海中，同时筑起的上千个堤坝和各种发明已经为我们带来了险象环生的文明生活，暴力再次沉入穷困潦倒的下层阶级并将其湮没。这是个拳头说话的世道。登顿最终走到这一步——拳头、欺诈、倔强和友谊——即使是在开始的时候就是这样了。

登顿操作的机器出了状况，他的思绪也随之被打断了。

很快他又陷入沉思。令他感到奇怪的是，所有的这一切来得多快啊！对这些并非出于强烈恶意而蹂躏他的人，登顿默默忍受着。虽然他伤痕累累，但他却茅塞顿开。用绝对公正的态度来看待这一切，他觉得自己不受欢迎也合情合理。他的行为举止就像个傻瓜。鄙弃别人与孤立自己是强者的特权。有的贵族没落了却依然想坚持着自己的独特风度，这毫无意义，无疑是滚滚红尘中最可怜最虚伪的东西。天哪！在这群人中，有什么是可以让他蔑视的呢？

五个小时前，他并没有感激刚刚发生的事情所带来的美好，这是多么遗憾啊！

白化病男人曾威胁说一会儿会给他好看，这对登顿来说就像一个诅咒。这段工作时间结束后会发生什么事呢？他不会知道，也无法想象。他猜不出他们葫芦里卖的什么药。他只知道他们对自己充满敌意，毫无同情心。他在脑子里想着可能发生的羞辱和暴力。他能弄些武器吗？他想起自己殴打催眠师时的情节，但是这里并没有可拆卸的灯具。他看不到任何可以用来自我防卫的武器。

有段时间，他曾想象着，等这段工作时间一结束，他就赶快向公共道路逃跑，以确保自己的安全。且不说这个办法没有考虑到他的自尊，同时，这也只是暂时逃避目前的麻烦，迟早总还需要面对，到时候反而会使矛盾激化；显然，这个办法十分不明智。他能感觉到貂脸男人和白化病患者正眼瞅着他谈论着什么。然后，他们与黑矮壮汉商谈起来，这个黝黑的男人刻意地用宽阔的后背对着登顿。

终于，第二个工作时间段结束了。借油罐给登顿的那个人猛地停下液压机，转过身来，用手背擦拭着嘴巴。就像坐在影剧院的观众一般，眼睛里流露出安静的神情。

危机即将来临，登顿身上每一处细小的神经似乎都在抽搐跳动着。他下定决心，如果他们再敢对自己有任何无礼的羞辱行为，他就与他们血战到底，至死方休。之后他停下液压机，转过身来。他努力摆出若无其事的样子，轻松地穿过拱形地道，进入满是灰坑的通道，不料竟发现自己的夹克掉了——由于拱形地道里很热，所以刚才他脱掉了——就落在他的液压机旁。他又走了回去，正撞上白化病患者，两人四目相对。

他听见貂脸雇工劝道："你真应该吃掉它，你真该吃掉。"

"闭嘴——你离他远点。"黑矮壮汉说。

很显然，那天没有再发生什么事。他穿过通道，顺着阶梯走上城市的流动站台。

他出现在人潮拥挤的青灰色街道上。他清醒地意识到自己这张满是伤痕的脸，感觉得到凸起的肿块以及手臂软弱无力。他来到外环路边上的一处站台，坐在劳动公司的一张长椅上。

悲伤使他陷入麻木之中。他能很清楚地看到目前他所处位置所面临的危险与压力。明天他们将对他做什么？他并不知道。对于他所遭受的残酷遭遇，伊丽莎白又会怎么想？他并不知道。他已经筋疲力尽了。随即，一只手搭在了他肩膀上，他从纷扰的思绪中回过神来。

他抬头一看，那黑矮壮汉坐在他身边，他吓了一跳。当然他是安全的，在公共道路上，他是不会把他怎样的。

黑矮壮汉脸上看不出任何打斗留下的伤痕，他的表情没有流露出半点敌意——而看起来近乎恭敬。“对不起。”他说，没有丝毫的恶意。登顿意识到他并没有动手的意思，就盯着他，看他接下来准备做什么。

显然，接下来这句话是他事先考虑过的。

“我——想——说——的是……”黑矮壮汉说，他想停一会再说下句话。

“我——想——说——的是……”他重复道。

最后，他抛开那句开场白。“你是对的！”他一边大声说，一边把一只脏兮兮的手放在登顿脏兮兮的袖子上，“你是对的。你是位有教养的人。对不起——非常抱歉。我只想说这个。”

登顿心里明白，他不仅仅是因为一时冲动才用那令人憎恶的方式来搭讪，他肯定另有所图。他思量着，忍受着这种不相称的骄傲。

“我并非有意冒犯，”登顿说，“才故意拒绝那块面包。”

“我本是出于善意，”黑矮壮汉回想着当时的情景说，“但是——在该死的威蒂面前，看着他窃笑的样子——哎——我不得不和你动手。”

“是啊，”登顿突然激动地说，“我真是个傻子。”

“啊！”黑矮壮汉很满足地说，“没关系，我们握手言和吧！”

登顿和他握握手。

一座面孔威严的雕塑的建立，使流动站台异常拥挤，它低处的正面是一个巨大的镜子，旨在突显更为均衡的特征。登顿看到镜中的自己和新朋友的影子，都被极度地扭曲和拉宽。镜中他那血迹斑斑的脸鼓鼓的，一边肿胀着；那种白痴般的傻笑和假惺惺的友善使他的脸极度扭曲。一撮头发挡住了一只眼睛。在镜子的恶作剧下，黑矮壮汉呈现出厚厚的嘴唇和扩张的鼻孔。那两只握着的手把他们连接起来。接下来，这一情形突然消失了——回到了刚才的记忆，那个在黎明中苦思冥想的记忆。

在握手的时候，黑矮壮汉稀里糊涂地说了一些话，大意是：他总是希望能和有教养的人友好相处，只要这个人和他统一战线。他握着登顿的手迟迟不放，直到在镜子画面中的效果作用下才抽回了手。黑矮壮汉变得愁眉苦脸，赫然向站台啐了一口唾沫，又重新回到他的话题上来。

“我想说的是……”他用低沉沙哑的嗓音说道，头对着脚不停地摇来晃去。

登顿倍感好奇。“继续讲下去。”他说，专心听着下文。

黑矮壮汉果断采取行动，顺势一把抓起登顿的手臂，甚是亲密。“对不起，”他说，“事实是，你并不知道该怎么打架。不知道该怎么做。哎呀——你不知道该怎么出手。如果你不在意的话你会被打死的。举起你的手——瞧！”

他用斥责来强化自己的语气，一只眼睛警惕地盯着登顿，看他对每一句话的反应。

“比如说，你个高、臂长，你可以到的地方，比那该死的拱形地下室里的所有人都要远。该死，我以为我遇到了一个难缠的恶棍。而不是……对不起。如果我知道你不会打架的话，我就不会攻击你了。跟你打架就像是在打个麻布袋似的。不可以这样。你的手臂要握紧成钩状。要稳稳地——握成钩状。瞧！”

登顿目不转睛地盯着他，接着出人意料地猛然大笑，以至于振痛了下巴处的伤口。酸楚的泪水在眼眶里打转。

“接着说……”他说。

黑矮壮汉又回到他的套话上，说很喜欢登顿的样子，认为他有着惊人的勇气；对他这种人来说能说出这些话也算不错了。“但是只有勇气是不够的——根本就不够——如果你不抱拳出击的话。”

“我想说的是，”他说，“我来教你怎么打架。跟我学就行了。你什么都不知道，没人教过你；但是你或许会成为一名非常像样的拳击手——非常像样。我会证明给你看的。这就是我想说的。”

登顿迟疑不决。“可是——”他说，“我没什么可以给你的——”

“你可真是个绅士呀，”黑矮壮汉说，“谁要求你给我什么了呢？”

“但是这不是在占用你的时间吗？”

“如果你没有学会打架的话，你会被打死的。你难道看不出来吗？”

登顿想了想。“我不知道。”他说。

他看着旁边这张朝他大声嚷嚷的天生粗糙的脸，感觉突然对这种瞬时的友谊产生强烈反感。这对他来说，有必要对这样一个人心存感激，简直让他难以置信。

“皮套裤也总会在打斗中支离破碎，”黑矮壮汉说，“总会这样。然而，当然——如果一个人变得暴躁愤怒时，是你重要的……”

“因上帝之名，”登顿喊道，“我希望有人会这样做。”

“当然，如果你这样认为的话——”

“你不能理解。”

“可能是我不能理解。”黑矮壮汉说道，他愤愤不平，却又无话可说。

当他再次开口时，语气已不那么友好了，他提高嗓门来催促登顿。“喂！”他说，“你要不要我教你打架？”

“你真是太好了，”登顿说，“但是——”

停顿片刻，黑矮壮汉起身向登顿前过去。

“太有绅士风度了吧，”他说，“嗯？你让我很尴尬……天哪！你真是——你真是个大蠢蛋！”

他转身离开，顷刻登顿意识到了这场谈话的真相。

黑矮壮汉下至十字路口，为保持自己的脸面头也不回；登顿一时冲动想去追上他，但之后又停在了站台上。刚发生的事一直在他脑海里萦绕着。长久以来他一直尽可能优雅地向生活妥协，想不到他的优雅在一天之内就被现实击得粉碎，再也没有重生的可能。野蛮的暴力——这是生活的终极真理和根本法则——迎面击来，打破了他努力保留的脸面；在暴力面前，解释、上流社会的话语、慰藉以及他那让人捉摸不透的露齿而笑——凡此种种他用来保留自己脸面的东西——都不堪一击。尽管他饥肠辘辘，疲惫不堪，但他没有立即去劳动公司酒店与伊丽莎白见面。他察觉到自己开始思索了，他迫切需要思索；之后便完全沉浸在冥思的迷雾之中。他在流动站台上两次环视这座城市。你能想象，他沿着一个尚未绘制出来的轨道，以每小时数千英里的速度在太空中旋转的星球上。这座令人眼花缭乱、轰鸣如雷的城市以每小时 50 英里的速度快速移动，而他极其恐惧，试着去理解为什么他的心灵和情感要遭受如此摧残却还要保持生机。

最终，登顿和伊丽莎白见面了，她脸色苍白，焦虑不安。如果不是由于自己忧心忡忡，他可能已经注意到伊丽莎白遇到了麻烦。他最害怕她想要知道他受欺负的每个细节，而这些细节会使她要么倍感同情，要么愤愤不平。她一看到他就皱起眉头。

“我遭到了粗野的对待，”他气喘吁吁地说，“这太放肆无礼——太棘手了，我不想谈论这件事。”他坐了下来，情绪不可避免地消沉下去。

她惊愕地盯着他，心疼地看着他这张受过虐待的脸上那些象形文字般的道道伤痕，她嘴唇煞白。她的一只手——比起他们在幸福的日子中消瘦了许多，食指由于整日整夜地在金属板上敲击印花而有些变形——痉挛性地蜷缩着。“这可怕的世界！”她说。之后便没有再多说一个字。

近来这些日子，他们变得沉默寡言；就算夜晚的时候也几乎不和对方说一言半语，而是各自沉思。夜阑人静，正当伊丽莎白清醒地躺着的时候，身边的登顿“嗖”地坐了起来——之前他一直像死尸般一动不动地躺着。

“我忍受不了了！”他哭诉着，“我再也忍受不下去了！”

她坐起身来，朦胧的夜色中登顿的身影依稀可辨；她看到登顿的胳膊猛挥着，仿佛对这笼罩着的黑夜狂怒不已似的。过了一会他又平静了下来。

“太恶劣了——让人无法忍受！”

她说不出话来。同样，对于她来说，这似乎已经走到尽头了，已经是极限了。在死一般的沉寂中她默默地坐着。她看到登顿坐在那里，双臂环抱着双膝，下巴几乎贴到了膝盖上。

然后，他哈哈大笑起来。

“不，”最终他说，“我要去忍受这一切。这是件很特别的事情。我们中的任何一个都不能自杀——一个都不能。我想所有这些挺过来的人们，曾经都经历过这一阶段。我们会挺过去的——要抗争到底。”

伊丽莎白心灰意冷地想了想，认为登顿的话也不无道理。

“我们会挺过去的。想想那些曾经经历过类似困境的人们：祖祖辈辈——无穷无尽——数不胜数。龇牙低吼的小畜生们猛咬着，咆哮着，猛咬着，咆哮着，世世代代，繁衍生息。”

他单调的话语戛然而止，过了好一会儿，又重新开始：

“一个叫登顿的人生活在有9万年历史的石器时代，延续着使徒统绪，经历过一段恩典时期。让我想想！有九千九百零九亿九千九百二十七万三千代人口！——大差不差吧。每一次的争斗都会使他红一块紫一块，感觉很丢脸，但是不知怎么的他总会泰然自若——坚持到底——传承下去……或许会有数千代的后辈们——数千代啊！

“传承下去。不知道他们会不会感激我们。”

他用一种无可辩驳的口吻说道：“如果能够找到一些确切的东西……如果能够说：‘这就是为什么——这就是为什么能够继续下去……’”

他安静下来，黑暗中，伊丽莎白渐渐地能够看清楚登顿，直到最后，她清楚地看到登顿坐在那里，用手支撑着脑袋。她感到他们思想之间的巨大落差；这个愚蠢的提议对于伊丽莎白来说就像是他们相互了解的表象。他在想什么呢？接下来他又会说些什么呢？过了很久，他叹了一口气，低声说："不，我不能理解。不能！"间隔很久，又再次重复，但是第二次语气缓和一些。

她意识到他准备躺下了，便留心着他的一举一动，他小心地调整枕头使其舒服的方式让她感到很惊讶。他满足地长叹一声，悠然躺下。刚才讲话的激情已经消耗殆尽，他安宁地躺在那里，很快便呼吸匀称，鼾声四起。

然而，伊丽莎白却在这黑夜里眼睛睁得老大，彻夜未眠，直到嘈杂的铃声响起，电灯突然光芒四射，这都是劳动公司在警告他们：新的一天来临了，他们又要开工了。

那天，登顿和白化病患者威蒂以及矮个子貂脸人扭打起来。打架大师布伦特——就是那个黑矮壮汉——首先让登顿领会学习打架的要领，他为登顿说好话进行调停。"威蒂，放开他的头发，别欺负他，"他用粗鲁的嗓音带着轻蔑的口吻说道，"没看出来他不会打架吗？"登顿羞耻地躺在灰尘里，意识到他终归必须得学习打架这门教程。

登顿迅速从地上爬起来，走向布伦特，干净利落地向他坦率地道歉。"我是个笨蛋，你说的没错，"他说，"如果还来得及的话……"

那天夜里，第二个工作时间段结束以后，登顿跟着布伦特走到下伦敦港一个烂泥浸湿的废弃地窖里，开始学习打架这门高等艺术的基础知识。在下层阶级的伟大世界中这门艺术已经出落得很完美了：如何踢打对手，给其严重伤害或使其强烈不适；如何给对手"致命的"踢打；如何利用衣服上的玻璃制品，用身边的各种工具使对手血肉模糊；如何从其他方向预测并摧毁对手的意图……事实上，所有在20世纪和21世纪中被废弃掉的招数，都被这位指导登顿学习的天才挖掘出来并发扬光大。随着教学的深入，布伦特一扫刚开始时的拘谨，显示出自己行家般的威严和父爱般的体贴。他给登顿无微不至的关怀，只是偶尔“迅速推搡他几下”，使其保持高昂的战斗力，看到登顿意外受挫，满口血迹，便开怀地哈哈大笑。

“我不在乎我的嘴巴，”布伦特承认自己也有弱点，“总是这样。就像刚才那样打伤了你的嘴巴，看起来没什么事——如果你下巴没事的话就不会有什么大碍。尝尝血的味道总是对我很有益处。不过我最好是不要再打你了。”

登顿回到家，疲惫地睡着了。凌晨时分，由于四肢酸疼、肿块刺痛，他醒了过来。为了生存下去他值得这样做吗？他听着伊丽莎白的呼吸声，想起自己前一天夜里肯定吵着她了，就静静地躺着，不敢动弹。新生活的种种遭遇让他恶心，直到厌倦。他讨厌所有的一切，甚至那个如此宽宏大量地袒护他，对他如此和善的野蛮人。这个魔鬼般的虚伪的文明社会展现在他面前：底层是生活在水深火热之中的野蛮人；上层是轻浮的儒雅之士和更加愚蠢的挥霍之徒。无论是在他曾经的中产阶级生活中，还是在他此刻沦落到的下层阶级生活中，他都找不到任何救赎理由，也没有丝毫荣耀可言。对人而言，文明就像是某种灾难的产物，就像人在飓风或是行星碰撞面前除了作为受害者存在之外再也没有关系一样。他，包括所有人，似乎都生活得毫无意义。他在思索一些奇特的权宜之计，脱离这样的生活，如果说这不是为了他自己，那至少也是为了伊丽莎白。但是他一心为了自己。要是他好容易找到莫维斯并告诉他他们的遭遇将会怎么样呢？他很吃惊地想起来莫维斯和宾登是如何彻底地从他们的生活中消失的。他们在哪里？他们正在做什么？想到这里他又感到十足的耻辱。最终，这种心理波动无论如何都没有引起什么结果，但是在曙光终结黑夜之时，这种内心的骚动停止了。经过一晚冥思苦想，他得出了一个清晰明了的结论：他坚信他得挺过去，尽管对他的想法和精力有着众多不同意见。他必须站起来和他的同事们决战，像个男人一样摒弃之前的自我。

第二天晚上的训练或许不像头一天晚上那样令登顿毛骨悚然，第三天晚上就更加能够忍受了，因为布伦特给予登顿一些赞许。到了第四天晚上，登顿在训练中偶然发现貂脸男人原来只是个懦夫罢了。白天心火闷燃，夜间极度兴奋的训练，两周时间就这样过去了。布伦特发誓他从没遇到过反应如此敏捷的学生，而登顿则整夜都在梦里拳打脚踢，奋力反击，使用各种奸诈狡猾的伎俩。那段时间并没有再次发生暴行，因为他们害怕布伦特；然而第二次危机接踵而来。有一天布伦特没有来上班——事后他承认他是故意这样做的——整个沉闷的早上之后，工人们开始工间休息，威蒂一直等布伦特，看他到底来不来；他很招摇地踱来踱去，所有人都能感觉到他很不耐烦。他一点都不知道布伦特教登顿打架的事，还花时间向登顿讲述他一些不友善的想法。

威蒂并不受欢迎，他总是捉弄新来的工友，这种行径就连他地下室的同伴们都懒得看。但是，事情发生了变化。威蒂本想踢登顿的脸，好给他个下马威；但是这个企图被登顿识破了，他抓起一只死鸭子向威蒂的腿掷去，不偏不倚正好打中，威蒂站立不稳栽倒在地，头刚好埋到一个灰土堆里，而这个灰土堆恰是登顿曾被打倒的地方。威蒂起身，满脸灰尘，而此刻他一心想要狠狠给登顿致命一击。在一些犹豫不决的争论后，威蒂受挫的野心更明显地加深了他日趋严重的困惑与纠结；之后，事情发生了变化，登顿占有了绝对的主动权，他一手掐着威蒂的喉咙，一只膝盖压在威蒂胸膛上，使满脸邪恶的威蒂伸着舌头，抽搐着，含着眼泪，用沙哑的声音想要竭力解释这场误会。而且，事实证明，在场的所有围观者中，从未有过一个比登顿更受欢迎的人。

登顿小心翼翼地放开了他的对手，站了起来。他的血液似乎变成了流动的火焰，不可思议的是，他竟然感觉四肢很轻松，而且有种超自然的强壮。他曾一度觉得自己是文明社会中的受难者，不过现在这种想法已经烟消云散了。他是一个野蛮人世界中的真汉子。

矮个子貂脸男人是这场竞争中第一个夸赞他的人，而那个借他油罐的工友则冲他灿烂地微笑着，亲切地向他道贺……对于曾经一度绝望的登顿而言，这一切都是那么难以置信。

这件事让登顿相信他必须挺过去，而且也能挺过去。他一侧脸上挂着伤，坐在铺着帆布的简陋的小床上，向伊丽莎白述说着新的经历。而她最近并没有打斗，没有受到表扬，她脸上也没有严重的瘀伤，只是面色苍白，嘴巴周围新生了一条或几条皱纹而已。她有女人自己要承担的事。登顿述说预言时，伊丽莎白坚定不渝地看着他。“我觉得有些东西，”他说，“有些东西在继续着，存在一种生活，在那种生活中我们生存并运动着，过着属于我们自己的生活，这些东西或许始于五千万年——一亿年以前，继续着——继续着：生长着，蔓延着，那些非我们所能及的事情——那些将会公正评判我们所有人的事情……那些事情将解释并证明我的搏斗是正确的做法——这些瘀伤，以及所有的疼痛。就是那凿子——是的，正是那造物主的凿子。如果我能让你体会到我的感受，如果我可以，那多好啊！你会感受到的，亲爱的，我知道你一定会感受到的。"

"不，"她低声说，"不，我不会感受到的。"

"这样看来，我本可能会认为——"

她摇摇头。"不，"她说，"我也想过。但是你所说的——并不能使我信服。"

她坚决地看着他的脸。"我讨厌这种生活，"她说，不禁倒吸一口冷气，"你不理解，你也没想过。我也相信确实有一段时间你说什么我听什么。现在，我变得越来越理智了。但是你是个男人，你可以搏斗，你可以横行霸道，你不会在意几块瘀伤。尽管你变得粗俗险恶，但你依然是个男人。是的——这确实重塑了你，改变了你，你说得对。但是女人和男人不一样，女人不是这样的。我们会很快就使自己变成有修养的文明人，我们不适合下层社会。"

她顿了一下，又继续说道：

"我讨厌这种生活！讨厌这套可恶的帆布工装！我比……比讨厌会发生的最糟糕的事情还要讨厌它。它让我碰触它的手指受伤，让我的皮肤变得很糟糕。还有我日复一日一起工作的女人们！多少个夜晚我辗转难眠，思索着我是不是也会变得像她们那般粗鲁……"

她停了停。"我正在变得像她们一样！"她撕心裂肺地哭喊着。

登顿眼睁睁地看着悲痛欲绝的伊丽莎白。“可是——”他想说点什么，但又停住了。

“你不会明白。我用什么？我用什么拯救我自己？你可以搏斗，搏斗是男人的本事。可是女人——女人是不一样的……这一切我早已想清楚了，我什么都没做，只是夜以继日地思考这些问题。看看我这张脸都变成什么样儿了！我不能再煎熬下去了。我无法忍受这种生活……我不能忍受。”

她迟疑了一会儿。

“你并不是什么事情都知道，”她突然说道，瞬间她嘴角露出一丝苦笑，“有人要求我离你而去。”

“离我而去？”

她没有回答，只是肯定地点点头。

登顿猛然起身。他们久久地凝视着对方，不说一句话。

突然她将目光转移开来，一头栽进铺着帆布的简陋小床里，她没有啜泣，没有发出一丝声响，只是将脸深深地埋在床铺里，一动不动地趴着。一阵悲戚的静默之后，她的肩膀簌簌抖动着，她强忍着不发出声音，默默流泪。

“伊丽莎白！”他悄声叫道，“伊丽莎白！”

他温柔地坐在她身边，弯过腰去，一只胳膊搂住她，满是疑虑地爱抚着。他一头雾水，全然搞不清楚是怎么回事，很想找寻一点线索，但终是枉然。

“伊丽莎白。”他贴着她的耳朵悄声叫道。

她用力推开登顿。“我不能忍受让一个孩子自打出生就沦为劳奴！”她再也按捺不住，号啕痛哭起来。

登顿变了脸色——他惊慌失措，脑子一片空白，立刻从床上滑下来，站了起来。他脸上所有的自鸣得意此刻已消失得无影无踪，只剩下无能为力的愤怒。他开始胡言乱语，诅咒这种无法忍受的强加给他的压力，诅咒所有的意外，所有狂热的欲望，以及所有嘲弄生活的无心之举。他恶狠狠地挥动着拳头，孱弱的声音回荡在小房间里。在身边数百万围绕着他的事物中，在他的过去和将来，以及置身在那令人错愕的无情、浩瀚的大城市中，他仅仅只是地球上一个微不足道的小生物而已。

第五节　宾登的介入

宾登年轻的时候曾涉足投机生意，并有三次侥幸成功。在他的余生里，宾登拥有足够的心智远离赌博，并自负地认为自己头脑聪明。在他走运的这个大城市——伦敦，生意场上的尔虞我诈带来的影响力和知名度总能让宾登兴趣盎然。他是一家公司最后一个最有影响力的股东，该公司在伦敦拥有可供来自世界各地航班降落的飞行台。宾登的公共活动也就这么多。私下里，他是一个快乐的人。这个故事讲的是宾登的心路历程。

但在了解此人的内心之前，我们需要先花点时间研究一下此人的外表。宾登体型偏瘦，个头不高，肤色稍黑，五官精致，表情中时而带着底气不足的自满，时而带着造作的局促不安。他面部洁净，发丝整齐，甚是符合当时干净卫生的标准。发色和发型随着装而适当变化，这是他一直都注意改变的地方。

有时他也会在华丽的外衣里面穿一件充气衣服，让他看起来不是那么瘦。在变换的衣着和打理得光亮的发型下，闪烁着宾登那极度渴望来自他人的（那些宾登自认为低他一等的人）尊敬的眼神。还有些时候，他会穿黑色绸缎的紧身衣来凸显他修长的体型。为了彰显高贵的气质，他会穿肩部蓬松的长袍，中国丝绸质地，折痕讲究。而在一些盛大的庆典上，宾登偶尔穿粉色紧身衣，堪称经典。在他幻想迎娶伊丽莎白的日子里，他总是费尽心思引起她的注意。而且，他放下维持了四十多年的矜持与保守，穿上如今的纨绔子弟都不太可能穿的弹性质地的衣服，其颜色会随着走路时身体的晃动而变化，色彩变幻甚是巧妙。毫无疑问，如果伊丽莎白还没有对身无分文的登顿倾心，对旧式服装不情有独钟，宾登这一时髦雅致的打扮可能早已让她神魂颠倒了。宾登在穿这身衣服来之前已经征求过伊丽莎白父亲的意见了——他是那种在穿衣方面喜欢别人品评的人——而且莫维斯已经告诉了他抓住女人心的妙招。但他显然对女人的心思还只是一知半解。

宾登想结婚的念头，是在莫维斯把青春萌动的伊丽莎白介绍给他之前不久才有的。那是深藏在宾登内心的一个秘密，他觉得自己完全有能力过上简单而有情调的生活。这种想法里还透着对一种粗俗、矛盾和无聊的荒淫生活的可怜的执着。他认为那是一种时髦的恶行，但也有不少善良的无知的人对此羡慕不已。这也可能是宾登早衰的原因。他患有严重的肝病，特别是坐飞机的时候，会很不舒服。那是在宾登肝病治疗的漫长时期，尽管他偶怀坏心思，但如果遇到美丽温柔、性情良好且并不是特别聪颖的女人想与他共度一生的话，他还是可以良心大发，依其所好共同经营一个充满生气的家庭，聊以抚慰他那衰落的余生。然而，像世上其他历经大风大浪的人士一样，他不觉得这世间还有好女人存在。他的所见所闻更是让他觉得恐怕真是这样。

当野心勃勃的莫维斯将宾登介绍给伊丽莎白时，宾登觉得自己的人生完整了。宾登对伊丽莎白一见钟情。当然，在经典文学作品的熏陶下，他从 16 岁就知道什么是爱了，但这次不一样，这次是真正意义上的爱。好像这次恋爱唤起了宾登骨子里的那种善良，他觉得自己可以为了伊丽莎白放弃他现有的生活——那种对他的肝脏和神经系统都造成很大伤害的生活。他想象着他们会过上田园式的生活。他永远不会和伊丽莎白一样感性或犯傻，而是会像以前一样有一点愤世嫉俗和刻薄。然而，他总觉得伊丽莎白会凭直觉知道他人真的很不错。在适当的时候，他会告诉她自己对于坏的定义以及自己的其他方面，让她对他刮目相看。他还会告诉她像歌德、本韦努托·切利尼和雪莱这些名人有多么的复杂，希望以此来博得伊丽莎白的认可和同情。也正是因为这个原因，他追求伊丽莎白时无微不至，尊重有加，但伊丽莎白对他表示出正常的礼貌，没什么别的想法。

宾登对伊丽莎白爱胡思乱想和莫维斯企图用催眠术转移她心思的事情一无所知。当他对伊丽莎白和登顿私奔的事实无计可施的时候，他还是自认为和伊丽莎白关系最好，因为他曾经送给她非常贵重的珠宝和化妆品做礼物。他的第一反应就是自己的名誉严重受损，因为莫维斯是当事人的父亲，又是自己的朋友，所以他把怨气最先撒到了莫维斯的身上。

他马上去找了莫维斯，并对这个孤苦凄凉的老头恣意羞辱了一番。然后他选了一个早就定好的忙日子，不停地去见那些一直或偶尔反对这桩婚事的旁观者。这些忙碌让宾登暂时觉得心情愉悦，他去了昔日经常去的餐厅，与两个四十出头且事业成功的钻石男一起吃饭。他抛出话题，认为世上没有一个女人是值得对她好的，而且连他自己都吃惊地发现以前的自己是多么的恶毒。其中一人借着酒劲儿开玩笑，有点让宾登失望，但似乎也并不让他觉得难过。

第二天早上，宾登发现自己的肝和脾发炎了。他用脚踢碎了播放新闻的机器，解雇了自己的贴身男仆，并决定对伊丽莎白或者登顿或者其他人实施报复。但不管怎样，这都将是一场恶毒的报复。曾经嘲笑他的那些朋友将不会再看到他为那个犯傻女孩儿所做的牺牲。他知道，伊丽莎白本来还有些从自己父亲那里继承来的遗产，但只有莫维斯接受她和登顿，这对年轻夫妇才能拥有这笔钱财。而如果莫维斯保持冷漠，一切都不如伊丽莎白所愿，他们可能会更加贫困潦倒，承受所有苦难。宾登这样幻想着，完全不考虑现实，并继续想象伊丽莎白厄运的到来。他觉得自己是这世上不可取代、极为重要、最有权势和钱财的男人，却追求了这么一个没正眼瞧过自己的女人。突然，伊丽莎白的模样在宾登的脑海里浮现出来，挥之不去，这是他生平第一次感觉到悸动的力量。

宾登的想象就像一个站在一旁，毕恭毕敬的侍从，引导宾登的感情。

宾登大喊一声："天啊！我要得到她！就算死了也在所不惜！其

他人——”

宾登和他的医生见了一面，他吃了大量的药，熬过了难耐的一夜；病情一有好转，他便毅然决然地去找莫维斯。他找到莫维斯时，发现他烂醉如泥，发着酒疯，丢魂落魄，痛不欲生，除了他那叛逆的女儿好像没有什么能让他感兴趣。他恨不得出卖自己的肉体和灵魂来安抚自己的失落。彼此一阵寒暄之后，两人都觉得这对误入歧途的年轻夫妇就应该伤心痛苦；或者，通过宾登的财务手段，使他们承受更为严厉的惩罚。

莫维斯说：“然后呢？”

宾登答道：“他们会去劳务公司，穿上蓝色的帆布服。”

“然后呢？”

宾登说：“她会和他离婚的。”宾登坐了一会儿，满心期待着。因为在维多利亚时期，对离婚的限制已经大大放松了，夫妻离婚的理由千奇百怪。

突然，宾登大声说：“她必须和他离婚！”莫维斯吓得跳了起来，估计这种想法让宾登自己都大吃一惊。“我必须得促成这件事——我必须这么做。天啊，他们必须离婚。我要让登顿颜面尽失，所以伊丽莎白必须和他离婚。登顿肯定会萎靡不振，彻底垮掉。”

这种要把登顿碎尸万段，让他一败涂地的想法使得宾登怒火中烧。他开始在这个小小的办公室里来回走动，大声嚷着：“我要得到她！我要得到她！谁都不能把她从我身边夺走！”尽管声音很大，但毫无激情，最后只剩下装腔作势了。他改变了态度，并不理睬膈膜处的剧痛。莫维斯坐在那里，帽子瘪瘪的，被宾登的言行感染了。

就这样，宾登开始绞尽脑汁，坚持不懈地对伊丽莎白实施报复行动。就算从宗教那里求得的心理慰藉也不足以成为他停下来的理由。他找了一个风趣、经验丰富、富有同情心的教父聊天，登顿觉得他的坏是骨子里的，天意如此，不可改变。而那个风趣、经验丰富、富有同情心的教父代表了天意，对邪恶充满了包容，对宾登的建议只不过是一些忏悔罢了。教父还给他推荐了一个通风良好，凉爽干净却毫不俗气的寺院，因为去那里发自肺腑忏悔的都是些颇有教养的富有人士。此次旅程之后，宾登将会精神焕发地返回伦敦。他精心策划报复行动，修复了一处位于街道高处的画廊，因为从那里他可以看到劳力公司，伊丽莎白和登顿就住在里面的小区里。终于有一天，他看见伊丽莎白进去了，报复的激情又一次被点燃。

时机成熟，宾登去找莫维斯，告诉他那对年轻夫妇正处在绝望的边缘。

宾登说："该你出马了。你要去发挥父女之情。她穿蓝色帆布服已经有几个月了，他们就住在劳工小间里，以前的那个小女孩已经死了。她现在知道什么才算真正的男人——真正的男人应该能保护她。她现在看事情会更明白。你去找她——我不想让她知道我和这件事情有什么瓜葛——告诉她现在跟他离婚是多么的必要。"

莫维斯迟疑地说："她可是个很固执的人。"

宾登说："固执就对了！她从来都是这么与众不同！"

"她肯定不会同意的。"

"她当然不会同意，留点时间给她。迟早有一天，当他们不能容忍空气污浊的小屋和令人厌烦、艰辛劳累的生活时，他们一定会吵架。然后——”

莫维斯深思了一会儿，还是照宾登的话去做了。

随后，宾登去了一个僻静之地，这是他和他的精神咨询师安排好的。这个僻静之处是个美丽的地方，蓝天白云，空气清新，阳光普照，成片的草地环绕，来此忏悔的人们可以同时享受这清闲的时光，品味这别样的肃静。除了食用这里简单、健康的斋饭和参加一些气势恢宏的圣歌唱诵，宾登无时无刻不在想着伊丽莎白。尽管因想让她离婚而感到自责，但是他还是在考虑他能否从那个经验丰富、颇富同情心的教父那里得到迎娶伊丽莎白的祝愿。然后——宾登常常倚着四合院的栏杆，陶醉在自己对伊丽莎白真挚的爱里，浮想联翩。一种奇怪的感觉袭来，让宾登不得不停止幻想，好心情全然不在了，病痛的折磨让他觉得难以忍受，但他尽量不去在意它。当然，这都只存在于他正在努力摆脱的过去里了。

当他从那僻静之地出来之后，宾登马上去找莫维斯询问伊丽莎白的消息。莫维斯绝对是一个模范父亲，自己孩子的不幸还是深深地牵动着他的心。他非常沉痛地说：“她脸色很难看，没有血色。当我让她搬出来，离开登顿，过幸福的生活时，她趴在桌子上哭了。”这时的莫维斯已经鼻息颤动，激动不已。

莫维斯情绪激动，什么都说不出来了。

宾登听了这个令人伤心的消息后说：“啊！”突然，他用手捂着身体的一侧叫着：“哦！”

从悲伤中回过神儿来的莫维斯被吓住了，他迅速抬起头，非常关切地问：“你怎么了？”

“疼了一下。对不起，打断了你。”

莫维斯客套地对宾登的病情表示了关切之后，继续他的话题。这对伊丽莎白来说，想都不敢想，当她发现自己的父亲并没有完全放弃自己后，便对莫维斯倾诉了所有的悲伤和苦恼。

宾登激动地说：“是的，我肯定会得到她。”然后，新的疼痛袭来。

相对于精神痛苦，肉体的疼痛算不上什么。教父的开导显然没有什么效果。他会倾向于把肉体的疼痛当作精神的痛苦，进行冥想。所以，宾登来到一位他看不上的医生这里。这个医生臭名昭著，言行粗劣。医生说：“我们必须给你进行全身检查。”并毫不避讳地这样做了。医生又问了一些不相干的问题，像“你有孩子么”之类的。

宾登说：“据我所知，没有。”恪守尊严的宾登把自己都吓了一跳。

医生说：“啊！”然后继续他的检查，检查仪器和工具发出“叮叮当当”的响声。那个时候的医学还难以称得上多么精准，只是刚刚起步罢了。医生继续说：“你最好马上去进行安乐死，越快越好。”

宾登倒吸了一口凉气。他不想去弄明白医生的专业解释和预测。

他说：“我说了！但你的意思是……你的医术……”

医生说：“其实没什么，几片麻醉剂就可以搞定。你知道的，从一定程度上说，你自己就可以办到。”

“可我还正值壮年，还在享受人生。”

“情况没那么糟，不过你血统不好。即使你提早预防，你也会受尽折磨。问题已经出现了，主要是遗传因素，又缺乏锻炼，还有其他原因。”

“没人给过我建议。”

“医生都会愿意给你建议。”

“我曾经是个多么精神抖擞的年轻人。”

“我不想和你起争执。你的病情已经这样了，你也经受过它的折磨了。我们不能让你再痛苦一次。你也一定不要再这样下去。说个痛快话——安乐死吧。”

宾登痛恨这个医生，沉默了一会儿。这个言行粗俗的医生的每一句话，每一个字都牵动着宾登的心。这个医生太卑劣了，不会从任何细节之处照顾到病人的感受。但宾登知道和医生吵架不是什么明智的事情。宾登说：“我的宗教信仰不允许我自杀。”

“你一直都在慢性自杀。”

“好吧，不管怎样，从现在开始我要认真对待我的生命。”

“你命中早已注定，如果你选择继续活着，你必将经历痛苦。但从临床经验来说，还是太晚了。然而，如果你执意要这么做——或许，我可以给你加点东西。你的疼痛会加剧，刚才的剧痛还只是轻微症状……”

“剧痛！”

“只是提醒一下你。”

“我还有多少日子？我的意思是在疼痛发作之前——请你告诉我。”

“没多少时间了，也许三天。”

宾登还想跟他吵，但在他乞求生命却又无可奈何的时候，他又疼得手捂着身体的一侧。突然，自悯、自怜的想法开始在他脑海中变得清晰。他说："这太难了！真的太难了！我从未树敌，我的敌人只是我自己。我对其他人从来都是一视同仁。"

那个医生盯着他看了一会儿，毫无怜悯之意。他想，要是再也没有像宾登这样的人发出这样的悲叹，那要有多好。他觉得很释然。然后，他拿起电话，要中心药房开药方。

突然，他被身后的声音打断了。宾登大喊："天啊！我要得到她！"

医生回过头看着宾登，然后变更了药方的内容。

这个痛苦的见面一结束，宾登开始发怒了。他抱怨那个庸医不仅是一个没有同情心的畜生，没有一点绅士风度，而且医术拙劣。宾登接连看了四个医生，心里抱定，那个庸医的判断是出自直觉。但为了保险起见，他还是把那个医生开的药方揣在了口袋里。每去看一个医生，他总是流露出对前一个医生深深的怀疑，对自己的症状只是避重就轻地说些皮毛，不过后来也都被医生问出来了。尽管总是寄希望于下一个医生，但没有一个人可以给他逃脱这些痛苦和无助的希望，现在宾登有些心灰意冷了。见最后一个医生的时候，宾登心中堆积已久的怒火终于爆发了，他疯狂地批判医学的落后无用："几百年了，你们这些医生都是吃闲饭的！什么都帮不上！我说'救我的命'！但你们做了什么？"

医生说："毫无疑问，这对你来说很难，但你本应做好预防措施的。"

"我怎么知道？"

医生说："您以前找的不是我，我们没有义务跟在您身后整天提醒您。"说着，从他紫色的袖子上撕下一块棉条。"我们为什么偏偏要救你？你看，从某个角度讲，这是像你这样想象丰富、充满激情的人必须走的一条路——他们必须要走。"

"走去哪里？"

"死亡。这是一个无法逃避的漩涡。"

那个医生一脸平静，朝宾登微笑："我们正在研究，你知道；当人们询问的时候，我们就给他们建议。我们正在等待时机成熟。"

"等待时机成熟？"

"你要知道，我们还不知道如何接管这项管理。"

"管理？"

"你不必焦虑。科学尚不发达，还要经过几代人的努力。现在我们知道我们了解的还不够……但时机正在到来，不可抵挡。你肯定是等不到那个时候了。但是，你们这些有着生活激情、爱国热情和宗教信仰等的有钱人和大老板，已经把事情弄得一塌糊涂，不是么？还有其他类似的事情。我们中有人想能不能有一天我们会接管一些比通风设备和下水管道更重要一点的事情。你知道，知识靠积累，会越积越多。人们没必要着急，早晚有一天——早晚，人们的生活会发生改变。"他看着宾登，陷入沉思。"那一天到来之前，很多东西都会消失殆尽。"

宾登想指出这个年轻人的想法是多么愚蠢，对他这样的一个病人来说，这些都是不相干的事情。这对他这样一个迟暮之年，在官场坐拥权势的人来说太无礼了。他坚持认为，医生拿了钱就要救死扶伤——他强调“拿了钱”——没必要关心“其他的问题”。那个年轻医生直言反击说:“但我们关心!”宾登听了之后大发脾气。

他回家的路上生了一肚子气。这些无德无能的庸医，连像他这样有影响力的人都救不了，居然还做梦有一天能窃取合法财产所有人的社会权利。该死的科学!他面对不可容忍的未来大发雷霆。这时疼痛来袭，他想起第一个医生开的药方，庆幸还在他的口袋里。他立刻吃了一剂。

药物极大地缓解了他的疼痛，让他平静下来。他在书架(或者说他的那些留声光盘)旁边的椅子上找了个最舒服的姿势坐下来，从另一个角度思考着这件事。他的愤怒退却，怒气和激动在药物的作用下分崩离析，心里只是充满了悲观怜悯。他看看四周，他家的装修大气、精致，那些雕像和小心翼翼罩起来的名画，使房间弥漫着绅士气息，显得主人涵养十足。他摸着一颗大头钉，特里斯坦的牧羊人悲伤的笛声在空气中流动。宾登的目光从一件东西移到另一件东西上。这些东西价钱昂贵，虽显俗气却绚丽夺目——不管怎样，这些都是属于宾登的。它们是宾登理想的现实体现，是他对美丽和欲望的注解，他对所有物品的欣赏和看法在他的生命中都是无比珍贵的。现在——他必须像个普通人一样，不能带这些东西入土。他觉得多少会有些气愤。他想，可能所有的生命都会燃尽后逝去，想到此，他的双眼便浸满了泪水。

然后，他突然意识到自己是多么孤独。没有人关心他，没有人需要他!他随时都可能疼痛难忍，甚至可能吼叫，但是没有人在意。任何医生的说辞都足以让他愤怒。他想起自己的精神咨询师曾经提到过，随着年龄的增加，信念和忠诚度衰减之类的话。他可悲地相信，这就是自己的写照；这样一个注重细节、肢体健全、举足轻重、骄奢淫逸、愤世嫉俗、复杂难测，在这世上也不属上帝败笔的宾登，也有可能可悲地吼叫。他真算不上上帝的败笔——上帝都不会朝他尖叫！所有的失败者都这么急匆匆地从世界上消失了么？他在想那些一辈子活在城市里的可怕的俗人，能知道他对他们的看法么？如果他们能知道，其中的有些人可能想得到些好一点的评价。没错，这个世界变得越来越糟。这对宾登来说越来越不可能了。说不定有一天……他完全清楚，自己曾经特别需要被同情。有那么一段时间，他很后悔自己没留下什么十四行诗之类的东西——没有谜一般的画作或者其他什么精神上的东西可以在某一天为他赢得一丝同情……

他没想到，他从来没有被同情过。然而他对同情的向往曾经是那么模糊。该死的科学！它早已暗中破坏了宾登所有的信仰——所有的希望。宾登不想出门，不想剧院散场，街道冷清，不想离开办公室和餐厅，不想消失在女人们亲切的目光中。他不想错过任何东西，想让这个世界更美好一些。

他反思，自己从未活得坦荡。难道是他一直都没有悲悯之心么？人们很难相信，在愤世嫉俗的面具之下，宾登有着如此细致、深刻的反省。比如，伊丽莎白就从未这样想过……他们不会明白他们曾经的遭遇。

他对此深藏不露。他突然想到伊丽莎白，情不自禁地想了一会儿。伊丽莎白对他的了解太少了！

想到这里，宾登有点受不了。抛开其他不说，这一点他确信无疑。他意识到，他还有一些事情要做，他对伊丽莎白的争取还没有结束。现在，他不可能像他希望和祈祷的那样，马上赢得她的心了，但他一样可以让伊丽莎白对他难以忘却！

他继续想这个问题。他可以让伊丽莎白深深地记住自己，从而让她后悔当初那样对他。有一件事她必须清楚，他是多么的宽宏大量。没错，他曾经是那么全心全意地去爱她。他之前从未看得如此透彻——但是现在，他决定把自己的遗产留给伊丽莎白。他瞬间做好了决定，像是一个注定的、不可避免的决定。她会觉得宾登是多么好，多么慷慨大方；在宾登的帮助下摆脱生活的艰辛，会让伊丽莎白因曾经对宾登表现出不屑与冷漠而后悔一生。而当她想找机会表示歉意的时候，她会发现已经不会再有机会——她会被拒在紧闭的门外，遭受无人应答的冷落，她面对的只有一张已经没有血色的脸。

然后，宾登又从方方面面考虑了这件事情，他心意已决。行动之前，他深思熟虑了很久，因为药物让他有些无精打采，甚至有些忧郁。他在细节方面做了一些修改。如果把所有遗产都留给伊丽莎白，那就包括他住的这所装修奢华的房子，其实他不在乎把这个房子留给她。而且，也肯定有一个人会得到它，他很难抉择。

最终，他决定把这所房子留给那个教父，因为他曾经给过自己莫大的同情，他们曾经的谈话是那么的投缘。宾登叹口气说："他会明白的。他知道什么是邪恶，了解什么是斯芬克斯原罪狂想。是的，他会明白的。"想到这些，宾登毫无怨言地接受了自己病重的现实并且放弃了那些令他走火入魔的名利和好奇。他坐在那儿，想自己曾经多么喜欢希腊和意大利风格的东西。即使现在——也可能不会尝试写十四行诗吧。一种穿透一切的声音在岁月里回荡，悦耳动听，却夹带着阴霾与悲伤。有那么一会儿，他忘却了伊丽莎白。在半个小时的时间里，他毁掉了三个留声线圈。感到一阵头疼，他服下了第二剂药，然后又恢复了先前平静的状态，心平气和。

最后，他决定面对登顿这个令他不快的难题。宾登需要极大的容忍度才能接受登顿，但最终，在镇静剂的帮助和死亡临近的逼迫下，这个误入歧途的男人还是想通了。如果他表现出一丝对登顿的排斥和不信任，如果他在某个细节上没有包涵登顿，伊丽莎白都会误会。是的，在她的眼里，登顿永远都是登顿。这一点，宾登也要包容。他尽量只想伊丽莎白。

他叹了口气站起身来，一瘸一拐地走向电话，联系了他的律师。十分钟之后，一份被律师见证，印有宾登指印的遗嘱在三英尺外的律师办公室生成了。然后，宾登坐在那里，一动不动。

突然，宾登浮想联翩，用手摸了摸身体的一侧。

然后，他急切地站起身来，冲到电话旁。安乐死公司可能很少会接到这么急切的电话吧。

终于，登顿和他的伊丽莎白一起从他们曾经被奴役过的劳务公司解脱了。伊丽莎白从那个拥挤的地下室里搬出来，远离了那个满是蓝色帆布服的肮脏之地，仿佛是一场梦魇。宾登留下的遗产让他们重获明媚的阳光，即使还有一大笔遗产要继承，哪怕只再多过一天以前的那种日子也是不能忍受的。他们走上长长的电梯，升到高处，眺望着自从他们陷入困境后就不曾看到过的景色。起初，她满脑子只想着离开，甚至觉得公路水底通道都难以忍受。但过了几个月，伊丽莎白又开始怀念在劳务公司那段一起说着八卦、回忆往事、打发时间的日子了。她有些同情那些还在那里受苦受累的女工友。

伊丽莎白在新搬进的公寓里欢呼雀跃的声音，足以表达她解脱苦闷后的兴奋。他们的房子在城郊，有一个天台，阳台就在城墙之上，顶着蓝天，阳光普照，通风良好，田园风光尽收眼底。

就在这个阳台上，故事也发展到了尾声。夏日，斜阳，萨利山在湛蓝天空的映衬下异常清晰。登顿倚着阳台，看着这一切，伊丽莎白坐在他身旁。视野开阔，因为他们的阳台高出地面有100英尺。食品公司的长方形厂区被古老的乡村房屋分割得七零八落，厂区被弯弯曲曲的废水道环绕着，废水在夕照的照耀下泛着光，流向远处的小山。那里曾是尤亚后代居住过的地方。再远处的斜坡上，不知从哪儿进口来的机器缓慢进行着一天当中最后的工作，山顶的风向标纹丝不动。在南边的大道上，开巨轮机车的劳务公司的田间工作者行色匆匆地回去吃饭，他们最后一轮工作结束了。远处的空中，十几驾小型私家飞机陆续停落，这幅画面在登顿和伊丽莎白看来是如此熟悉，而他们的祖先绝对是连做梦也想不到的。登顿的思绪飘到几百年后，想象那时会是什么光景，然后又突然回到过去。

随着时间的流逝，登顿知道的事情越来越多。他可以描绘出这座古老的总是冒着烟的维多利亚城市的样子：狭窄的街道，广袤的土地，规划糟糕的乡村，毫无规则的围墙；斯图亚特时期古老的乡村，有小小的村落和规模不大的伦敦城；有寺院时期的英格兰和更早一些时候罗马统治下的英格兰；再早一些时候，英国的土地上是一些征战不断、建造有棚屋的部落。这些部落来了又走，走了又来。罗马军队在此安营扎寨的光景犹如发生在昨天；在建造了棚屋的部落人之前，是住在山谷里的原始人。那个时候的山谷至今犹在——如果按照现代地质时期的划分标准来判断，还有顶部积雪覆盖的远山，泰晤士河流经科茨沃尔德小镇然后汇入大海。人类还在，只不过外形已经进化，不再无知蒙昧。被人类征服的野兽已经消失，也不再有暴风雨、瘟疫和无尽的饥饿。人类曾经站在熊、狮子和其他骇人的不可抗力中间，但如今其中一些人类的敌人已经被战胜了。

登顿天马行空地想了一番，想找到自己在其中的位置。

他说："我们是幸运的，苦难都熬过来了。没有耗费我们多少力气，便苦尽甘来了。"

"但是……不，我也不知道。"

登顿又沉默了好久。

"毕竟——已经过了很长时间了。史上前两万年人类没有出现，但生命形式已经存在了两千万年了。什么叫世世代代？世代如此宏大，我们如此渺小。但我们有认知，能感觉。我们不是没有情感的原子，我们的力量和意志有限，我们只是世代长河中的一小部分。就算死了也是。不管生死，我们都在创造着生活……"

"随着时间的推移，也许人类会变得越来越聪明……"

"他们会明白么？"

登顿又沉默了。伊丽莎白什么都没有说，但她心满意足地欣赏着登顿那张写满梦想的脸。那晚，她的思维不是很活跃，但她的内心却感到无尽的欣慰。过了一会儿，她将手轻轻地放在登顿手上；登顿爱抚着伊丽莎白的手，望着远处开阔的金色风景。他们就这样坐在落日的余晖里，直到伊丽莎白打了个冷战。

登顿突然从彻底放松的状态中回过神儿来，进屋为伊丽莎白取了一件披肩。

异想天开的人

我一直怀疑他的非凡天分是与生俱来的。我认为，他是后来才突然有了奇才异能的本领。实际上，30 岁以前他自己还是个怀疑主义者，从不相信有什么神奇力量存在。现在说说他再合适不过了。他个子矮小，眼睛呈深褐色，满头红发直立着，胡子两端上翘（他故意这么搞的），脸上还有雀斑。他叫乔治·麦克沃特·佛泽林盖——这可不是什么能联想到奇迹的名字——是高姆肖特公司的职员。他热衷于与人辩论，就是他在与人辩论世间没有什么奇迹的时候突然显露了这种非凡功夫。这场特殊的辩论始于长龙酒吧，对手是托德·比米什。比米什一再喋喋不休地说着“是你这么说的嘛”这句话。还真管用，搞得佛泽林盖先生实在难以忍耐。

在场的，除了他俩，还有一个满身灰尘的自行车手——地主科克斯，以及梅布里奇小姐——长龙酒吧的女招待。她举止得体，体态丰盈，正背对佛泽林盖洗杯子。其余的人都看着佛泽林盖，对于眼前这个看似没有结局的辩论都觉得有点好笑。佛泽林盖受到比米什玩弄辞令的启发，便决定好好在修辞上予以反击。“看这儿，比米什先生，”佛泽林盖说道，“让我们来清楚定义一下‘奇迹’。奇迹就是和自然规律相反、由意志控制、通常会被意志左右而发生的神奇事件。”

“是你这么说的嘛！”比米什反驳道。

佛泽林盖求助于自行车手，他一直在那儿倾听着不发一言，颇为犹豫地咳嗽了一声，并瞟了比米什一眼，算是赞同佛泽林盖的观点。既然这个地主自行车手不发言，佛泽林盖又转向比米什。出乎意料，比米什对他关于奇迹的定义竟表示部分赞同。

这让佛泽林盖大受鼓舞。“比如说，这里就有个奇迹。这盏台灯吧，按照自然规律，不会倒着燃烧吧，不是吗，比米什先生？”

“是你说不会的。”比米什说道。

“那你呢？”佛泽林盖接着问道，“你该不会认为……嗯？”

“不会，”比米什不情愿地回答，“是的，不会那样燃烧的。”

“很好，”佛泽林盖继续道，“那这里来了个人，有可能是我，就在这灯旁边，有可能就站在这儿，就像我这样集中所有的意志对灯说——倒过来，不要打烂了，继续好好烧着——嘿！”

这真足以使每个人都发出“嘿”的声音。最不可能的最神奇的事情呈现在所有人面前了。灯在空中倒置着，静静地燃烧，火苗朝下。这可是实实在在的一盏灯，完全无须置疑。长龙酒吧里平淡无奇、普通的一盏灯。

佛泽林盖的食指前伸，双眉紧锁，那副表情就像在等待灯毁灭性的粉碎。那个地主自行车手，本来紧邻灯坐着的，迅速起身跳到酒吧的另一端。许多人都不同程度地跳起来，梅布里奇小姐转过身尖叫着。那盏灯保持那个状态大约有3秒钟，佛泽林盖受不了巨大的精神压力，发出虚弱的喊叫："我再也撑不住了。"他蹒跚往后倒去，倒置的灯突然摇曳起来，朝酒吧的角落掉下去，弹到一边，在地上摔得粉碎，然后熄灭了。

还好，灯有个金属的容器，否则酒吧就陷入火海了。科克斯先生第一个发言，除去不必要的废话，大意是说佛泽林盖是个傻瓜。佛泽林盖根本无暇去争辩，刚才发生的事足以让他震惊，根本没空去想那个结论。随后的交谈，不仅非常激烈，而且大多附和科克斯的意思，但都丝毫没有影响到佛泽林盖。所有的人都指责佛泽林盖愚蠢的把戏，破坏了大家的闲情逸致。他思绪相当混乱，连自己也逐渐同意那帮人的说法。大家催他离开，他虽不乐意，但显然没人理会。

他面红耳赤地回到家里。浑身燥热，双眼剧痛，耳朵发红，衣领皱巴巴的。经过街上的十盏路灯时，他对每一盏都非常紧张地盯一会儿。直到他发现自己独自一人待在小卧室，他才有机会回顾刚才所发生的一切："这究竟是怎么一回事？"

他脱掉大衣和靴子，坐在床上，手放在衣袋里，反复为自己辩护着，这都说了十七遍了："我并不想这个该死的东西倒过来。"这时，他突然意识到，在那个特殊时刻他所讲的带命令性的话语，无意中加上了他自己的意志。而且，当他看到灯悬在空中时，觉得自己是能控制的，尽管他本人也不太清楚是如何做到的。他脑子不算复杂，不会在那一刻"不经意的意愿控制"时走神，他只能承认这种不经意的举动背后的复杂性。尽管他想到这些的时候头脑还稀里糊涂的。随后发生的事情，我得承认，没什么逻辑可言，他突然想起用实验来验证。

他集中精神，定定地指着一根蜡烛。他觉得自己的这个举动很愚蠢。“升起来！”觉得傻的念头即刻消失。因为蜡烛升起来了，在空中悬挂了一会儿，佛泽林盖不由倒吸一口凉气，蜡烛随后掉在他的梳妆台上摔断了，顿时房间一片漆黑只剩下蜡烛芯的微弱光亮。

很长一段时间，佛泽林盖都坐在黑暗的房间里，一动不动。“不管怎样，这真的发生了，”他自言自语道，“但我的确不知道为什么。”他重重地叹息着，在衣兜里摸索着找火柴，却一根也没找着。他起身在梳妆台上摸索着。“我真希望有根火柴。”他说，又在衣服里摸索，还是一根也没找着。他突然想起或许奇迹对找火柴有用呢。他伸出一只手，在黑暗中皱眉注视着，说道：“让我的手里有根火柴。”他感觉有个什么东西轻轻滑过手掌，握紧手指才发现真的有根火柴！

他试了几次都没点燃火柴，才发现那是根安全火柴。他把它扔到地上，突然想起或许他可以施加意志点燃它。他如法炮制，看到那根火柴果真在梳妆台上燃烧。他赶紧把它捡起来，可火已经熄灭了。佛泽林盖关于奇迹可能性的认知被强化了，他摸到蜡烛，然后把它从烛台里拿出来，喊道：“嘿！再点燃。”即刻蜡烛点燃了，他看到梳妆台布上有个小黑洞，一缕轻烟从洞里冒出。他盯着蜡烛的火苗和这个小黑洞来回看了半天，然后抬起头看见在镜中凝视的自己。他就用这种方式和自己在黑暗中静静地交流了一会儿。

“现在奇迹看起来如何？”最后佛泽林盖对着他自己的投影问道。

随后，佛泽林盖陷入严肃而困惑的沉思。到目前为止，他所见的一切奇迹都纯粹是由意愿来控制的。他迄今所获得的经验让他不再想做进一步的实验，除非他能重新审视它们。可是，他接着又点燃一张纸，把一杯水从粉红色变成绿色，然后变出一只蜗牛，然后又奇迹般地使它消失，还神奇般地给自己变出一支新牙刷。在半夜1点到3点这段时间里，他终于得出结论：他意志的力量非常罕见和奇特，虽然以前他也有一些感觉，只不过以前不是很有把握。第一次发现自己的这种特质时，他既恐惧又迷惑，但现在他对自己的这种本领感到自豪，暗暗觉得这是一个优势。他听到教堂的时钟响了一下，由于还没意识到他在高姆肖特公司的日常工作也可以用奇迹免掉，他接着脱衣服，希望能尽快入睡。当他把衬衫拉过头时，他突然想到了一个绝妙的主意。"让我上床吧。"他说道。结果他真的在床上了。"脱掉衣服。"他命令道。他发现床单很凉，便匆忙补了一句："穿上睡衣——哦，穿上我漂亮柔软的羊毛睡衣吧。哈哈！"他欣喜异常地说："现在让我舒舒服服地入睡……"

他在通常起床的时间醒来，早餐时间一直沉思着，夜里所发生的事情是否只是一场特别清晰的梦。最后他还是动了念头，做几次谨慎的实验。比如，他早餐有三个蛋，其中两个味道不错，是从房东那里买来的，另外一个新鲜的鹅蛋，是他动用非凡的意志力变出来，自己烹饪享用的。他匆匆忙忙赶往高姆肖特，整个人极度兴奋，但他竭力掩盖，不让这种情绪流露出来。当他跟房东谈起那晚的事时，他只能记起第三个蛋的蛋壳的样子了。一整天他都沉浸在自己令人称奇的新本领里而无法好好工作，不过这也没给他带来什么麻烦，因为他在最后十分钟用奇迹做了补救。

随着时间的推移，他的心境逐渐由好奇变得兴奋。虽然在长龙酒吧被驱逐的情形让他不堪回首，但事情却被传得有点离谱，同事们都拿这事来取笑他。有一点很明显，以后他在拿易碎物品的时候必须多加小心。他的天赋带给他越来越多的好处。他希望借此能让自己的腰包越来越鼓，却不希望惹人注目。他变出一对非常华丽的钻石耳环，但随即又把它们变没了，因为当时小高姆肖特正从账房走到他的桌前。他担心小高姆肖特会怀疑他耳环的来历。他很清楚他的这种本领需要高度警觉和谨慎，凭他的判断，熟练掌握这种技巧的难度不比学习脚踏车更难。或许正是这种类推，再加上他认为长龙酒吧不再欢迎他了，他晚饭后就去了煤气厂那边的草坪上，准备私下再练几个奇迹。

他的所有尝试都少了一点创造性。因为，除了他的意志力，佛泽林盖本身并无过人之处。他想变一根摩西的魔杖出来，但是天太黑了不利于他控制那些魔蛇。然后他又想到他在交响乐团节目单背后读到的关于“坦霍伊泽”的故事，这对他足够吸引且没什么危害。他将他的拐杖——这可是用浦那的槟榔枝做的——插入人行道旁的草丛里，同时命令这个干木枝开花。空气中马上弥漫着玫瑰的芳香，借着火柴的光亮他亲眼看见这个美丽的奇迹确实实现了。远处传来的脚步声打断了他的沉醉，担心别人过早发现他的本领，他急急地对开花的拐杖说“回去”。他本意是想让拐杖“变回去”，很显然他自己糊涂了，拐杖迅速地越缩越短。走近的人忍不住发出怒吼，叫骂道：“你这个蠢货，朝谁乱扔荆棘呢，都扔到我腿上了。”

“对不起，老兄。”佛泽林盖回答，但很快发现自己的这个回答很尴尬，便紧张地摸了摸胡子。他看到温奇走了过来（温奇是三个巡逻警察之一）。

“你这么说是什么意思？”巡逻警察问道，“哦，是你啊，在长龙酒吧把灯打碎的那位先生呀！”

“我没什么意思，”佛泽林盖说，“完全没别的意思。”

“那你这么做是想干吗？”

“太讨厌了。”佛泽林盖说。

“确实讨厌！你不知道拐杖会伤人吗，你这么做是想干什么，啊？”

这会儿连佛泽林盖也搞不清自己原来想干什么来了。他的沉默让温奇先生更为恼火。“你这是在冲撞警察，知道吗，年轻人？这是你干的好事。”

“您瞧，温奇先生，”佛泽林盖又急又恼，“我非常抱歉，事实是——”

“是什么？”

除了实话实说，他什么也想不起。“我正在创造一个奇迹。”他本想表达得很随意，但怎么也随意不起来。

“创造一个……我说你又在胡说八道吧，创造奇迹！奇迹！简直太搞笑了。你不是那个不相信有奇迹的家伙吗？事实是，这是你的又一个愚蠢的把戏吧，这就是事实。现在，让我来告诉你……”

但佛泽林盖已经听不见温奇先生要对他讲什么了。他意识到自己已经暴露了。事情迟早会传到所有人的耳朵里。一股怒火涌上心头，他旋即转向这位警察，恶狠狠地说道：“听着，我受够了窝囊气，受够了，我告诉你什么是愚蠢的把戏，我会的！到阴间见鬼去吧，现在就去！”

警察不见了，只剩下他一个人。

那天晚上，佛泽林盖既没有再创造奇迹，也没有去察看他那根开花的拐杖。他回到镇上，在恐惧和寂静中走进房间。“老天啊，”他说道，“这真是个强大的本领——非常强大。我本不想做得那么过分的，真的不想……真好奇阴间是什么样子的！”

他坐在床边脱下靴子。突然想出个好主意，他把温奇先生变到旧金山去了。也没去想这个变化会有什么后果，他很冷静地上床睡了。晚上他在梦中梦见了火冒三丈的温奇先生。

第二天，佛泽林盖听到两条有趣的新闻。有人在老高姆肖特的私宅上种了一株非常漂亮的玫瑰，遮住了墙面。另一条是关于温奇，据说要从远至罗林家的磨坊的河道里打捞他的尸体。

佛泽林盖一整天都心不在焉，若有所思。除了给温奇先生变些食物，完成其他日常工作，他没有再创造什么奇迹，脑袋里像有一群蜜蜂，嗡嗡响了一天。他那失魂落魄的样子和刻意谦恭的态度引起了好几个人的注意，大家拿他开起了玩笑。大部分时间他脑子里被温奇占据。

星期天晚上，他去做礼拜，真够奇怪，梅迪歌先生对超自然的事件非常感兴趣，宣扬“与规律相违背的事情”。佛泽林盖并不经常去教堂，他本来是个坚定的怀疑主义者（这个我以前就提及过），但现在他的信念体系开始动摇了。牧师的宣讲让佛泽林盖对这些新本领有了全新的认识，他决定在这个布道之后立刻求教于梅迪歌先生。

主意已定，他还奇怪自己为什么以前没有这样的想法。

梅迪歌先生个子瘦高，长脖长手，容易激动。他很乐意跟这个年轻人私聊，这个年轻人可是镇上出了名的对宗教事务满不在乎的人。一阵寒暄之后，他领着佛泽林盖来到紧邻教堂的牧师住宅，安排他坐得舒舒服服的，然后自己站在欢快的炉火前——他的双腿投射在对面的墙上恍如罗得斯岛上拱形门的影子——他让佛泽林盖陈述要说的事情。

一开始佛泽林盖还有点局促不安，一时不知如何启齿。“梅迪歌先生，你可能不会相信，恐怕……”诸如此类的话讲了半天。最后他提了一个问题，问梅迪歌先生关于奇迹的见解。

梅迪歌先生较为刻板地回应着：“这个问题嘛……”突然被佛泽林盖打断了：“我想，你可能不大相信，有些普通人，比如我这种，就像现在这样，在这里坐着，内部却有种神秘力量能够控制自己的意志去做事情。”

“这是有可能的，”梅迪歌先生说道，“那种事情，是有可能发生的。”

“如果我可以随意使用这里某样东西，我想我可以通过一些实验证明给你看。”佛泽林盖说道，“现在，用桌子上的那个烟灰缸来试试吧。我想证实的是我所做的事情算不算奇迹。只消半分钟，梅迪歌先生，请等一会儿。”

他眉头紧锁，指着烟灰缸说道：“变成一碗紫罗兰。”

烟灰缸按照指令果然变成了紫罗兰。

梅迪歌先生吃惊地盯着，目光在这位魔法师和紫罗兰之间移动。

他没发表任何言论。不一会儿，他大着胆子斜靠在桌边闻紫罗兰，它们美丽芳香如刚摘下，然后又瞪着佛泽林盖。

“你是怎么做到的？”他问道。

佛泽林盖捋了捋胡须。“刚才不是说了吗，就是你看到的。这是奇迹还是妖术，这究竟是什么？你看我这是怎么了？这就是我想问的。”

“这真的太匪夷所思了。”

“就在上星期的这一天，我和你一样并不知道自己能有这个本事，可它来得太突然了。我想，我的意志力可能发生了奇异的变故，这就是我目前所知的一切。”

“你只能干这一件事吗？除此之外还会点别的什么？”

“以主的名义，我可以！”佛泽林盖说，“什么事都可以。”他想了想，突然回想起以前有人变过的魔术。“你看，”他指着碗说，“变成一碗金鱼——哦，不那样——变成一只玻璃碗，有金鱼在里面游。太好了，看见了吗，梅迪歌先生？”

“太震惊了！太不可思议了！你要么就是个非凡的……但，可是……”

“我可以把它变成任何东西。”佛泽林盖说，“任何东西，听着，变成一只鸽子，好吗？”

很快，屋子里有一只蓝色的鸽子在盘旋，它每次飞近都让梅迪歌先生忙着躲避。“停在那儿，好吗？”佛泽林盖说。果真鸽子如静止般定在空中。“我还可以把它重新变回一碗花。”他说道，把鸽子放回桌子变成了花。“我想你可能一会儿就想抽烟了。”他又把这碗花重新变回了烟灰缸。

后来这一连串的变化让梅迪歌先生目瞪口呆，说不出话来。他瞪着佛泽林盖，小心翼翼地拿起烟灰缸，审视着，又重新放回到桌上。“噢！”他只能用这个词来表达他的感受。

“现在，该比较容易解释我这是怎么回事了吧？”佛泽林盖说。他开始长篇大论，绘声绘色地讲述他的奇特经历。从长龙酒吧的那盏灯开始，还不停提到温奇的事。随着他的讲述，他带给梅迪歌先生惊愕的自豪感也逐渐消失，他又变成了那个普普通通和日常琐事打交道的佛泽林盖。梅迪歌先生专心听着，手里拿着烟灰缸，他的姿势随着佛泽林盖的讲述而不停变化着。不久，当佛泽林盖讲到第三只蛋的奇迹时，牧师挥了挥手，打断了他的叙述。

“是有可能的，”他说，“你说的是可信的，当然也很神奇。这恰恰和很多不可思议的麻烦是吻合的。能创造奇迹是个天赋——只有天才才有的特质，比如预见力。到目前为止，都是非常罕有的，只有非凡的人才具备。我一直都在思考穆罕默德的神奇，瑜伽师的奇迹以及布拉瓦茨基夫人的奇迹。但是，当然——是的，这是天赋，这和那位伟大思想家——”梅迪歌先生压低了嗓音，“阿盖尔公爵的观点非常吻合。我们现在正在探索更深层次的规律。没错——是这样。你接着说，接着往下说！”

佛泽林盖接着讲述温奇先生的不幸遭遇。而梅迪歌先生，这会儿也不再惊讶和恐惧了，他开始活动四肢，并不时插入一两句表示惊讶的话。“这就是最困扰我的事情。”佛泽林盖继续道，“就是这事我最想听取您的意见，当然温奇目前在旧金山——不管在旧金山什么地方——对我们俩来说都挺尴尬的。你看，梅迪歌先生，我认为他不会明白发生了什么事情，我猜他对这种不得了的事肯定又惊又气，说不定正四处寻我呢。我想他搞不好已经动身来找我麻烦了。一想这个事儿，每隔几个小时，我就施展本领把他送回去。当然他自己是搞不懂的，这肯定让他非常恼火。而且，每一次他都买票的话会花不少钱的。为了他我已经尽全力了。当然他很难站在我的角度替我考虑。我想他在我把他送走之前，他的衣服可能都烧焦了，你知道——如果阴间真如我们设想的那样。如果那样的话警察可能已把他抓进旧金山的监狱了。当然我一想到这些立刻就变了些新衣服给他。但是，你看，我已经一团糟了……"

梅迪歌先生神情严肃。"我看你是惹上麻烦了，是的，很麻烦的境地。你该怎么来收场呢……"他言语开始不着边际，不太确定了。

"不过，我们暂把温奇先生放一边，先来讨论这个不得了的本领。我认为这可不同于巫术之类的，这根本也和犯罪不沾边——根本不是，佛泽林盖先生，除非你还有其他瞒着我没说。——是的，这是奇迹——纯粹的奇迹——奇迹的最高境界，请允许我这么说。"

他开始在炉前的地毯上走来走去，比画着手势，而佛泽林盖坐在那儿，一只胳膊放在桌上，头枕在胳膊上，非常焦虑的样子。佛泽林盖说道："我不知道该怎么打发温奇先生。"

"你能创造奇迹的天赋——很明显它非常之强大，"梅迪歌先生说，"它能帮助你解决温奇先生的问题的——不用担心。我亲爱的先生，你是一个很重要的人物——什么事情都可能在您身上发生。作为证据，比方说，在其他方面，你可能会做到的事……"

“是的，我曾想到过那么一两件事，”佛泽林盖说道，“但是——有的事情太疯狂了。你最先看到的是鱼吧？碗和鱼都是错的，都不是我设想的那种，我当时曾想过找人来问问的。”

“是对的，”梅迪歌先生说，“这么做就太对了——完全正确。”他停下来看着佛泽林盖。“你拥有的天赋可能是法力无边的。让我们看看你的厉害。比如，它们是真的……如果天赋真是像它们看起来那样厉害。”

就这样，虽然看起来有点不可思议，就在这个公共教堂背后的小书房里，在1896年11月10日的晚上，佛泽林盖在梅迪歌先生的怂恿和启发下，开始创造奇迹。读者们注意了，请特别留意这个特殊的日期。有人可能会反对，或者已经质疑这个故事的真实性，因为描述的那些确已发生的话，那么在那个时候的报纸上早就有类似报道了。接下来发生的细节对读者来说更难接受，因为提出疑问的那些人，不管男女，一年多以前可能在各种离奇的暴力事件中死于非命。奇迹不是不可能的，事实是：读者们在1896年死于暴力事件，被害方式闻所未闻。故事后来的发展脉络更加清晰，更加可信，任何正常思维和理智的读者都不得不承认。但现在还不是结束故事的时候，到现在，故事不过才讲到一半多一点。佛泽林盖先生刚开始创造的奇迹，被称为非常细小的奇迹——变些杯子或者家具这样的非常微不足道的，和通神论者的小把戏差不多。尽管细小，但还是足以震惊和他合作的人。他本来可以选择立即处理温奇这个事情的，但是梅迪歌先生不让他做。当他们创造了好几个家用物品后，他们的能量意识膨胀了，他们的想象越来越兴奋，野心也越来越大。第一个大计划的灵感来源于饥饿以及梅迪歌先生的房东——明钦夫人。她把晚餐摆放得很糟糕，毫无吸引力，这对于这两位辛勤工作创造奇迹的人来说实在是缺乏就餐的胃口，但他们还是就座了。梅迪歌先生对于房东的拙作显然是无奈多于愤怒，却不想这对佛泽林盖来说正好是个机会。“梅迪歌先生，恕我冒昧，难道你不认为我……”

“我亲爱的佛泽林盖先生！当然了，我认为一点也不冒昧。”

佛泽林盖挥了挥手。“我们来点什么呢？”他问道，口气很大，好像无所不能。梅迪歌先生开始点餐了，他让这顿饭彻底变了样。“对我来说，”他瞄了一眼梅迪歌先生的菜单，“我特别喜欢来一大杯烈性黑啤和一块威尔士干酪，我就点这个。我不太喜欢勃艮第葡萄酒。”马上，餐桌上就有了他点的黑啤和干酪。他们这顿饭吃了很长时间，大谈他们即将要创造的奇迹。俩人亲密无间，这一点佛泽林盖觉察到了，他有一丝惊奇和满足。“顺便提一下，”佛泽林盖说道，“我或许能帮上您忙呢——在内务方面。”

“我不太明白您的意思。”梅迪歌先生边说边给自己倒了一杯才变出来的陈年勃艮第葡萄酒。

佛泽林盖又给自己变了一块威尔士干酪，咬了一大口。“我在想，”他说道，“我可以——施展本领把明钦太太——变成一个更好的女人。”他边吃边说着。

梅迪歌先生放下酒杯，疑惑地看着他。

“她——她很讨厌被人打扰的，你知道，佛泽林盖先生，而且——事实上，现在已经深夜11点过了，她可能已经上床入睡了。难道你不觉得，总的说来……”

佛泽林盖考虑了一下梅迪歌说的话，说道：“我不认为在她睡着的时候是在打扰她。”

梅迪歌开始还反对这个主意，但很快就妥协了。佛泽林盖开始发号施令。他们俩又继续进餐，不过没有先前那么悠闲了。梅迪歌先生开始详述第二天在房东身上可能出现的变化，他尽量说得很乐观，但却显得很不自然和紧张。这个时候，楼上传来一阵声响。

他们俩面面相觑，梅迪歌先生迅速离开房间。佛泽林盖听到梅迪歌喊着房东的名字，轻手轻脚地上了楼。

差不多一分钟的时间，牧师回来了。他脚步轻盈，一脸喜悦。“太妙了，”他说道，“让人感动，太感动了！”

他开始在地毯上踱步。“她悔改了——令人感动的悔改——透过门缝，我看见这个可怜的女人，发生了最奇妙的变化。她起床了。她肯定立刻就起床了。她醒来第一件事就把藏在箱子里的白兰地摔碎了，而且她还忏悔了！……这个带给我们启示，我们可以开辟更多的可能性。如果我们可以让奇迹在她身上……”

“似乎我们干什么都行。”佛泽林盖说道，“至于温奇先生嘛……”

“简直无所不能。”在地毯那头的梅迪歌，挥手把温奇的麻烦抛在了一边。他又提出若干美妙的建议——恰好这些建议是在他来回踱步的过程中灵感闪现的。

至于那些建议是什么内容根本和本故事的要点无关。只需知道那些建议的初衷都是发善心的，通常都是吃饱了没事干之类的善心。还需要知道，温奇先生的麻烦仍然还没有解决。也不必去了解那些建议完成的情况。总之变化是惊人的。后半夜，在冰冷的月光下，梅迪歌和佛泽林盖飞快跑过市场广场，都有点魔幻般的狂喜。梅迪歌手舞足蹈，佛泽林盖则急切而活跃，不再因为自己的本领而尴尬不安。他们改造了国会里所有的酒鬼，把所有的啤酒和烈酒都变成了水（在这一点上，梅迪歌先生的意见占了上风），他们还改造了当地的铁路交通，抽干了弗林德斯河沼泽地的水，改善了独树山的土质，治愈了教区牧师的疣子。他们正要前往南大桥看能否修好那里坏了的码头。“这个地方，”梅迪歌先生喘了口气说，“明天就会焕然一新了。到时候每个人该会多么惊喜和感动啊。”就在这时，教堂的钟响了三下。

“现在都 3 点了！”佛泽林盖说，“我必须得回去了，我 8 点钟还得上班呢。并且，威姆斯太太……”

“我们才刚开始呢，”梅迪歌先生说，沉浸在无边法力带来的喜悦中，“我们刚开始呢。想想我们做的好事情，当人们醒来……”

“但是……”佛泽林盖说。

梅迪歌突然紧紧抓住了他的胳膊，眼神闪亮而疯狂。“我亲爱的伙计，”他说，“不着急的，你看……”他用手指着天空的月亮，“约书亚！”

“约书亚？”佛泽林盖说。

“约书亚，”梅迪歌说，“怎么不可以？让月亮停下来。”

佛泽林盖看着月亮。

“有点儿高。”停了一会儿他说。

“怎么不可以呢？”梅迪歌先生说，“当然它是不会停的。你得让地球停止转动，这样时间就停滞了。这样做我们也不是干什么坏事情。”

“嗯！”佛泽林盖先生说，“那好吧。”他叹了口气，“我来试试。来吧！”

他扣了扣他的夹克，尽量让自己充满信心，然后对这个我们居住的星球说：“停止转动，好吗？”

他的整个身体不由自主地倒立过来，在空中以每分钟几英里的速度飞了起来。他思考着，同时还计算着自己每秒转了多少圈；因为思考是很奇妙的事情——有时思绪绵延，有时又恍若闪电。他想了一下，然后施展本领了。“让我毫发无损地下来吧。不管发生什么，让我安然无恙地下来吧。”

他祈求得正是时候，因为他的衣服在他快速飞行的时候变热，已经都有点烧焦了。他猛地掉在了地上，一点也没受伤，正落在一堆才新翻过的土堆上。一大块金属和石头的混合物——特别像市场广场中间的那个灯塔——掉到他身旁，又弹起来越过他头顶，像一块炸弹似的爆裂成石头、砖块和水泥。一头奶牛飞奔而过，撞上那些碎片，像鸡蛋一样摔得稀烂。其中有个撞击非常之激烈，以往他所见到的和这相比不过是小巫见大巫。后来的撞击声响逐渐减弱了。天地间刮起了强风，咆哮着，很猛烈，让他几乎无法抬头向上看。有一阵子他几乎无法呼吸，他惊恐万分，来不及思考自己身处何处，究竟发生了什么。他的第一个举动是摸摸自己的头，确认上面飘立的头发的确是自己的。

“上帝啊！”佛泽林盖喘着粗气，因为强风几乎说不出话来，“我差点没了命！究竟怎么了？又是打雷又是闪电的，一分钟前还是个宜人的夜晚呢。是梅迪歌让我这么做的。好大的风啊，如果我继续这么傻乎乎的，肯定会被闪电劈死了！”

“梅迪歌在哪儿？”

“简直是一团糟！”

他四周围看了看，风吹得他的夹克乱舞。所有的东西都显得非常奇异。“天空看起来还没有异象，”佛泽林盖说，“就只剩那儿还是正常的，但看起来也马上有大风降临了。月亮还在天上，和刚才的样子一样。亮如白昼。但是其他的东西呢——村庄呢？其他的东西呢？是谁让这风刮的？我没有让刮风呀！”

佛泽林盖挣扎着想站起来，但发现是徒劳的。之后他就这么一直四肢趴在地上。背风的时候他打量整个月光照耀下的大地，夹克的下摆被风吹到他头顶，飘来飘去。“肯定哪里出大问题了，”佛泽林盖说，“天知道究竟怎么回事儿呢。”

灰尘所致的烟雾弥漫，四周白茫茫一片，除了翻滚的泥块和刚形成的废墟堆，什么都看不见。没有树木，没有房屋，没有熟悉的建筑，一切那么荒芜混乱，暴风雨马上要来临了。在他附近有个东西，借着强光，看得出以前可能是棵榆树，现在已是木渣一堆了，从树枝到树根都在颤抖。更远处有一堆扭曲变形的铁梁在废墟中突起，很明显那曾经是高架桥。

你看，当佛泽林盖先生在阻止这颗星球转动的时候，他可没规定让在这星球表面的物体都停止活动。地球飞快转动着，在赤道表面上，物体的转动速度是每秒一千多英里，在现在这个纬度上，表面物体的转动速度是每秒五百多英里。因此，村庄，梅迪歌先生，佛泽林盖先生，所有的人，所有的东西都以每秒 9 英里的速度给抛出去了，这个速度可比从炮膛里发射枪弹的速度快多了。因此，所有的人类，所有活着的生物，所有的房屋，所有的树木——我们所知的，所有的一切——被猛地抛出，摔得粉碎，最后彻底毁灭了。这就是所发生的事儿。

当然，这整个事件对于佛泽林盖来说是不能接受的。他只能认为他的奇迹失败了，由此产生了急剧的厌恶感。他周围漆黑一片，因为云聚集在一块儿，挡住了月亮的光线。空中传来阵阵痛苦挣扎的声音，如鬼哭狼嚎。天地间风雨咆哮，他用手遮住眼睛，透过灰尘和冰雹，在闪电的照耀下，他发现一面巨大的水墙向他袭来。

"梅迪歌！"佛泽林盖喊道，他的声音在风雨的咆哮下是那么微弱，"我在这儿——梅迪歌！"

"停下！"佛泽林盖对着袭来的大水喊道，"看在老天的分上，给我停下。"

"就停一会儿，"佛泽林盖对闪电和雷鸣说，"就停一会儿吧，让我想想……我现在该怎么办？"他说道，"我该怎么办，上帝，让梅迪歌出现吧！"

"我知道了，"佛泽林盖说，"看在老天的分上，这次就让我的话起作用吧。"

他仍然趴在地上，顶着风，聚精会神想把一切都纠正过来。

"啊！"他说，"等到我说'停'之后再让我指令的事发生吧……天哪，我要是早这么想就好了！"

他徒劳地对着风提高了嗓门，越来越响，希望能听到自己的声音。“现在——开始吧！照我刚才想的那样做。首先，在我所说的一切都进行完毕的时候，让我失去创造奇迹的本领，让我的意志力变得和普通人一样，让所有的这些危险奇迹都停止。我一点也不喜欢奇迹，我希望我没有创造出奇迹。就这些。这是要说的第一件事。第二件嘛——让我回到奇迹发生以前，让所有的事情都回到那盏该死的灯倒地之前。这个可不容易，不过这是最后一件事了。听到没有？不再有奇迹了，一切如旧——我还是在长龙酒吧里喝了半品脱酒。就这些了！没错。”

他把手插进土里，闭上眼睛，然后说了声：“停！”

一时间万籁俱寂。他发现自己站得直直的。

“是你这么说的嘛。”有人说道。

他睁开了双眼。他发现自己正在长龙酒吧里与托德·比米什就奇迹问题争论不休。他隐约觉得刚才发生了一件与他有关的离奇的事，不过这个感觉很快消失了。你看，除了他拥有的奇迹本领消失了，其他任何事情都恢复到原样。因此他对于刚才所讲的故事一无所知——他到现在也不知道我们说的这些事儿。当然了，他仍然不相信世界上有奇迹。

“确切地说，我认为奇迹一类的事是不可能发生的，”他说，“不管你怎么想，我已经准备好彻底证明给你看了。”

“这只是你个人见解而已，”托德·比米什说道，“证明给我看呀。”

“听着，比米什先生，”佛泽林盖说道，“让我们弄明白什么是奇迹。奇迹是一种与自然规律相悖的，通过意志力来控制的……”